ESPERA CONMIGO

AMY DAWS

Publicado: Amy Daws, LLC
ISBN Libro digital: 978-1-944565-38-1
ISBN Libro impreso: 978-1-944565-39-8
Traducción al español: Sirena Audiobooks, LLC
Edición: Massiel Peña, Flor Silva Meurinne y Eyeseride Ocegueda
Edición de contenido: Laura Martínez y Massiel Peña
Revisión: Hawkeyes Proofing y Massiel Peña
Formateo: Champagne Book Design
Diseño de portada: Amy Daws
Fotografía de portada: Dan Thorson
Modelo de portada: Austin Loes

ESPERA CONMIGO

ESPERA CONMIGO

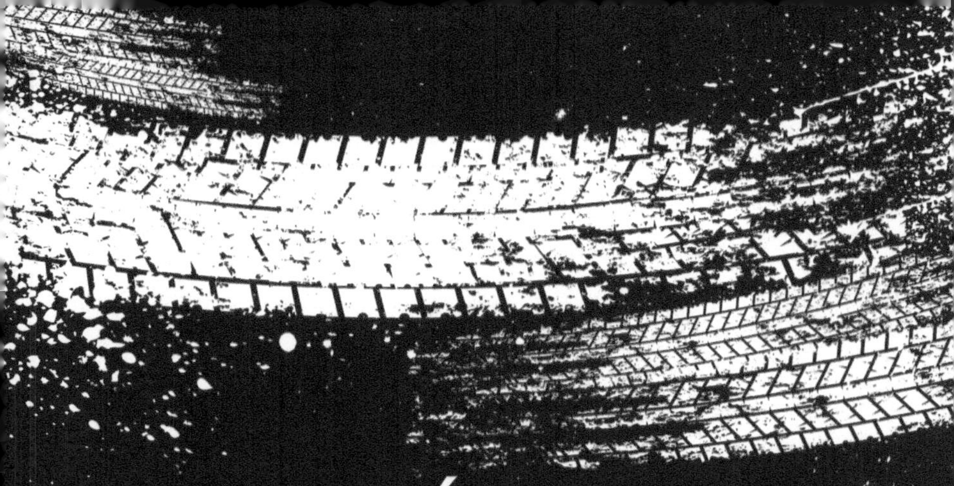

CAPÍTULO 1

Kate

Kate Smith. Mi nombre es literalmente Kate Smith. Mis padres ni siquiera intentaron llamarme Katherine o Katelyn. Por Dios, si tan solo me hubieran llamado algo exótico como Katarina, mi vida podría haber sido tan diferente.

Demonios, incluso me habría conformado con Katie. Ella al menos suena divertida.

Tal vez.

Pero no… Solo soy Kate.

Soy la hija mayor de una alegre familia de cinco de Longmont, Colorado. Mis padres llevan más de cuarenta años de casados y sorprendentemente aún se gustan. Mis dos hermanos menores se casaron con dos hermanas. Las dos parejas perfectas y sus preciosos hijos viven en un radio de dos manzanas de nuestro hogar de la infancia. Mis padres cuidan a los niños todos los viernes por la noche para que mis hermanos puedan salir a beber y cenar con sus hermosas esposas como los buenos esposos cristianos que son.

¿Y qué hace la aburrida, casi treintañera, Kate?

Escribe porno.

En una tienda de neumáticos.

En Boulder, Colorado.

—Disculpe, pero me pareces familiar, — me dice una mujer de unos sesenta años con una mirada de admiración en su rostro. Tiene esa mirada agradable que me recuerda a una clásica hada madrina. La que parece una abuela, no la que parece un personaje de Harry Potter.

Levanto las manos del teclado de mi computadora, donde he estado escribiendo furiosamente y me quito los audífonos. —¿Disculpa?

Los ojos de la mujer parpadean rápidamente. —¿Trabajas en un hospital? —

Le ofrezco una amable sonrisa. —No, me temo que no.

—¿Trabajas en una clínica dental?

—No.

—¿Una veterinaria? Eso debe ser. Te ves tan familiar. Soy Betty, y el nombre de mi perro es Misty, ¿la mini french poodle negra?

Sonrío de nuevo y me compadezco de la mujer. —No. Lo siento, Betty. No trabajo en una clínica veterinaria. Soy escritora. ¿Tal vez has leído mis libros?

Sus ojos se iluminan. —Oh, ¿cómo te llamas?

—Escribo bajo el seudónimo, Mercedes Lee Loveletter, — respondo con confianza. ¡No juzgues! Estaba sobre compensando toda una vida de odiar mi nombre aburrido.

—¿Es romance cristiano? — Betty pregunta, colocando una mano sobre su corazón con emoción esperanzadora.

—No, — respondo, con mortificación reflejada en mi cara.

—Oh … ¿es *Amish*? ¡Cuánto amo esas novelas *Amish*!

Inhalo profundamente —Definitivamente no es *Amish*. — Betty claramente no pertenece a mi público. Debí haberlo adivinado, pero te sorprendería la cantidad de abuelas a las que les gusta el erotismo.

Frunce el ceño y mira hacia mi computadora. —¿Estás escribiendo ahora?

—Sí. — Abrazo la computadora contra mi cuerpo mientras ella se mueve para mirar sobre mi hombro.

—¿Puedo ver? — pregunta, rozando contra mi hombro. Tiene un aroma a vainilla.

Cierro mi computadora —Me temo que no dejo que nadie vea mi trabajo en progreso… necesita el toque de un editor. *Y probablemente te daría un ataque.*

—También estuviste aquí ayer, ¿verdad? — pregunta con curiosidad.

Me enderezo. —Sí, ¿por qué preguntas?

—¿Y el día anterior?

Miro nerviosamente a mi alrededor. —Así es, ¿cuál es el problema? ¿La gerencia te envió?

Sus ojos se agrandan. —Oh no, no. ¡Solo soy la panadera!

Finalmente me doy cuenta. Ayer la vi traer unas bandejas.

—¡Betty la panadera! — Grito como si fuera la abuela perdida que siempre he querido.

—¡La que hace las galletas!

Sonríe con orgullo, y quiero abrazarla, pero maldición, probablemente sea demasiado pronto. —Sí, yo hago las galletas. Normalmente, solo vengo una vez a la semana, pero últimamente me he dado más vueltas para ver cómo se ha recibido el nuevo producto.

—¡Los panecillos! — Exclamo y sacudo la cabeza, tratando de calmarme. —Santo cielo, esos panecillos son deliciosos.

—¿Realmente lo crees? — Su rostro se ilumina con una sonrisa. Dios mío, parece que va a estallar de felicidad.

—Oh, sí, — respondo. —Los sumerjo en mi espresso matutino, y esa combinación me ha cambiado la vida. Casi tan buena como las galletas con chispas de chocolate blanco mojadas en el café con caramelo y leche de almendras que tomo por las tardes.

Se ríe felizmente. —¿Has probado los panecillos daneses?

—¡No he visto los panecillos daneses! — Casi grito de la emoción y luego trato de disimularlo. *Maldición, ¿hay panecillos daneses? ¿Quién demonios se los está comiendo?* — Normalmente llego aquí cerca de las diez. Deben haberse acabado para entonces.

—¡Bueno, eso es una buena señal! — la mujer se ríe, y luego frunce el ceño. —¿Cuántos días llevas viniendo aquí? ¿Le pasa algo terrible a tu auto? Apuesto a que podrían conseguirte uno de alquiler.

Me alarmo al instante. ¡Por eso no hablas con los clientes, Kate! ¡Se supone que debes mantener un perfil bajo, no charlar con la abuelita panadera mágica! Respiro profundamente y miento descaradamente. —De hecho, no soy una escritora, Betty. ¿Puedes guardar un secreto? — Sus ojos se agrandan ante mi expresión seria, y mira a su alrededor para asegurarse de que nadie nos escuche antes de asentar con la cabeza.

Este es el momento para el que te has estado preparando durante semanas, Kate. No te contengas ahora. —Trabajo para la empresa. Hemos estado preocupados por el servicio en esta sucursal, así que me enviaron aquí para analizar las cosas durante unas semanas.

—¡Oh, pero nunca antes había escuchado ninguna queja! Y me encantan los caballeros de la recepción. Son siempre tan amables, y les encantan mis galletas con chispas de chocolate.

—Creo que a todos les encantan tus galletas con chispas de chocolate, — respondo con un guiño. —Pero necesito pedirte que mantengas mi presencia aquí en secreto. Queremos ver realmente el día a día del servicio al cliente de esta sucursal para poder hacer las mejoras necesarias.

Asiente lentamente, claramente emocionada de estar en mi misión secreta. —Lo entiendo. — *Un posible chismoso, bajo control.*

—Gracias por su discreción. — Extiendo la mano para dársela de una manera muy corporativa, y se siente como un fideo pegajoso y blando. —Fue un placer conocerte, Betty. Sigue con el buen trabajo. No estamos preocupados por ti en absoluto.

Mi guiño hace que se aleje con una mirada seria en su rostro, y me giro para exhalar fuertemente. Eso estuvo cerca. Demasiado cerca. Necesito terminar este libro antes de que alguien más note que paso demasiado tiempo aquí.

Vuelvo a abrir mi computadora y retomo el libro cinco de mi serie erótica *Bed 'n Breakfast*. Este libro es la conclusión de un best seller internacional que fue recientemente seleccionado para ser adaptado a la pantalla por *Passionflix*. Mis fans se mueren por este libro, y mi mente no puede dejar de recordar lo mucho que me esforcé por ello.

Claro, algunos dirán que es inusual escribir un romance erótico en la sala de espera de una tienda de neumáticos. Pero cuando eres una autora *best seller del New York Times* y de repente todas las palabras y personajes desaparecen de tu mente, tomas medidas extremas.

Por eso, el día que entré en la sala de espera del Tire Depot preparada para mirar fijamente la pantalla en blanco de mi computadora mientras compraba un juego de neumáticos nuevos, me quedé atónita cuando las palabras empezaron a fluir de nuevo. Realmente fluían. Esto no fue un goteo sino una inundación repentina de proporciones épicas. ¡Después de un período de sequía, no me atreví a tentar al destino alejándome de esta mierda! Era como un atleta galardonado en una racha ganadora que se dirigía al juego del campeonato. No iba a lavar mis calcetines o a afeitarme las piernas. ¡Iba a comer la misma mierda, caminar los mismos pasos, y repetir cada día como el maldito *Día de la Marmota* hasta que termine este libro!

Por eso estoy en mi tercera semana de trabajo en Tire Depot. Y he aprendido mucho en mi tiempo aquí. Como el hecho de que Tire Depot es mucho más que una tienda de neumáticos. Para empezar, no solo venden neumáticos. Realizan cambios de aceite y hacen mantenimiento y reparaciones mecánicas. El otro día, escuché al gerente decir que hacían de todo menos pintura y vidrios. ¿Qué tan increíble es eso?

Pero si soy honesta, tengo que admitir que vengo aquí por una cosa y solo una cosa: *El Centro de Confort del Cliente.*

El CCC en el Tire Depot, también conocido como mi nueva nave nodriza.

Cuando traje mi vehículo por primera vez hace tres semanas y el tipo del mostrador señaló una sala de espera a la vuelta de la esquina, pensé que encontraría una miserable cafetera de doce tazas marca Mr. Coffee con café genérico y rancio. Si tenía suerte, tendrían crema en polvo de este año.

Cuando doblé la esquina y entré en *el Centro de Confort del Cliente* de mil pies cuadrados, con una chimenea de ladrillos, sillas de cuero y una máquina de café que dispensaba una increíble variedad de café gourmet, casi caí de rodillas y lloré. En cuestión de minutos, me serví un café con caramelo y leche de almendras, una galleta caliente de avena y pasas, y me acomodé en una de sus mesas altas, justo al lado de un muy conveniente tomacorriente. Fue el destino.

Sintiéndome más positiva de lo que me había sentido en meses, abrí mi computadora y, después de un par de sorbos de café, las palabras que había estado luchando por encontrar en mi última historia erótica fluyeron de repente de la punta de mis dedos. ¡Había encontrado la forma de salir del temible bloqueo de escritor!

¡Fue un maldito milagro navideño!

Pestañeé, y habían pasado tres horas. El gerente de atención al cliente dijo que mi auto estaba listo, pero cuando dijeron que no les importaba si me quedaba un rato, solo escuche ¡ganaste la lotería! Antes de que me diera cuenta, había escrito cinco mil palabras en cinco horas.

¡Nunca en mi carrera como autora había escrito tan rápido! ¡Y también eran buenas palabras! Ese fue el verdadero factor decisivo.

Así qué, como un perro que había encontrado el mejor basurero de sobras, decidí volver por más. Al principio, traje algunos vehículos para cambio de aceite…el de mi vecino, el de mi amiga. Hasta mis dos hermanos me dejaron traer sus vehículos, pero me miraron sospechosamente todo el tiempo porque tuve que conducir treinta minutos solo para recoger sus autos. Malditos criticones.

Pero entonces tuve la sensación de que un tipo en el mostrador estaba empezando a reconocerme. Hay mucho tráfico en Tire Depot, y tristemente, no paso desapercibida.

Soy una pelirroja con curvas y una piel que no sufre por el sol como muchos de mis compañeros pelirrojos. Pero creo que lo que alertó al tipo fue cuando traje mi séptimo auto para que lo revisaran. En ese momento, estaba trayendo el vehículo del compañero de trabajo de un amigo, así que claramente estaba sumamente desesperada y tal vez un poco maniática. ¡Pero sabía que tenía que hacer lo que fuera necesario para obtener mis palabras!

Entonces me di cuenta de que el CCC tenía su propia entrada. Una entrada que pasaba por alto a los chicos del mostrador. Eran los guardianes de la puerta, después de todo. Los únicos con los que he hablado. Entonces, ¿por qué no podía entrar por la puerta lateral todos los días, hacer mi trabajo en silencio, beber mi peso en café de cortesía y salir sigilosamente sin que nadie se diera cuenta?

Quiero decir… claro, tuve remordimiento de conciencia un par de veces, pero cuanto más iba, más fácil se volvía. Los más grandes asesinos en serie de América probablemente vivían con este mismo mantra. Entonces, que así sea.

Dame un café de cortesía o dame la muerte.

El CCC se había convertido en mi Luke's Diner. Era Lorelai Gilmore entrando sin preocupaciones al café todos los días, y esa pequeña cafetera automática, era la dueña de la cafetería de la que me estaba enamorando poco a poco. Y ahora he conocido a Betty, la proveedora de delicias y causa directa de mi pésima dieta de estas últimas semanas.

Pero el amor es una criatura salvaje. No puedes contenerlo o controlarlo. No puedes romperlo y decirle que no. Es una embestida animal que debes aceptar como tu destino.

Así es como me siento sobre el CCC de Tire Depot: amor verdadero y sin adulterar.

Así que, por ahora, me estoy mezclando con la multitud. El Tire Depot es un lugar muy concurrido, y con cuatro áreas para sentarse, esto hace que ocultar mi identidad sea bastante fácil. Se acabaron los días en los que les rogaba a mis hermanos que preguntaran a sus amigos si sus autos necesitaban un cambio de aceite. Se acabaron los momentos en que trataba de planear un viaje por carretera solo para que mi auto necesitara hacerle el servicio.

Por ahora, estoy de incógnita, y Mercedes Lee Loveletter está escribiendo un libro que va a dejar deslumbrados a sus excitados lectores. *Espera… hice un juego de palabras. Oh por Dios, esto es bueno. Lo voy a anotar.*

CAPÍTULO 2

Miles

Apoyado en el exterior del edificio en el callejón detrás del taller, acerco la tira roja de regaliz a mis labios y aspiro aire a través de la abertura que acabo de morder. Doy un mordisco real y soplo, imaginando el efecto que tendría si fuera un cigarrillo real.

Si tan solo siguiera fumando.

Mi cabeza gira a la izquierda cuando la puerta trasera del centro de confort se abre, y sale un resplandor de cabello pelirrojo rizado. La misma pelirroja está de vuelta. La que he visto pasar por este callejón desde hace varios días. Siempre puedo ver su melena roja a través de las ventanas sucias donde está mi estación. Sigo preguntándome de dónde viene y adónde va exactamente.

Hoy, la tengo justo en la mira. Está vestida con leggins negros y una camiseta suelta que tiene PIZZA garabateada en la parte delantera. Por la forma de esa camiseta, está claro que está bien dotada, e incluso en sandalias, puedo ver la definición de esas piernas tan claro como el día. Tiene curvas en todos los lugares correctos. No es el tipo de mujer que se arregla antes de ir al supermercado.

La pelirroja se está moviendo directamente hacia mí, pero mirando hacia atrás como si alguien fuera a salir a perseguirla. Intento sacar el dulce de mi boca lo suficientemente rápido para decirle que pare, pero es demasiado tarde. Se estrella contra mí como un conejo contra una pared de ladrillos. En el altercado, su sandalia se atasca debajo de mi bota de trabajo, y con una torcedura de su tobillo, se estrella contra el suelo, su mochila gris sale volando a un metro y medio del callejón.

—Mierda, ¿estás bien? — Le pregunto, mientras me acerco a ofrecerle mi mano.

Sus ojos azules se agrandan. —Oh, Dios mío. ¡Mi computadora!

Ni siquiera me mira mientras se arrastra por el piso para buscar su bolsa con la computadora que aterrizó a unos metros de ella. Arrodillada, saca la MacBook de su bolsa y la abre rápidamente. Con una inhalación profunda, la pelirroja finalmente dice: —No está rota, pero, ¿encenderá?

Después de tocar la barra espaciadora, la pantalla se enciende con una ventana de acceso. Se deja caer hacia un lado sobre su cadera y exhala con alivio. —Eso podría haber sido fatal, — murmura para sí misma. — Argh, por eso me envío el archivo por correo electrónico después de cada sesión. ¡Error de novata!

—¿Todo bien? — Pregunto, acercándome a ella con cautela mientras guarda la computadora en su bolso. Me siento muy extraño por interrumpir la conversación que está teniendo consigo misma, pero permanecer en silencio es peor.

Su mirada vuelve hacia mí, y sus ojos se abren observándome. Como si acabara de darse cuenta de que todo este tiempo ha estado otro humano a su lado.

Sus ojos se deslizan por mi cuerpo, observando mis botas de trabajo ásperas con punta de acero y mi overol de trabajo gris salpicado de aceite que actualmente protege mi pantalón de mezclilla. He sacado los brazos de la parte superior del overol, revelando mi playera sin mangas negra que siempre llevo debajo. Mis brazos tienen una capa decente de sudor, considerando que es verano y el taller no tiene aire acondicionado. Y afrontémoslo, parte de ese sudor es por la abstinencia de nicotina.

Sus ojos finalmente llegan a mi cara, así que decido repetir mi pregunta anterior. —¿Todo bien?

Sus cejas se fruncen, y asiente con la cabeza, sus labios aún separados, con una expresión aturdida en su rostro.

—¿Te lastimaste? — Pregunto, tratando de asegurarme de que no sufrió una lesión en la cabeza por nuestro choque porque está actuando de manera extraña.

Sacude la cabeza, así que le ofrezco mi mano para ayudarla a levantarse. Mi mano caliente y áspera agarra sus dedos fríos y suaves mientras la ayudo a ponerse de pie. Tiene unas ocho pulgadas menos que yo, pero con mis seis pies y cuatro pulgadas, todas las chicas son pequeñas a mi lado.

Se aclara la garganta. —¿Tú… tú… trabajas aquí? — Cierra los ojos como si se estuviera castigando mentalmente.

Cruzo mis brazos y noto sus ojos viendo con interés mis bíceps aplanarse sobre mis manos. —Sí. Soy mecánico. ¿Estás recibiendo un servicio?

Se ríe. Se ríe tan fuerte que se convierte en una carcajada, y luego se pone la mano en la boca para silenciarla. Murmurando contra la palma de su mano, responde, —Sí.

Frunzo el ceño y pregunto: —Entonces, ¿qué te trae aquí al callejón de atrás? Los autos ya reparados están estacionados en el frente. Estas puertas traseras son entradas para los empleados.

Sus ojos se dirigen hacia la puerta, y se muerde el labio. — Bien. Yo, este… solo estaba… — Mira la tira de regaliz que tengo escondida detrás de mí oreja. —¡Salí a fumar!

Mis cejas se levantan. Los fumadores vienen en todas las formas y tamaños, pero algo me dice que esta pelirroja despampanante no fuma.

—Genial, ¿puedo fumar uno? — Pregunto, poniéndola en evidencia.

—¿No estabas fingiendo fumar con regaliz? — pregunta, señalando la pieza a medio comer que cayó al suelo durante nuestro choque.

Mi cara se sonroja. —¿Viste eso?

Se ríe suavemente. —Antes de mi caída triunfal, sí, vi algo que parecía una bocanada de humo de cereza imaginaria flotando a tu alrededor.

Volteo mis ojos y paso la mano por mi corto cabello negro. —Es algo que empecé a hacer cuando dejé de fumar hace tres meses.

—¿Eso ayuda?

Encojo mis hombros. —No hace daño.

—Tal vez lastime el ego. — Un hoyuelo aparece en su mejilla derecha cuando no logra ocultar una sonrisa. —¿Qué tan macho es fingir fumar un caramelo?

¿Está coqueteando conmigo? ¿O se burla de mí? No lo

puedo decidir, pero definitivamente puedo contraatacar, y debo admitir que su hoyuelo es adorable. Levanto mi mano para agarrar el caramelo detrás de mí oreja, flexiono y me relajo para que mis bíceps se ajusten impresionantemente. —Mi ego nunca está en peligro, nena. — Bajo el caramelo y le arranco un pedazo mientras le guiño el ojo.

Esto la hace reír de verdad. Es un sonido enriquecedor de cuerpo completo que se proyecta desde los dedos de los pies. —Con brazos de Book Boyfriend como esos, no es de extrañar.

—¿Book Boyfriend? — Pregunto con curiosidad.

—Book Boyfriend, — repite. —El protagonista de una novela romántica que los lectores reclaman como propio porque no es probable que exista en el mundo real. Básicamente, el hombre ideal.

—Nunca había escuchado ese término antes, — lo admito, apoyándome contra la pared y mirándola con curiosidad. — Supongo que te gustan los libros o algo así.

—O algo así. — Sonríe y pasa su mano por sus salvajes ondas rojas. Tienen que ser naturales porque ninguna chica tocaría un cabello tan hermoso si se lo hubiera estilizado. —Y no me sorprende que nunca hayas oído hablar de ello. — Se inclina y susurra en voz alta, —No eres mi público.

Frunzo el ceño con curiosidad, y con un movimiento de cejas, se da la vuelta y reanuda su camino por el callejón hacia donde iba. Después de mirar fijamente su trasero por más tiempo del apropiado, me doy cuenta de que ni siquiera le pregunté su nombre.

Poniendo mi mano en mi boca, le grito, —¿Qué pasa si tú sí eres mi público?

Gira para mirarme, luciendo mucho más elegante que antes. —¡No lo sabremos hasta *el final*!

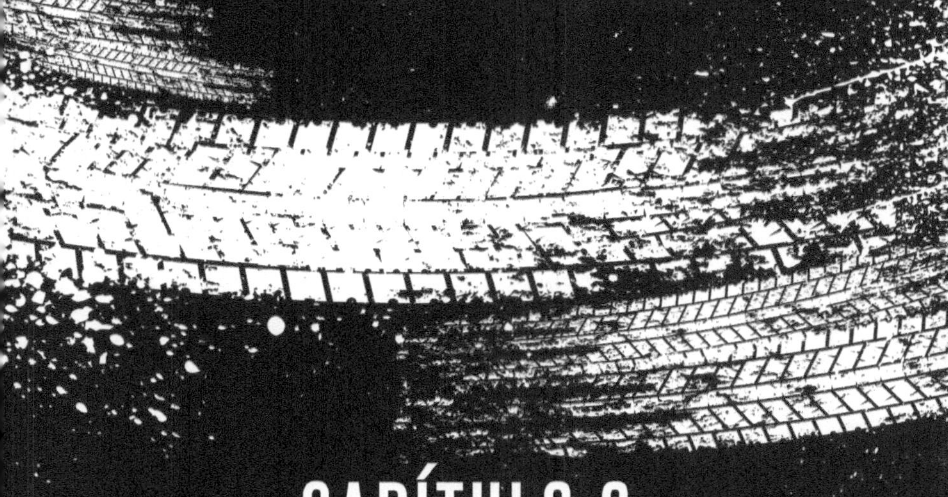

CAPÍTULO 3

Kate

—Confiesa. ¿Dónde has estado? — Mi vecina y mejor amiga desde la universidad, Lynsey, me grita, casi haciéndome caer en la entrada de mi casa y dejo caer mis llaves por la sorpresa.

—¡Dios! — exclamo, girando hacia mi pequeña comadre morena que es la persona más baja y temible que conozco. — Eres como uno de esos molestos perritos que saltan en el aire solo para estar a la altura de los ojos de los humanos.

—Ja, ja, un chiste de estatura, que sorpresa viniendo de ti. En serio, dime dónde has estado.

—¡La biblioteca! Te lo dije en mi mensaje de texto, — respondo, dándole la espalda para reanudar mi objetivo. Abriendo la puerta de mi casa, dejo el correo, mi bolsa de la computadora y las llaves en la mesa de entrada, junto a las escaleras cerca de la puerta.

—Mentira, — grita Lynsey, siguiéndome como un

cachorrito. Se estira para tomarme de la camisa. Se la lleva a la cara e inhala profundamente. —Hueles a café y a caucho.

—También conocido como libertad. — Suspiro con nostalgia y anhelo estar allí de vuelta. Me habría quedado más tiempo si pudiera sobrevivir con café y galletas todo el día. Pero, maldición, necesito un poco de proteína o podría morir.

—¿Realmente volviste a Tire Depot? — Lynsey me mira. —¡Kate! Te van a denunciar a la policía.

—¿Por qué? — Protesto por encima de mi hombro mientras paso por la sala de estar hasta llegar a la cocina para tomar una botella de agua de la nevera. —¿Por robar café y galletas de cortesía? Vamos… Eso no es nada.

—Pero permanecer en un lugar sin propósito si lo es.

Mis labios se paralizan alrededor de la botella de agua. — ¿Crees que realmente harían eso?

Lynsey parece un poco insegura. —No lo sé, pero ¿quieres pasar ese momento incómodo y averiguarlo?

—¡No me importa, Lynsey! — Exclamo con enfado. — He encontrado mis palabras en el TD, y no voy a dejarlas ir hasta que termine.

—¿TD?, — repite dudosa.

—El Tire Depot, la tienda de neumáticos es todo un trabalenguas.

—¿Sabes lo que es un trabalenguas? La prisión. — Volteo mis ojos, pero ella continúa con su sermón. —Esto está mal, Kate. Tienes que saberlo.

—No está tan mal.

—Crees que lo necesitas, pero no es así.

—¡Lo necesito! — Me enojo, regresando a la mesa de entrada y agarrando mi correo. —No pude escribir nada antes de ir allí. Y escribir es lo que me mantiene en esta elegante casa en las afueras del maravilloso Boulder. Si quiero seguir siendo esta impresionante criatura, viviendo la buena vida en las colinas, tengo que seguir la vibra e inspiración. Y la vibra es fuerte en Tire Depot.

Me muevo a la sala y me dejo caer en un sillón cómodo de cuero para empezar a revisar los sobres en mi mano.

Lynsey se posa en el borde de la mesa de café frente a mí.
—¿Podemos dejar de fingir sobre lo que realmente está pasando aquí?

—Cuidado con tu trasero, Lyns, es madera de lujo que me proporcionó Mercedes Lee Loveletter.

—Deja de cambiar de tema. Esto se trata de tu ex, que resulta que todavía vive contigo. — Señala hacia las escaleras a la habitación principal que compartí con Dryston Roberts la mayor parte de los últimos dos años antes de que todo se fuera a la mierda.

Me burlo de esa idea. —Estamos jugando al juego de la gallina, en batalla a ver quién cede primero, y de ninguna manera voy a dejar que ese imbécil de mente cerrada se quede con la casa.

—¿Aunque no puedas escribir en ella? ¿Quieres pelear por la casa que no tiene "vibra"?, — bromea.

—Eso es irrelevante, — exclamo y cierro los puños. Cada vez que hablo de Dryston, mis manos terminan así.

Nos conocimos hace dos años en una fiesta, y me enamoré de su técnica de seducción. Me llevó mucho tiempo ver que tenía el Síndrome de *Peter Pan* escrito por todas partes. Desafortunadamente, alquilar esta casa durante tres años fue la única cosa madura que hicimos juntos, y ahora, es un desastre. Vivir tres meses en la misma casa que tu ex-novio, que es un chico de fraternidad que nunca madurará, es tan malo como lo puedes imaginar.

El único aspecto positivo de esta situación es que estará ausente durante el verano. *Gracias a Dios.*

—De ninguna manera me voy a mudar, — rechino los dientes apretándolos y miro a Lynsey acusándola. —¡Vivo al lado de mi mejor amiga! No quieres que me mude, ¿verdad?

Voltea los ojos. —No.

—Exacto. Así que eso es todo. Es un malcriado que siempre ha conseguido lo que quiere, pero esta vez no. Está veraneando en los Hamptons, por el amor de Dios, puede pagar su propia casa. Yo me quedo aquí.

—Es como un duelo mexicano con ustedes dos… ¡Ya no puedo! — Lynsey gruñe y se pasa las manos por su cabello. — Disfruta vivir con tu ex durante el próximo año. Verás cómo te funciona eso.

—Soy perfectamente feliz viviendo aquí abajo. De hecho, este dormitorio es más grande. — No importa el hecho de que la habitación de arriba tiene las mejores vistas de las montañas. Esa habitación está contaminada de todos modos. Apesta a perfume de chico de secundaria y a idiotez.

Mis pensamientos se distraen cuando mis ojos se posan en un logo familiar que conozco mejor que el mío de la marca Mercedes Lee Loveletter.

Miro a Lynsey con mirada preocupada. —Es una carta de Tire Depot.

—Lo han descubierto. — Inhala y se tapa la boca como si acabáramos de descubrir que uno de nuestros amigos es un asesino.

—¡Deja de ser tan dramática! — Grito a la defensiva mientras mis dedos presionan fuertemente el sobre. —No sabes si se han dado cuenta. Esto podría ser como… correo basura o algo así. ¿Quizá estarán ofreciendo un especial en cambios de aceite la semana que viene?

—¿Te han enviado alguna vez por correo algo así antes?

—¡No! — Grito mientras la realidad se asienta y el temor me invade. Miro a Lynsey con ojos grandes y temerosos. —¿Y si esto se acabó?

—¿Qué quieres decir?, — pregunta.

—¿Y si este es el momento que he temido todo el tiempo? ¡Podrían estar quitándome mi magia!

—No lo sabes, — defiende Lynsey. Claramente, ambas procesamos los sentimientos de forma diferente porque ahora hemos hecho un giro de ciento ochenta grados, y ella inventa excusas mientras yo estoy agonizando de la angustia.

—¡No tendrían otra razón para enviarme una carta! — Grito e inhalo temblorosa. —Maldita sea, — gruño y desgarro el sobre para que mi muerte sea rápida.

Desdoblo la carta que está impresa con el membrete del Tire Depot y la leo en voz alta. —Querida Srta. Smith, nos hemos dado cuenta de que disfruta de nuestra sala de espera para clientes. Estamos muy contentos de que disfrute pasar sus días con nosotros. Sin embargo, ha excedido el límite de bebidas de cortesía. Según la política de la compañía, adjunto encontrará una factura por las bebidas que ha consumido en exceso.

—¿Qué? — Lynsey grita. Dios mío, ambas somos un maldito desastre.

—Tiene que ser una broma, — saco una risa falsa y miro la segunda hoja que enumera los productos detallados que he consumido. Como un disparo, me paro, el correo en mi regazo cayendo al suelo.

—¡Mierda! ¿Cómo lo supieron?

—¿Saber qué?

—Quiero decir… esta factura tiene que ser una broma, pero esta lista detallada es terriblemente precisa.

—¿Qué quieres decir?

Le paso el papel y señalo cada línea. —Probablemente he bebido quince espressos grandes y treinta cafés con caramelo y leche de almendras. Eso es… exactamente lo que tomo. Empiezo mis días con un espresso grande y luego tomo dos cafés con caramelo y leche de almendras por la tarde.

—¡Oh, Kate! — Lynsey exclama. —Las calorías.

—¡Pero no almuerzo!— Le discuto.

Asiente con la cabeza, aparentemente tranquila por esa respuesta. —¿Así que esto es legítimo?

—No puede ser, — argumento, pero el hueco en mi estómago indica que no estoy totalmente convencida.

Esta es la cuestión. No estoy enojada por la factura de ciento ochenta dólares. Cobrar cuatro dólares por una bebida es más barato que en Starbucks.

¡Pero estoy furiosa por el descaro de Tire Depot! ¿Qué clase de negocio respetable le cobraría a una persona el exceso de consumo de café de cortesía?

—Esto en serio no puede ser cierto.

—¡Oh, Kate! Te faltó una página. — Lynsey dice, tomando una hoja del suelo. —Es por las galletas. Honestamente, eres un poco asquerosa. No sé como es que no pesas ya doscientas libras.—¡Cállate!— Le quito la hoja de las manos, avergonzada por la lista. *Dios, si parezco un cerdo cuando lo enumeras todo de esa manera.*

—Espera un maldito minuto… esto dice daneses. ¡Nunca he comido un danés ahí en mi vida! ¡Me están tomando el pelo!

Desvío la mirada acusadora hacia Lynsey, pero parece

demasiado metida en esta escena para ser la culpable. Trato de recordar quién más podría enviarme una factura falsa. Podría ser cualquier persona a la que le rogué que me dejara llevar su auto… lo cual es un número embarazoso. O podrían ser mis hermanos, pero honestamente, el logo en el membrete es demasiado perfecto para que sea cualquier amigo o familiar.

Mis ojos azules se encuentran con los marrones de Lynsey, y al mismo tiempo, ambas decimos —Dean.

Minutos después, Lynsey y yo estamos en mi auto listas para ir a la casa de nuestro amigo Dean que vive en mi calle a una milla de distancia. Este pequeño complejo de casas es una pequeña joya escondida situada en las orillas de Boulder. Lleno de veinte y treintañeros con ingresos extras que ya no están activos en la vida nocturna de Boulder, pero necesitan vivir cerca de esta. Y como las propiedades son caras en toda esta área, este lugar parece valer un poco más. Aquí, tienes más espacio, la naturaleza, las vistas, y aún así tiene un buen sentido de comunidad.

Después de la universidad, viví en el centro, pero cuando crecí y empecé a escribir tiempo completo, vivir allí me pareció demasiado concurrido. Odiaba como debía esquivar constantemente a cientos de corredores cuando iba a dar un paseo en bicicleta por los senderos. Dios, hay un montón de corredores en Boulder.

Pero la idea de volver a Longmont en el mismo barrio que mis padres, mis dos hermanos y sus familias en crecimiento era un pensamiento tan deprimente. Podía imaginar perfectamente a mis padres invitándome a su casa los viernes por la noche mientras me cuidaban y me daban hot dogs y macarrones con queso junto a mis sobrinos. No me malinterpreten, quiero mucho a mis sobrinos traviesos, pero es realmente molesto ser la hermana mayor y que aún me ven como el bebé de la familia solo porque tengo un trabajo que me permite usar pantalones deportivos todos los días.

Sin mencionar que ninguna familia quiere que un escritor de erotismo se convierta en su vecino. ¿Qué clase de correo pervertido le dejarán en su puerta?

Lynsey se había mudado aquí hace unos tres años, y la seguí junto con Dryston un año después. Cuando nos instalamos, las palabras fluyeron solas. Los caminos eran tranquilos, y las vistas alimentaban mi alma, así como mis pequeños dedos. Tenía a mi mejor amiga justo al lado, y las palabras fluían.

Entonces, la ruptura ocurrió, y mi creatividad se secó como la granola casera que nuestro gerente del complejo nos da cada año para Navidad.

Dado que solo otro idiota en el planeta sabe de mi problema con las palabras y de mi reciente solución a ese problema, eso significa que va a recibir un puñetazo en los testículos esta maravillosa tarde del viernes.

—Bien, — le susurro a Lynsey mientras estamos frente a la puerta de Dean. Luz sale de sus ventanas sobre nosotras mientras el sol se oculta detrás de las colinas. —Este es el plan. Voy a arrodillarme aquí… tú llamas a la puerta, y cuando la abra, sus ojos se situarán en ti, y yo le daré un gancho derecho a sus pelotas.

—¡Kate! — Lynsey grita, sus gruesas cejas se fruncen. —Eso es tan extremo. ¿Y si él no lo hizo?

—Seguramente, tiene un golpe bajo en su futuro por algo. Ese hombre es todo un mujeriego. Por eso siempre se lo merece.

Miro a mi amiga, y se ve tan joven con esos grandes ojos

marrones e inocentes. No es de extrañar que Dean se sintiera atraído por ella cuando se conocieron.

Poco después de mudarme aquí, Lynsey y yo nos encontramos con Dean durante sus salidas a correr diarias mientras salíamos a pasear. Pude notar instantáneamente que había una chispa entre ellos. Salieron un par de veces, pero al final decidieron seguir siendo amigos. Sin embargo, creo que Lynsey todavía tiene una debilidad por el pequeño idiota.

Volteando mis ojos, cedo a sus deseos y me levanto para tocar la puerta. —¿Por qué eres tan madura?

Un minuto después, Dean abre la puerta y apoya su brazo en el marco dando esa gran impresión masculina que tiene. Dean es la imagen de un hombre de negocios de Boulder, alto, moreno, guapo y con barba. Además, lleva unas gafas negras que le hacen parecer sumamente inteligente, y lo es.

Pero en realidad, es parte nerd, parte hombre de montaña, y parte hípster rico. Lleva unos pantalones de cuadros, camisa ajustada y una chaqueta color melocotón, se las arregla para verse masculino y con estilo mientras lo hace. Es el único tipo que conozco que podría tener un aspecto así y no tener a otros convencidos de que batea para el otro lado. A veces no usa calcetines con sus mocasines, y no sé por qué se ve bien, pero lo hace. Dryston intentó imitar el estilo, pero fue un fracaso. Se esforzó demasiado.

Pero Dean, tiene esa arrogancia innegable.

También tiene la mejor historia. Dean heredó un montón de dinero de sus abuelos cuando tenía dieciocho años. En lugar de ir a la universidad y obtener una educación de alto precio como sus padres le rogaron, decidió educarse en el mercado de valores.

Aparentemente, tenía el toque de Midas. Lynsey me dijo

que duplicó su herencia en el primer año. Ahora es una especie de corredor de bolsa durante el día. No sé mucho sobre lo que hace, pero tiene una oficina en el centro a la que va todos los días con sus trajes elegantes y modernos.

Sin avisar, le golpeo su estómago carnoso con mi puño. Bueno, estómago duro y marcado, pero como sea. No pienso en Dean de esa manera. Todo el aire sale de su boca mientras agarra su estómago.

—Eres un imbécil, y sé que tú enviaste esa factura falsa.

Gruñe de dolor, pero sé que solo está siendo dramático, así que no lo golpearé de nuevo. —Encantado de verte también, Kate, — gruñe.

—Agradece que no te haya dado un puñetazo en las bolas, — grita Lynsey por detrás de mí. —Te salvé de eso.

—Gracias, Lyns, — gime y retrocede, dándonos la bienvenida en silencio.

El diseño de la casa de Dean es idéntico al mío y al de Lynsey, pero tiene el estilo minimalista de las casas de soltero. Lo cual es raro porque es rico. Tal vez gasta todo su dinero en ropa, porque los únicos muebles aquí son sillas puffs y taburetes incómodos. No hay una mesa de comedor a la vista, aunque hay una lámpara donde debería estar.

Paso por delante de él, me dirijo directamente a su nevera y me sirvo una cerveza. Agarro una para cada uno de ellos y digo. —Eres tan obvio.

—¿Cómo supiste que era yo?— Dean pregunta, frotando su estómago y todavía haciendo un gesto de dolor mientras le doy una cerveza que le pasa a Lynsey.

Le doy otra, y el idiota se desabrocha su camisa para aplicar el vaso frío a sus abdominales marcados. Me mira y mueve sus cejas sugestivamente.

Ignoro su patético movimiento y le respondo: —El membrete era demasiado perfecto, y sé que sabes como usar Photoshop. Deberías intentar ser más malo.

Sonríe a medias y ajusta sus gafas negras. —Es la primera vez que escucho eso en mi vida.

Volteo mis ojos y me subo al mostrador. —Eres un cerdo.

—Tú eres un bicho raro, — responde y le quita la tapa a la botella. —Y vi tu historia de Instagram hoy. ¿Crees que no sabría qué sigues yendo a Tire Depot si publicas diariamente sobre ello en las redes sociales?

—Porque mis mensajes en las redes sociales son mi gracia divina. Me ayuda a sentirme menos culpable por ir allí sin ser un cliente real.

Se apoya en la pared cercana que lleva a la habitación de huéspedes y toma un sorbo de su cerveza antes de responder. —¿Crees que si te atrapan y ven todos los mensajes de Facebook, extenderán la alfombra roja?

—¡Dios, déjame, puedo soñar!— Grito dramáticamente y tomo un trago.

Lynsey se ríe desde su lugar en el taburete de al lado. —Deberías haberla visto, Dean. Pensé que iba a empezar a llorar cuando vio esa carta.

Asiento seriamente. —¡No me digas! Esa cosa casi me envió a un estado de depresión. Estaba considerando mudarme a otra ciudad que tenga un Tire Depot porque sé que es una franquicia.

—Eres tan simple. — Sacude la cabeza y toma otro trago. —Intenté que vinieras a ver mi espacio de trabajo. Tenemos un buen café allí también, sin miedo a que te atrapen con las manos en la masa con cafés robados.

—Ese lugar es para los aspirantes a magnates de los negocios. Ese no es mi público.

Cruza los brazos sobre su pecho mientras aún sostiene la cerveza en su puño. —¿Y los clientes en la sala de espera de una tienda de neumáticos lo son? ¿Qué tan geniales pueden ser realmente?

—Necesitas verlo para creerlo, — afirmo y miro a Lynsey. —Pero puede que no tenga el mismo efecto en ustedes que en mí. Todo se trata de la vibra y si te reconforta tu chi interior. Cuéntale a Dean sobre la cafetería del hospital el otro día, Lynsey.

Su cara se sonroja, y sacude la cabeza hacia mí, su pelo castaño cubriendo su cara mientras lo hace. —Eso fue algo de una sola vez.

—Una cosa de una sola vez que deberías repetir si quieres terminar tu maldita tesis, — afirmo con un serio levantamiento de cejas. —Les digo, chicos. Los tres tenemos la mejor vida. Podemos trabajar desde cualquier lugar que queramos. Todo lo que necesitamos es una computadora, Wi- Fi, un enchufe, y estaremos listos. Pero nuestra productividad está estrechamente ligada a nuestro estado de ánimo. Si encuentras la vibra en algún lugar, tienes que luchar por ella. Una vibra increíble es como una musa de hoy en día. ¡Tire Depot es para mí lo que Fanny Brawne era para John Keats! ¡Esa es la poesía en movimiento de la que no puedes alejarte! Probablemente escribirán sobre esto en los libros de historia después de que muera.

—¡Suenas como una lunática!— Dean grita, pasando una mano por su cabello oscuro que siempre le cae en los ojos. —Compré este lugar para que los días que trabajo desde casa sean pacíficos y tranquilos. Si quieres someterte al ruido del público en general, adelante. Haz lo que quieras.

—No es ruido, es una vibra, — discuto y aviento mi sandalia contra su pecho. Se inclina para recogerla, y en vez de devolvérmela, la tira por la puerta trasera de la cocina. *Idiota.* — ¿Y si pudieras trabajar aún mejor en otro lugar? ¿Y si encontraras un lugar donde terminaras tu trabajo en la mitad de tiempo? Tendrías más tiempo para ir de excursión, tener sexo con chicas, jugarle bromas a tus amigos, comprar más pantalones a cuadros.

Esto obliga a que una sonrisita se extienda por su cara. — ¿Has notado mis pantalones, Kate?

—No, — me burlo a la defensiva. —Y no cambies de tema. Hay algo que decir de las áreas de espera. Los lugares donde la gente espera son minas de oro mentales. Me siento como una maldita campeona cuando estoy escribiendo palabras sentada junto a una chica que desperdicia su vida en Facebook. ¡Es un gran estímulo moral para Mercedes Lee Loveletter!

Lynsey se ríe. —Todavía no puedo creer que hayas llegado a una lista de best-sellers con ese seudónimo.

Me emociono. —Mis lectores me entienden.

—Tendrían que hacerlo, — murmura Dean, pero me lanza una sonrisa de orgullo.

—Solo me gusta mantenerlo real. — Me siento casualmente, relajándome en mi lugar en el mostrador. —Pero diré, si hay café gratis donde encuentras tu vibra, sientes como si hubieras ganado algo sobre los demás. Vivimos en un mundo que cobra por casi todo. Estacionamiento. Vasos con hielo. Espacio de oficina. Así que cuando disfrutas de las pequeñas cosas de la vida, como café de cortesía, restaura tu fe en la humanidad. Y ese maldito café gratis sabe mejor, eso es un hecho.

—Así que vas a volver allí mañana, — afirma Dean, su comportamiento claramente no es tan eufórico como el mío.

—¡Claro que sí! Esta novela erótica no se escribirá sola. — Levanto mi cerveza y decido hacer un brindis improvisado. — Únanse a la espera conmigo, mis amigos. Es la revolución de los millennials de nuestros días. Ya lo verán.

CAPÍTULO 4

Kate

Hay algo que he aprendido después de tres semanas en el Tire Depot: La seguridad lo es todo. Si entras como si fueras el dueño del lugar, nadie se dará cuenta. El Centro de Confort para el Cliente está lleno de clientes de todos modos, y esos son nuevos cada día, demonios, cada hora. Estos tipos son rápidos con el trabajo de lubricación.

Sin embargo, hay empleados que frecuentan el CCC. Normalmente vienen a robar una galleta o a rellenar sus vasos en la máquina de refrescos. *¡Sí, lo sé! ¡Una máquina de refrescos!* La única manera de que el CCC sea más perfecto es que pasen repeticiones de los episodios de *Gilmore Girls* en la televisión en lugar de telenovelas cursis. Pero honestamente, no podría soportar ese nivel de distracción, así que esas telenovelas de mierda son definitivamente lo mejor.

Pero como veo a empleados conocidos con regularidad,

llevo un disfraz para proteger mi identidad: mi fiel gorra de béisbol. Sé que soy una pelirroja notable, pero la mayoría de la gente no te confrontará por algo tan ridículo como frecuentar su sala de espera sin un auto. Al menos, eso espero.

Hoy, estoy inmersa en la zona de palabras, con mi gorra de béisbol cubriéndome, mis audífonos con cancelación de ruido, con maravillosos sonidos electrónicos que son geniales para escenas de sexo anal, cuando los vellos en mi nuca comienzan a levantarse.

Mis dedos se detienen en el teclado, y levanto la mirada desde mi lugar en los sillones que rodean la TV. Todo el mundo mira alrededor con curiosidad, incluso con acusación. Frunciendo el ceño, miro alrededor de la habitación, y se me hiela la sangre cuando veo a un repartidor de pizza de pie en la enorme sala de espera gritando algo a las treinta y cinco personas que están aquí hoy.

Con las manos temblorosas, me saco los audífonos inalámbricos y escucho claramente: —Mercedes Lee Loveletter, tengo dos pizzas grandes, palitos de pan con parmesano y una libra de alitas de pollo deshuesadas. Con… — Hace una pausa para mirar el recibo. —Tres salsas para acompañar.

¿Por qué está gritando el recibo de entrega en voz alta? ¿Es eso común? No creo que sea algo común.

Después añade, —Reclámalo ahora, o se va a la basura.

Mi lado de chica ahorradora ruge, y mi cara se sonroja cuando digo, —Soy Mercedes.

El chico de dieciocho años con pelo grasoso y cicatrices de acné me observa con una mirada perdida. —He estado diciendo su nombre durante unos cinco minutos.

¿En serio me esta regañando delante de toda esta gente? *Y por Dios… ¿cinco minutos?*

—Bueno, yo no pedí la pizza, — me defiendo, moviéndome incómodamente y cerrando mi computadora mientras las miradas de todos están sobre mí como si estuviera a punto de iniciar una maldita coreografía o algo así. —¿Sabes quién la envía?

—No, — dice el chico y se mueve hacia mí mientras saca suficiente comida como para alimentar a diez personas.

—Esto es una broma. — Me río nerviosamente y deslizo mi computadora a mi lado. Su mirada se encuentra con la mía otra vez. —Nunca podría comer todo esto.

—A mí… no… me importa, — confirma, dejando caer la comida caliente en mi regazo, se gira sobre sus talones con la bolsa de la pizza en la mano, y sale de la habitación.

Estoy literalmente sentada con una montaña de comida caliente en mi regazo, y todo el mundo me mira fijamente. Nadie está sonriendo. Nadie parece entender el chiste. Todos me miran boquiabiertos y piensan, ¿qué clase de perdedor gordo ordena una pizza mientras espera un cambio de aceite?

Incómodamente, me levanto con mis cajas de comida y me acerco a una mesa alta que está fuera del centro del escenario, pero puedo sentir que todos me siguen mirando. Mi estómago se está revolviendo con tanta humillación, que ya no tengo hambre.

Veo el recibo pegado a la parte superior de las alitas de pollo sin hueso y lo arranco para verlo más de cerca. Al final de la transacción con tarjeta de crédito, encuentro un nombre que conozco muy bien:

Hannah Martin.

Hannah es la reina de la comedia romántica y fue la primera amiga autora que hice en la comunidad editorial independiente. Ambas teníamos libros nuevos al mismo tiempo y éramos tan nuevas en la industria que nos aferramos la una a la otra para sobrevivir. Vive en Florida con su esposo y sus tres hijos, pero la veo varias veces al año en las firmas de libros. Hablamos casi todos los días sobre cosas de libros y todo lo que nos divierte. Hannah fue la que me presionó para que siguiera regresando a Tire Depot, por lo que nunca vi venir esto.

Temblorosamente, tomo mi teléfono de mi bolsillo trasero y escribo un mensaje de texto….

Yo: Maldita zorra.

Hannah: ¿Qué?

Yo: Tú sabes qué. ¡Esta pizza!

Hannah: No sé de qué me estás hablando.

Yo: Tú nombre está en el recibo.

Hannah: ¡MIERDA! Pensé que te tomaría al menos diez minutos descubrir que era yo.

Yo: ¡Sí, mierda! Estoy sumamente avergonzada, idiota. Estoy tratando de mantener un perfil bajo, pero ese repartidor probablemente tuvo que hablar con los chicos del mostrador para averiguar dónde estaba. ¡Estoy humillada, y eres de lo peor! ¿No tienes tu propio libro que escribir? ¿Cómo tienes tiempo para esto?

Hannah: Estoy temblando de tanto reír que es difícil escribir.

Yo: Tenía mis audífonos puestos, así que no lo escuché gritar mi nombre. Enumeró toda la comida que compraste para un equipo de fútbol y luego me la

entregó: mientras la gordita pelirroja se escondía en el rincón. ¡Maldita seas!

Hannah: ¿Pero está buena? Te incluí unas salsas extra para esos palitos de pan. Eso cuesta extra, sabes. No soy tacaña.

Yo: ¡No puedo comerlo porque mi mortificación me ha quitado el hambre! Pero… esto me da una excusa para probar la máquina de la fuente de sodas, así que… hay un lado positivo.

Hannah: Tengo los ojos llorosos de tanto reír.

Yo: Si, carcajéate. Dios, estaba escribiendo una escena de sexo anal, así que también estaba súper inmersa en la zona… no es de extrañar que no lo escuché.

Hannah: DETÉNTE. MI ESTÓMAGO ME ESTÁ MATANDO… POR TANTO REIR.

Yo: Buena jugada, maldita zorra. Buena jugada. Y lo peor es que mi tacaña interior NO me dejará tirar estas sobras. Así que voy a tener que llevármelas de aquí.

Hannah: Si, contaba con eso. ¿Quieres escuchar algo horrible?

Yo: ¿Qué?

Hannah: Iba a hacer una entrega menos ostentosa de sándwiches, pero luego decidí que las cajas de pizza eran más vergonzosas.

Yo: Estás muerta para mí.

Quince minutos después…

Hannah: Así que te he estado imaginando de mal humor y negándote a comer durante los últimos quince minutos y finalmente te rendiste y te lo comiste de todos modos. ¿Estoy cerca?

Yo: Dios mío, es como si estuvieras aquí conmigo. Eso es exactamente lo que hice. Por cierto, la comida está deliciosa. Pero todavía no estoy agradecida.

Hannah: Pero siempre será un placer. ;) Los mejores $53 dólares que he gastado.

Después de terminar mi almuerzo, meto la pizza debajo de la silla en el rincón donde me gusta sentarme por las tardes, ya que, está cerca de un enchufe e intento volver a escribir. Honestamente, he comido mucho, así que eso me dará unas tres horas extra aquí.

Mi héroe está sacando el lubricante cuando veo un enorme cuerpo parado peculiarmente cerca de mí. Miro hacia arriba y casi grito de asombro mientras el mismo mecánico guapo me mira fijamente.

¿Cómo me vio aquí? Este lugar está súper aislado, y nadie se sienta aquí.

—¿Puedo ayudarte? — Pregunto, sacando mis audífonos y observando el ancho de sus hombros. Hoy, el Sr. Book Boyfriend lleva jeans azules y una ajustada camiseta negra de Tire Depot. Luce mucho más limpio de lo que se veía ayer con su overol sucio que me hizo reconsiderar la profesión de mi protagonista del libro actual.

—Estás de vuelta, — dice deliberadamente, sus

impresionantes ojos azules observando detenidamente mis pantalones de yoga, camiseta y gorra de béisbol.

—Yo… tuve un problema con uno de mis neumáticos. Los chicos lo están arreglando.

—¿Qué chicos? — pregunta, cruzando sus bronceados y definidos brazos sobre su pecho.

Tengo que levantar mi cuello completamente hacia atrás para llegar a ver su cara ya que es muy alto.

—No estoy realmente segura.

—Bien, ¿qué auto? — pregunta, pasando una mano por su cabello corto y negro. Maldición, tiene esa gran presencia, oscura y hermosa hecha a la perfección. Parece casi mediterráneo. ¡Me desmayo!

Trago lentamente. —Um… conduzco un Cadillac SRX.

—¿Un Cadillac? — se ríe. —¿No es una marca de auto para ancianas?

Frunzo mis cejas. —No es un auto de anciana. Es un todo terreno de lujo. Es maravilloso. Tengo asientos climatizados.

—Bueno, si tienes esa cantidad de dinero para gastar en un vehículo, deberías mirar un Lexus o un BMW. Mucho más sexy. Te verías muy sexy conduciendo un Lexus LX.

—Tal vez no estoy tratando de verme sexy. Tal vez me gusta verme como una anciana. — Eso fue una cosa muy poco halagadora, pero Book Boyfriend estalla a carcajadas y se agacha a mi lado.

—¿Cómo te llamas? — pregunta, y ahora que está al nivel de mis ojos, me sorprende lo guapo que es.

Ayer, estaba tan nerviosa que no tuve tiempo de admirarlo. Ahora, no puedo evitar mirar toda su cara. Su piel está bronceada y casi perfecta. Su mandíbula es cuadrada y definida, incluso bajo esa sexy barba medio crecida. Sus ojos azules son como zafiros y están enmarcados por las pestañas más gruesas, negras y fascinantes que he visto. Sus labios exuberantes y rojizos parecen descansar naturalmente en una especie de estado fruncido.

Como si su cara por defecto fuera irresistible.

Me quedo inmóvil con cara de idiota.

—Me llamo Mercedes, — respondo y luego frunzo el ceño. ¿Por qué le di mi seudónimo en lugar de mi nombre real? Bueno, supongo que al menos de esta forma no podrá mirar mi expediente y ver cuántos autos he traído en las últimas semanas. Además, a veces es más divertido ser mi alter ego que la aburrida Kate Smith, que a menudo olvida ponerse desodorante.

—Es perfecto. Te verías muy bien en un Mercedes, — murmura, su tono grave me da escalofríos.

—¿Y qué es lo que tu conduces? — Pregunto, aunque ya sé la respuesta.

—Una motocicleta Indian.

Sacudo la cabeza. —¿Por qué no me sorprende?

Sonríe, sus dientes son blancos y brillantes, y me gusta que uno de ellos sobresalga un poco más que los otros. —¿Soy tan predecible?

—Más predecible que mi auto de anciana, — respondo con un guiño.

Sonríe de nuevo, y me dan esas mariposas en el estómago que intento describir de forma diferente en cada libro que escribo. Mi estómago da vueltas. Saltos mortales. Fuegos artificiales en mi barriga. Espera, ese último es terrible, suena a diarrea.

—Bueno, es un placer conocerte oficialmente, Mercedes. Soy Miles Hudson, — dice, tomando mi mano en la suya y agitándola suavemente. Su palma es cálida, seca y tan enorme que tengo que apretar mis muslos porque siento que puedo empezar a emitir un aroma de fertilidad como un animal. —Ahora dime por qué estás realmente aquí.

Mi cabeza cae de nuevo en la silla. Esto no puede ser el final del camino. ¡Aún no he terminado mi libro! Miro la pizza tibia debajo de mi silla. —¿Las sobras de pizza te mantendrían callado?

Aprieta esos hermosos labios y mira hacia la comida que apenas toque. —Puede que te dé algo de tiempo.

Sonrío con entusiasmo y casi salto de la silla para agarrar la mercancía. —Genial, tiempo es todo lo que necesito. — Le paso las cajas, y las agarra, riéndose.

—Hablas en serio, — dice con una mirada incrédula, sus ojos azules se deslizan por cada rasgo de mi cara con exceso de ansiedad mientras me siento en mi silla.

—Súper en serio, — respondo, mis ojos suplicando.

Me continúa viendo por un segundo y me arrepiento un poco de haberme puesto solo rímel esta mañana. —Muy bien, Mercedes. Te dejaré en paz, por ahora.

Se pone de pie, y no puedo evitar notar el bulto en sus pantalones porque está literalmente a la altura de mis ojos. No como un bulto de erección, el tipo de bulto con el que un hombre bien dotado camina todos los días. Con esas enormes manos y pies gigantes, no es de extrañar.

—Nos vemos cerca de la fuente de agua, Miles, — digo descaradamente mientras me pongo los audífonos en los oídos.

Me mira con curiosidad, pero por suerte acepta el soborno de la pizza y se va. Aprovecho la oportunidad para admirar su trasero y no me decepciona. *Las cosas que hago con fines de investigación.*

CAPÍTULO 5

Miles

—No has notado a una guapa pelirroja en el centro de confort, ¿verdad? — Le pregunto a mi compañero de trabajo, Sam, que está sentado a mi lado en nuestro lugar favorito del centro, el bar Pearl Street.

—No. Nunca la he visto. ¿Estuvo allí hoy?, — pregunta, acariciando su barba rojiza.

—Sí, — respondo con un sorbo de mi cerveza. —Y ayer.

—¿Qué estaba haciendo?

Me encojo de hombros. —Solo estaba en la computadora.

—¿Cuál es el problema entonces?

—No creo que tuviera un auto arreglando en el taller.

—¿Así que está robando Wi-Fi gratis? Llama a la policía, tenemos a una delincuente en nuestras manos, — dice sarcásticamente y le hace un gesto al camarero para pedir otra ronda.

Sacudo la cabeza en defensa. —No siento la vibra de que ella sea una vividora. Se siente más como… ¿desesperación?

Sam se inclina hacia atrás y sacude la cabeza. —Ahora todo tiene sentido. Tienes un fetiche por las chicas desesperadas, hermano.

—No, no lo tengo.

—Sí, lo tienes. Te gusta salvarlas. Ser el noble caballero, hacer tu movida y protegerlas.

—Esta chica conduce un Cadillac. No necesita ser salvada.

—¿Así que no se parece en nada a Jocelyn? — pregunta, entrecerrando seriamente su mirada.

—Amigo, he terminado con Joce. ¿Podemos por favor dejar de hablar de ella?

—Miles, tu novia de toda la vida te dejó por un idiota rico y feo. Esa mierda se te queda grabada para siempre.

Gruño y tomo un trago de mi cerveza, tratando de no apretar el vaso hasta que se rompa en mi mano. Jocelyn Vanbeek ya ha desperdiciado demasiado tiempo de mi vida. La mayoría de los veinteañeros se acuestan con tantas chicas como pueden, mientras yo pasé los mejores años de mi vida obsesionado con una chica. Estuve en un infierno constante, en un estado de terminar y volver con ella durante casi una década.

Ahora tengo treinta años, y finalmente he dejado atrás ese drama. No importa el hecho de que ahora está casada y tenga un hijo.

Tomo un sorbo desabrido de mi cerveza y giro mi taburete para mirar al puñado de prospectos femeninos de esta noche.

—Dios, odio que Boulder sea un festival de salchichas. Dime de nuevo, ¿Por qué vivimos aquí?

—Porque mi tío es el gerente, y ningún otro jefe soportaría nuestra mierda.

Sonrío y señalo a una morena sexy en la esquina. —¿Y tal vez eso?

Sam sacude la cabeza. —Recuperando el tiempo perdido… lo entiendo. Ve por ella, hermano— Me da una palmada en la espalda, y procedo a hacer mi movida.

Al día siguiente, como una especie de acosador, tengo los ojos enfocados en la ventana que da al callejón detrás del taller. Estoy todo el día cambiando neumáticos, lo que es bueno en cierto modo porque es un trabajo fácil. Aunque lleva un poco más de tiempo, porque tengo que limpiar los huecos de las ruedas y reajustar la alineación, pero no me quejo. Me resulta fácil estar al pendiente de Mercedes escabulléndose.

Se está acercando el final del día, y estoy empezando a molestarme con la frecuencia con la que he mirado por esa maldita ventana. En lugar de limpiar mi estación para mañana, decido salir temprano, limpiarme y adentrarme al tranquilo Centro de Confort del Cliente para tomar un poco de café antes de salir.

Sin overol y vestido con jeans y camiseta, entro en la sala de espera vacía y no puedo evitar sonreír cuando la única alma a la vista es una pelirroja parada frente a la máquina de café. La tienda cerrará en quince minutos, pero sigue tomando cafeína como una campeona.

Está de espaldas a mí mientras espera a que la máquina le dispense la bebida, así que aprovecho la oportunidad para ojear el corte revelador de sus shorts de mezclilla. Están deshilachados en los extremos, *Daisy Dukes* azules originales que muestran sus esculpidas piernas. Un trozo de piel cremosa se asoma bajo su camiseta gris cuando busca una servilleta, y no puedo evitar babear un poco al ver la curva perfecta de su cintura.

La morena del bar de anoche tenía novio, así que puede que esté muy ansioso por saber la historia de la pelirroja de hoy. Levanto mis hombros y me acerco a Mercedes con propósito. Nuestros brazos se tocan mientras me paro a su lado y casualmente tomo una galleta de la vitrina.

Su cabeza se gira, y la miro sonriéndole. Primero mira mi cuerpo y luego lentamente mueve su mirada hacia mi cara.

Le guiño el ojo y me pregunto por qué está pálida. —Hola, Roja.

Parece que va a responder cuando de repente, su cara cambia, y sus ojos se ponen en blanco. Comienza a balancearse, y maldiciendo con una palabrota, me dejo caer de rodillas para agarrarla justo antes de que golpee su cabeza en el suelo.

—¡Mercedes! — exclamo, acomodando su cabeza en mi regazo y apartando los mechones de cabello pelirrojo de su cara. —Mercedes, ¿estás bien?

Sus ojos parpadean rápidamente, un poco desenfocados, y luego se abren. Primero mira al techo y luego a mí. —Miles, ¿verdad?

Tengo que reírme un poco de lo normal que suena. —Sí, Miles.

—¿Qué pasó? — pregunta, su visión se vuelve más enfocada con cada segundo que pasa.

—Creo que te desmayaste. ¿Te has desmayado antes?

Gime y se lleva la mano a la cara para pellizcarse el puente de la nariz. —Solo cuando no como.

—¿No has comido hoy? — Pregunto, sacudiendo la cabeza y mirando el estante lleno de galletas junto a la máquina de café. —¿Cuánto tiempo has estado aquí?

—Desde las nueve.

—Dios mío, — casi gruño. —¿Por qué no te comiste una galleta al menos?

—No me gusta comerme todas las galletas, — se queja, claramente un poco desorientada. —Betty trabaja tan duro en ellas. Ya es bastante malo que beba tanto café. — Su barbilla tiembla, y me quedo boquiabierto cuando veo que sus ojos se llenan de lágrimas.

—¿Qué pasa? — Pregunto y trato de no reírme mientras limpio las lágrimas de su mejilla. Se ve tan increíblemente tierna, que creo que me estoy enamorando.

—Es que… me siento mal por Betty. Nadie le dice nunca lo buenas que son esas galletas. Llegué temprano para probar sus daneses, y ya se habían acabado. ¿Qué tan loco es eso? Betty tiene que levantarse tan temprano para hacerlos frescos todos los días, y la gente los devora en segundos. ¿Me pregunto si alguien la aprecia en su vida? ¿Sabes si está casada?

Mis abdominales vibran cuando me muerdo el labio y trato de reprimir la risa dentro de mí. No sé cuanto café ha tomado hoy, pero estoy seguro de que fue demasiado. —Betty recibe un abrazo mío cada vez que la veo. Sabe que a los chicos de la tienda les encantan sus delicias horneadas.

—¿En serio? — Mercedes se pone feliz, sus ojos llenándose de esperanza.

—Sí, en serio.

—Eso es muy dulce. — Su barbilla hace esa cosa temblorosa de nuevo. —Lo siento, me pongo sentimental cuando tengo hambre. ¿Sabes cómo algunas personas se enojan cuando tienen hambre? Yo me pongo sentimental. Emocional y hambrienta, en inglés sería emongry. Les hice ingresarlo en el Urban Dictionary.

Si no se viera tan sentimental, me reiría a carcajadas. —Bueno, vamos a buscarte algo de comer entonces. Comida de verdad, no galletas.

—Puedo hacerlo yo sola, — afirma, moviéndose para sentarse.

La levanto, mis manos deslizándose alrededor de su pequeña cintura para estabilizarla cuando se balancea ligeramente. —De ninguna manera, Roja. No vas a conducir así. Mi motocicleta está justo atrás.

—Me acabo de desmayar, ¿y quieres que me suba a la parte de atrás de tu moto? ¿Cómo es esa una mejor opción?

Tiene un buen punto, así que giro rápidamente. —Entonces dame tus llaves, y conduciré tu auto. Estás borracha de tanto café y hambrienta, y no te perderé de vista hasta que comas algo de pizza.

—Me encanta la pizza, — responde con lágrimas en los ojos.

—Lo sé.

—¿Cómo lo sabes? — Me mira con una mirada seria, sus ojos azules brillantes y esperanzados.

—Bueno, a la mayoría de la gente le encanta la pizza. — Encojo mis hombros. —Y estabas usando una camisa de pizza el otro día, además de la pizza que fue entregada aquí ayer.

—Oh, sí. — Se acomoda su cabello detrás de las orejas y se dirige a su computadora que esta sobre una mesa. Cierra su computadora y la mete en su bolso. —Una comida rápida y dejaré de molestarte.

—Nah, no me estás molestando, — respondo, metiendo las manos en los bolsillos. *Tal vez Sam tiene razón, tengo algo por las damas en apuros.*

—Por favor, — responde con un movimiento de ojos.

—Prácticamente me desmayé en tus brazos. No podríamos ser más dignos de un libro si lo intentáramos.

Camina y me mira tímidamente, el color ya está regresando a sus mejillas. Le tomo la mano suavemente y la inmovilizo con una mirada seria. —Mercedes, no hay necesidad de avergonzarse. No es la primera vez que una chica se desmaya al verme.

Suelta una carcajada y libera su mano para darme un golpe en el estómago. —Aliméntame antes de empezar a recitar más líneas de una novela romántica cursi.

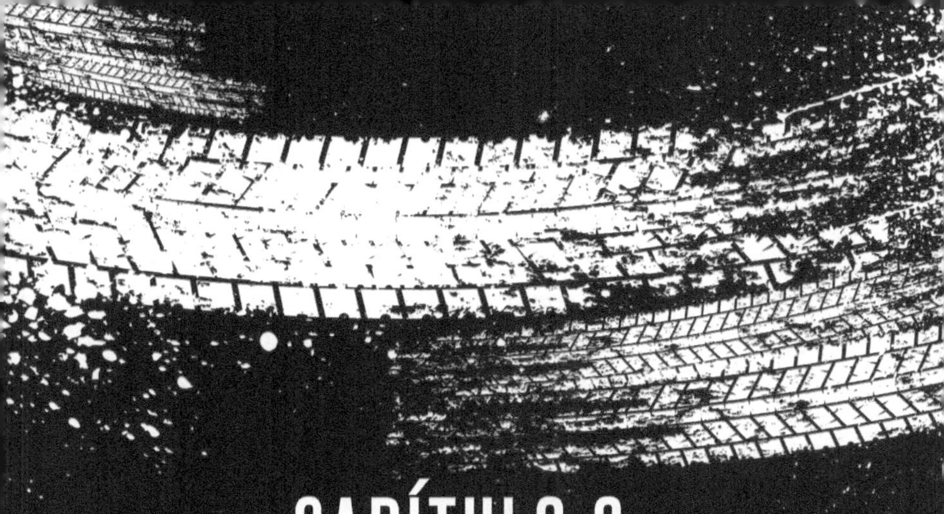

CAPÍTULO 6

Kate

Es raro oír a Miles llamarme Mercedes, pero no si lo pienso realmente. Voy a firmas de libros por todo el mundo donde los lectores y amigos autores me llaman Mercedes. Unas pocas personas en el mundo literario conocen mi verdadero nombre, pero nunca lo usan porque no quieren cometer el error de revelar mi verdadero nombre a los lectores. Así que, en el mundo literario, soy Mercedes, de principio a fin.

Pero mis amigos de Boulder me conocen como Kate. Y ahora Miles me conoce como Mercedes.

Esto podría complicarse.

Pero de nuevo, solo vamos a comer pizza. No es como si nos estuviéramos haciendo amigos en Facebook o algo así. Estoy creando una tormenta en un vaso de agua.

Miles estaciona mi auto frente a la pizzería de Audrey Jane. Es un lugar muy concurrido en Boulder que sirve una sabrosa pizza al estilo Nueva York. Se me esta haciendo agua la boca antes de salir de mi vehículo.

Salgo por la puerta del pasajero y Miles está ahí, agarrándome la mano como si fuera una paciente a la que acaban de operarle el busto. Quito mi mano de la suya. —Puedo caminar, Miles. Ya me siento mejor. El aire fresco me está ayudando.

Asiente con la cabeza y respetuosamente me da mi espacio mientras cierra la puerta. —¿Por qué no eliges una de las mesas al aire libre en el patio? Y yo iré a ordenar la pizza. ¿Alguna objeción con algún ingrediente?

—Sin cebollas, — digo en serio. —Esas cosas son desagradables y no tienen lugar en la pizza.

—¿Qué hay de las cebollas moradas?

Entrecierro los ojos.

Levanta las manos y sonríe. —Bien, bien, sin cebollas.

Se da la vuelta y sube las escaleras de dos en dos hasta la entrada del restaurante, pareciendo una especie de gladiador gigante en un mundo construido para meros mortales. Dios, es tan grande, que los escalones son demasiado pequeños para él. Y juro que se pone más guapo cada vez que lo veo. Esos jeans le abrazan el trasero perfectamente, y tengo que decir que nunca pensé que las botas de combate fueran lo mío, pero en Miles, junto con esos jeans gastados, esa camiseta negra ajustada, y su piel bronceada… Todo el aspecto de mecánico-motociclista está funcionando en serio.

Encuentro una mesa lejos del guitarrista acústico que canta en la esquina. Boulder en los veranos es como el paraíso de la hora feliz en los patios al aire libre de los restaurantes, con música en vivo en todas partes. La ciudad está llena de aspirantes a músicos que buscan un micrófono y un amplificador.

Unos minutos después, Miles vuelve y tiene un par de botellas de agua, una cubeta de cervezas con hielo, un número de pedido en un soporte y una cesta de palitos de pan calientes.

Los pone delante de mí y dice: —Tuve que matar a un tipo por esto.

—Espero que no los hayas manchado de sangre, — casi gruño mientras agarro uno de los largos palos dorados retorcidos y me lo meto en la boca al instante como una salvaje. Estoy demasiado impaciente para mojarlo en la salsa marinara en este momento. — Mmmm, — me deleito, mis ojos se cierran cuando muerdo otro trozo y casi tengo un orgasmo por el sabor. —Eres mi asesino favorito.

Me meto otro bocado mantecoso en la boca, y sigo gimiendo mi agradecimiento. Una vez que he terminado un palito de pan entero, finalmente abro los ojos y encuentro a Miles mirándome. Su mandíbula está abierta, y sus manos están congeladas en los apoyabrazos de la silla. No ha sacado ni una cerveza de la cubeta con hielo, y no está comiendo. Ni siquiera ha abierto una botella de agua. Solo está… mirándome fijamente.

—Dios, ¿ahora qué? — Pregunto, deslizando mi lengua a través de mi labio inferior para atrapar la gota de mantequilla de ajo que se escapa.

—Eres una provocadora, ¿lo sabías?, — dice con un movimiento de cabeza. Toma una cerveza, le quita la tapa y se bebe la mitad de la botella de un solo trago.

—¿Cómo es eso? — Pregunto riéndome, mi boca aún llena del magnífico pan. —Acabo de rellenar mi boca con un palito de pan como una especie de niño preadolescente huyendo del campamento para gordos.

—Entonces inscríbeme en el campamento para gordos, — responde y toma otro trago.

Miro su cuerpo firme, burlándome porque no parece tener ni un solo punto blando en ningún sitio. Con un suspiro de nostalgia, trato de alcanzar una cerveza, y rápidamente retira la cubeta de mi alcance.

Me mira con firmeza, esos ojos azul zafiro entre abiertos. — Bebe toda esta botella de agua, y luego puedes tomar una cerveza.

Inclino mi cabeza y le lanzo mi propia mirada fulminante. —Tengo veintisiete años, Miles. Creo que sé cuando puedo tomar una cerveza.

—Bueno, yo tengo treinta años, y el día que no te desmayes en mis brazos, estaré de acuerdo contigo. Pero por favor, por mi conciencia, ¿beberías algo de esto primero? — Me sostiene la botella de agua fría y su mirada se calma de tal manera que me doy cuenta de que probablemente esté acostumbrado a obtener lo que quiere de las mujeres. Tal vez sea un mujeriego más grande que Dean.

Exhalando fuertemente, tomo la botella y me bebo la mitad de su contenido en varios sorbos grandes. Bajo la botella, y me sonríe con satisfacción, lo que lo hace ver aún más guapo. Saca una botella marrón de la cubeta con hielo, le quita la tapa y me la ofrece.

—Gracias, — la tomo y doy un sorbo, disfrutando del sabor del alcohol después de un largo día de escribir. Bueno, de escribir y desmayarme.

—Vamos, quiero escucharlo, — dice, dejando su cerveza y apoyando los codos en la mesa.

—¿Oír qué? — Pregunto, moviendo mis pestañas inocentemente para él.

—¿Qué haces qué es tan importante que vayas todos los días al Centro de Confort del Cliente de Tire Depot y hace que te mueres de hambre hasta desmayarte?

Agarro otro palito de pan y me lo meto en la boca, masticando con una sonrisa arrogante y provocadora. —Todo lo que puedo decir es que estaba 'en la zona'.

Me devuelve la sonrisa. Maldita sea, ojalá mi sonrisa fuera la mitad de sexy que la suya ahora.

—Tienes que decirme más que eso. — Hace un gesto hacia el espacio que hay entre nosotros.

—Llamemos a esto un espacio seguro. Puedes compartir todo abiertamente, y nada se te reprochará.

Exhalo con fuerza porque sabía que no había manera de que pudiera compartir el pan con este tipo y no confesar. Así le cuento toda mi historia, hasta mi café favorito, las bromas y las miradas de reojo.

Intenta no reírse tanto que se muerde el labio inferior para evitar reaccionar. Continúo mi confesión sobre la vibra, la gente y el café. Incluso sigo hablando de Betty durante cinco minutos. Vomito todo lo que le he predicado a Lynsey y a Dean, así como a mis fans en redes sociales. Como el Tire Depot es como una cafetería sin pretensiones que incluye a todo el mundo. Bueno, todos los que tienen un vehículo, supongo.

Para cuando termino, casi me quedo sin aliento.

Miles da una lenta e incrédula sacudida de cabeza. —¿Y has estado haciendo esto por más de tres semanas?

—Básicamente. — Me encojo de hombros.

—¿Y estás escribiendo un libro? ¿De qué trata el libro?

Hago una mueca de disgusto ante esa pregunta. —No importa. Estoy logrando hacer el trabajo.

—¿Por qué no me dices lo que estás escribiendo? — pregunta, su cabeza se estremece ante mi respuesta brusca.

—Porque es extraño para la gente.

—¿Por qué dices eso?

—Si te digo eso, entonces estaré respondiendo a tu pregunta, y no quiero responder a tu pregunta.

—¡No te voy a juzgar!, — argumenta, agarrando su cerveza y tomando un trago.

Volteo mis ojos. — Me juzgarás.

Esto lo hace reírse con incredulidad. —Quiero decir, es bastante obvio. — Aprieto los labios, y finalmente se rinde. —Está bien, no tenemos que hablar de lo que estás escribiendo. — Me siento aliviada. —Aunque, te diré que soy un poco fanático de la historia, así que, si me dices que estás escribiendo el próximo *Game of Thrones*, básicamente tendremos que casarnos y vivir felices para siempre.

Esto me hace reír tanto que casi escupo la cerveza. Nos interrumpe la llegada de la pizza, y como todavía no he comido ninguna proteína en el día, dejamos lo que estamos hablando y nos concentramos en la comida. Las rebanadas son más grandes que mi cara, y ambos doblamos cuidadosamente un trozo por la mitad y lo comemos como animales hambrientos. Incluso después de tres palitos de pan, todavía tengo suficiente hambre para terminar una rebanada enorme, que no es nada comparado con las tres rebanadas de Miles. Apiló las dos últimas en un sándwich de pizza. ¡Un sándwich de pizza! Me maravillo al pensar a donde diablos va todo eso porque su cuerpo se ve espectacular bajo esa camisa de algodón ajustado.

Otra cerveza más tarde, finalmente hago la pregunta que ha estado en el fondo de mi mente. —¿Vas a decírselo a alguien?

Sus cejas se levantan. —¿Decirles que hay una guapa pelirroja que frecuenta la sala de espera y si podemos deshacernos de ella? Um, no.

Me río de nuevo. Maldita sea, este tipo me está convirtiendo en una chiquilla femenina. —¿Crees que alguien más sabe de mí?

Sacude la cabeza. —No, le pregunté a mi amigo Sam, que trabaja en el mostrador principal, y no sabía de que estaba hablando.

—¿Dirá algo?

—No, somos amigos.

Eso me relaja. —¿Entonces eres mecánico? — Pregunto, dándome cuenta de que no he hecho más que hablar acerca de mí.

—Sí, — responde, limpiándose la boca, relajándose en su asiento, sus piernas largas abiertas, sus pies grandes ocupando todo el espacio entre nuestras sillas. —Empecé en carrocería, pintura y algunas cosas de diseño, pero me cansé de usar el equipo, así que volví a la escuela de mecánica. Es un buen trabajo. Paga decente. Horas tranquilas. Sin fines de semana.

—Lo sé, — me quejo. —Odio que cierren los fines de semana.

Eso lo hace reír. —¿Nunca te tomas un descanso?

Sacudo la cabeza. —Soy adicta al trabajo. Es el negocio de los libros. Cuanto más rápido publiques, más te quedas en la mente de la gente. Tuve suerte de que mi primer libro fuera bien recibido, y no quiero perder ese impulso.

Asiente pensativamente. —Por eso trabajas durante el almuerzo. —

Me encojo de hombros. —Eso y a veces me olvido de comer.

Se ríe educadamente y añade: —Bueno, creo que es increíble que escribas. No se me ocurren suficientes palabras para el correo electrónico semanal para mis padres.

—¿Dónde viven tus padres?

—Utah. Nací y crecí allí. Vine a Boulder para la universidad. Bueno, escuela técnica, debería decir.

—Está lejos como para ir a una escuela técnica. Seguramente, tenían lugares así en Utah. — Me entrometo.

Tiene una mirada incómoda en los ojos. —Estaba siguiendo a una chica.

—¡Oh, noo! ¿Acabo de tropezar con un tema delicado? Tendrás que decirme si soy demasiado curiosa. Soy escritora, así que tengo que serlo por naturaleza. Mi instinto ahora mismo es hacerte preguntas rápidas sobre esta mujer y lo que pasó entre ustedes dos, pero di la palabra y no lo haré.

—La palabra, — dice al instante, su cara perdiendo todo el humor.

Trago lentamente. —Lo entiendo. Nada de charla de la ex-novia. — Esto funciona bien para mí también, porque ¿quién quiere oír el hecho de que técnicamente sigo viviendo con mi ex?

—Quiero decir, la he superado, — dice, —pero no me gusta pensar en ella.

Asiento a sabiendas. —Conozco el sentimiento.

Nuestros ojos se encuentran por un momento tenso, y es como si nuestros cuerpos tuvieran alguna comprensión instintiva que nuestras mentes no han alcanzado todavía. Casi se puede oír la tensión sexual crujiendo como leña seca en un fuego.

Miles aclara su garganta y dice, —Bueno, Roja, no te preocupes. Tu secreto está a salvo conmigo. — Hace una tonta señal de *"honor de explorador"* y añade: —Si ya terminaste, deberíamos regresar al Tire Depot por mi motocicleta.

—¡Claro! — Exclamo y me levanto rápidamente de la silla. Mis ojos se desvían por un momento antes de agregar, —Por casualidad no tienes la llave del Centro de Confort del Cliente, ¿verdad?

—¡Mercedes!, — me reprocha y se pone de pie delante de mí, agarrándome los hombros con sus manos grandes y varoniles. —Necesitas un maldito descanso, chica. Trabajar tan duro no puede ser bueno para tu 'vibra' o como sea que lo llames.

Me quedo mirando sus manos cálidas sobre mí. Son ásperas y duras, pero no grasosas, como se podría esperar de un mecánico. Y la forma en que su boca se curvó cuando dijo *vibra* se las arregló para enviar un corrientazo instantáneo a través de todo mi cuerpo. De hecho, siento mi pelvis inclinarse hacia él como si hubiera desarrollado mente propia.

—¿Qué haces cuando no estás trabajando? — pregunto antes de pensar, y mi mano vuela para cubrir mi boca. ¿En serio dije eso en voz alta? Por Dios, Kate. Contrólate. ¡Este no es uno de tus libros!

A Miles le divierte mi mortificación, pero luego una pared se construye sobre sus rasgos, algo que no he visto antes. —Me gusta… conducir mi motocicleta. Caminar. Leer. De vez en cuando, voy al lago.

Junto mis labios y asiento con la cabeza. —Genial, iré a comprar una Harley este fin de semana.

—Hazlo. — Sonríe y me rodea los hombros con el brazo de una manera amistosa, como un hermano. —Vamos, salgamos de aquí antes de que empiece a aburrirte con el por qué deberías conseguir una Indian en vez de una Harley.

Me río de eso. —Oh, charla de mecánicos, suena pervertido.

CAPÍTULO 7

¿Recuerdas ese momento en la película Sandlot cuando Squints ve a la salvavidas, *Wendy Peffercorn*, caminando por la acera? El limpia rápidamente sus lentes de fondo de botella con su camisa, la música romántica se escucha, y el vídeo se pone en cámara lenta con la rubia curvilínea.

Bueno, durante la siguiente semana en el Tire Depot, yo soy Squints, y Miles es Wendy Peffercorn.

El primer día que volví a escribir después de que Miles y yo comiéramos pizza juntos, terminé deteniéndome en la puerta abierta del taller en el callejón de atrás. Tenía una vista perfecta de Miles trabajando duro, y me quedé allí de pie, con la bolsa de la computadora en el hombro, la mandíbula caída, y el corazón acelerado.

Estaba apilando un montón de neumáticos. *Tantos neumáticos.* Deben haber recibido un cargamento o algo así porque estaba sudando mucho. En un momento, dejó lo que estaba haciendo, se desabrochó el overol color gris y se lo quitó de los hombros para refrescarse. Llevaba otra de esas playeras deportivas sexy y ajustada. De la marca Nike. Negra. Pero puedo decir que estaba empapado de sudor. Sus brazos brillaban en la luz mientras se limpiaba la frente en su antebrazo cubierto de grasa. Agarró una botella de agua, tomó varios tragos largos, su cuello grueso se contrajo con cada trago, y procedió a verter el contenido restante por su cara.

¡No puedes inventar esta mierda!

Después de eso, se volteo para mirar por encima del hombro a un compañero de trabajo, y sus ojos azules brillaban tanto contra su tez bronceada que no parecía real. Sentí que mis rodillas se tambaleaban y no fue porque me salte el almuerzo ese día.

De repente, el multimillonario sobre el que escribía en mi novela parecía estar completamente incorrecto. Sus abdominales eran demasiado artificiales. El atractivo sexual no se crea en un gimnasio con pesas y caminadoras. No, nace en talleres poderosos y sucios donde hombres, esos malditos hombres reales trabajaban con sus manos. Cuando se ensucian tanto, que tienen que usar un jabón especial para limpiarse. No puedes encontrar esa mierda en las tiendas Bath & Body. Es pura maldita testosterona.

Sintiéndome inspirada como nunca antes, corro al centro de confort para tomar notas de dos páginas de largo para una nueva serie. *Por Dios, ¿por qué nunca había considerado un mecánico antes? ¡Mis lectores salivarían por todo esto!* No puedo evitar comenzar a escribir el primer capítulo, las voces de los personajes son tan claras, que tengo que sacarlas. Ahora mismo, maldita sea.

Horas más tarde soy arrancada de mi mundo ficticio por una fuerte y abrumadora presencia en la habitación. Levanto la vista de mi computadora para encontrar a Miles mirándome desde la puerta, con la boca inclinada hacia una sonrisita. Sus ojos están ardiendo con algo que nunca he visto antes.

Me saco los audífonos cuando se acerca a mí. —Te ves muy concentrada, — dice mientras se deja caer en la silla de cuero junto a mí.

Mis ojos se agrandan mientras me quito rápidamente el bolígrafo del cabello y nerviosamente juego con él. —Sí… yo, umm… tuve una nueva idea para un libro hoy.

—Oh, ¿en serio? — pregunta, pasando sus manos por sus muslos cubiertos con unos jeans. El olor de su jabón masculino invade mis fosas nasales. Se ha bañado. El sudor y la suciedad que estaban sobre él hace horas ya han desaparecido, y huele como una maldita montaña después de una lluvia fresca.

—¿Tienen regaderas aquí? — Pregunto con curiosidad, para poder hacer una nota mental para mi trabajo en curso.

Se ríe de esa peculiar pregunta. —Sí, ¿por qué?

Mis mejillas se sonrojan. —Hueles bien y fresco. Tu pelo está aún húmedo, ¿verdad? — Extiendo la mano y paso mis dedos a través de su corta y negra cabellera, la humedad que cubre mis dedos hace que se aprieten mis entrañas ante la intimidad detrás del acto.

Sus ojos se cierran como si estuviera disfrutando de mi caricia tanto como yo, así que aprovecho la oportunidad para continuar mi camino desde la parte superior de su cabeza hasta la base de su cuello tenso y fuerte. *Dios, este tipo es todo un hombre.*

De repente me doy cuenta de que no estamos solos y rápidamente me obligo a dejar de acariciar al mecánico sexy.

Los ojos azules de Miles se abren de golpe. —¿Eso significa que abandonaste la idea de tu otra historia?

Me río. —Definitivamente no. Solo tengo que escribir cosas cuando vienen a mí, o se van para siempre. Estas son solo notas y el primer capítulo, para que pueda sumergirme más fácilmente cuando vuelva a él. Todavía estoy trabajando mucho en mi historia original.

—Bueno, me alegro de que el centro de confort siga dándote buena vibra. — Mira mi computadora. —¿Ya casi has terminado por hoy?

Muerdo mi labio. —¿Quizás?

—¿Quieres ir a comer algo?

—¿Cómo una cita? — Pregunto. Porque Dios, tengo una boca grande, no tengo filtro, y no puedo evitarlo.

Sus cejas se fruncen. —No, solo comida. — Se encoge de hombros.

—Me gusta la comida, — respondo, tratando de no tomar su respuesta como un rechazo total cuando empiezo a cerrar mi computadora.

De repente, la realidad me golpea. —Espera, lo siento… en realidad no puedo. Le prometí a mi amiga que iría a dar un paseo con ella a las… — Rápidamente miro mi teléfono para saber la hora. —Ahora. Mierda, tengo que irme.

Asiente con la cabeza y sonríe, pareciendo un poco decepcionado. —Comprendo.

— ¿Otro día? —Pregunto, y empiezo a guardar mis cosas.

—Definitivamente. — Y con eso, me da una despedida amistosa y sale de la habitación como el maldito semental que es.

CAPÍTULO 8

Miles

Nunca he estado más emocionado de venir a trabajar cada día. Ciertamente nunca he entrado tanto en el Centro de Confort del Cliente en una semana. Sigo diciéndole a los chicos de la recepción que olvidé mi almuerzo y que estoy abasteciéndome con las delicias de Betty, pero honestamente, es solo para ver a Mercedes.

Se ve sumamente hermosa cuando escribe. Pretendo tener mi atención en algo en mi teléfono, mientras estoy parado en la entrada para poder verla trabajar un rato. Sus ojos se desvían mucho hacia el espacio, y ocasionalmente, hace algunos movimientos físicos raros, como si estuviera tratando de averiguar como escribir una acción en un libro. Una vez, tuve que morderme el puño para evitar reírme a carcajadas cuando cerró los ojos, lamió sus labios seductoramente y lanzo un besó al aire en la habitación. Definitivamente, escribe libros eróticos.

Me encanta como está en su pequeño mundo siendo ella misma, ignorando completamente el mundo que la rodea. Y lo hace en la sala de espera de una tienda de neumáticos. Nunca he conocido a una chica así.

Me siento atraído hacia ella todos los días. Me gusta pasar a verla antes de irme para ver como estuvo su día. A veces me dice cuántas palabras escribió, lo que no significa nada para mí porque no tengo ni idea de cuantas palabras se necesitan para escribir un libro. Pero parece entusiasmada por su progreso, y me encanta la mirada en su rostro. Luego suele preguntarme como me fue en el día, y veo como sus ojos se pierden cuando empiezo a hablarle de autos y herramientas. Es un juego que jugamos, lleno de coqueteo, pero nunca pasa de ahí.

No le he pedido que volvamos a salir después del trabajo como lo hice a principios de semana. Siento que la primera vez fue un error, y cuanto más hablo con ella, más me doy cuenta de que no es una chica con la que pueda divertirme solamente. Ella es… genial. Lo mejor es mantener nuestra relación "*exclusivamente en Tire Depot*". Dios sabe que no puede confiar en mí para estar cerca de alguien que es hermosa, divertida y que no esté loca.

—Otra semana de trabajo terminada, — digo, dejándome caer en el asiento a su lado y mirando el centro de confort vacío. Es el final del día y es viernes, así que nadie va a venir para un servicio tardío.

—¿Tienes grandes planes para el fin de semana? — Mercedes pregunta, cerrando la computadora sobre sus piernas y apoyando sus manos sobre ella. Hoy se ve adorable con un pequeño vestido rojo, muy diferente de la típica ropa deportiva que generalmente usa.

—Mi amigo y yo pensábamos ir al parque Golden Gate

mañana. Tratamos de tomar esa gran ruta de senderismo que está allí cada verano.

—Eso suena divertido y suuuper masculino, — afirma, volteando hacia mí. Sus ojos azules bajan hasta mis labios, y luego rápidamente mira hacia otro lado.

Frunzo el ceño y me giro para mirarla también. —¿Qué hay de ti?

Ella Exhala fuertemente. —Oh, probablemente escribiré un poco más. Tal vez vaya a un café de verdad.

Inhalo dramáticamente. —Pero tendrías que pagar por tu café.

Ella dice, —Lo sé, pero Tire Depot no tiene un buzón de sugerencias para preguntar si empezarán a ofrecer servicio el fin de semana.

—Rompería inmediatamente esa sugerencia, — respondo con un tono serio. —Me gustan mis fines de semana. No los animes a que se metan con mis fines de semana.

Sonríe, y ese hoyuelo en su mejilla se deja ver por un instante. —Bien, ve. Se un hombre. Atrapa algunos peces. Ensúciate un poco.

Sus ojos viajan por mi cuerpo, y se lleva el labio inferior a la boca. Sus cejas se fruncen de la forma más adorable e intensa. Maldición, es linda. Y si pudiera leer su mente, juraría que me está imaginando desnudo. Me la imagino desnuda unas ocho veces al día desde que chocó conmigo en el callejón. Pero soy un hombre, hacemos esas cosas. Las chicas suelen ser mucho menos obvias.

Por eso estoy casi cien porciento seguro de que escribe libros eróticos. Tengo la sensación de que tiene una mente sucia, y me gusta mucho eso. Intenté buscar en Google su nombre de autora, Mercedes, y con solo su primer nombre, no logre encontrar a alguien que se parezca a ella. Y si le pidiera su apellido en este momento, sería demasiado obvio. Así que, por ahora, respetaré sus deseos y no presionaré para obtener información sobre la parte de su vida como escritora. Especialmente porque me pidió que no lo hiciera.

—Bueno, que tengas un buen fin de semana, — le digo. Apoyado en el reposabrazos, la beso en la mejilla. Me echo hacia atrás y me quedo inmóvil, mirándola fijamente a los ojos, claramente sorprendidos. Maldición, huele a flores, pero eso no tiene importancia. —No tengo ni idea de por qué te acabo de besar en la mejilla.

—¡Yo tampoco! — Se ríe, sus mejillas y su cuello se tornan de un color rosado ante mis ojos. —Ya sabes, ya que básicamente somos compañeros de trabajo, esto podría ser motivo de una demanda por acoso sexual.

Quejándome me levanto, pasando mi mano por mi cabello, avergonzado. —Deberías. Soy patético. Y terriblemente inapropiado.

—No eres patético, y es demasiado pronto para conocer lo inapropiado que eres en realidad. — Me sonríe y mueve las cejas con malicia. —Si supieras los pensamientos obscenos que pasan por mi mente todos los días, sabrías que no soy una víctima.

—¡Lo sabía! — Me río y chasqueo los dedos triunfalmente, extendiendo los brazos. —Hay algo en ti que grita… mente sucia. Creo que es tu cabello pelirrojo.

Se muerde el labio y sus ojos se van a mi torso, y su mirada cae lentamente hasta la zona de la ingle. Mi pene da un salto. Más bien un golpe, considerando que el cabrón tiene ahora su propio pulso.

Con un simple encogimiento de hombros, responde,

—Culpo al color de mi cabello por muchos de mis problemas. Los pelirrojos lo tienen difícil cuando son niños.

—Tu cabello es sumamente hermoso, y los niños pequeños son unos tontos. —Cierro los ojos y me pellizco el puente de la nariz, agradeciendo que nadie más esté cerca para verme hacer el ridículo en este momento. —Y con eso, me retiro, y te juro que normalmente tengo mucha más labia. Espero que esta interacción no se refleje negativamente en mi estado de book boyfriend en tu mente.

Se ríe de corazón. —No te preocupes por eso, Miles. Tu estatus de book boyfriend sigue estando asegurado.

Con una gran sonrisa, me doy la vuelta y me dirijo hacia la salida, diciendo por encima de mi hombro, —Hasta el lunes, Mercedes.

—Nos vemos en la máquina de café, Miles.

CAPÍTULO 9

Miles

—¿Qué demonios estás esperando, hermano? Te dice que tiene pensamientos obscenos y ¿no piensas…hacer algo al respecto? — Sam grita, azotando su cerveza en la barra y pasando una mano sobre su corto cabello rubio.

—Nah. — Sacudo la cabeza con firmeza y le echo una mirada asesina al tipo que está pegado junto a mi intentando pedir un trago. Es viernes por la noche, así que el bar Pearl Street está lleno, pero eso no significa que tenga que estar oliendo el desodorante de este tipo. El tipo toma la indirecta y me da algo de espacio. Me giro hacia Sam. —No puedo acostarme con ella, es demasiado buena. Después tendría que verla todos los días en el centro de confort. Y eso sería demasiado incómodo.

—No tendrías que verla. Simplemente ya no entres más ahí después de que te acuestes con ella. Problema resuelto.

—Me gusta verla, — respondo y frunzo el ceño por el hecho de que verla es una de las mejores partes de mis días.

—Eres tan patético, — dice Sam, sacando su teléfono del bolsillo y viendo la hora. —Mierda, será mejor que nos vayamos. Mi amigo tocará en vivo a las once, y no quiero terminar atrapado en la fila.

Pagamos nuestras cuentas y caminamos dos cuadras por la calle Pearl hasta el Walrus Saloon. Es un bar en un sótano que suele estar lleno de estudiantes universitarios, pero como es verano, no debería estar tan mal. Además, soy soltero. Es bueno para mí ver la variedad de chicas que hay de vez en cuando.

No necesariamente me gustan las chicas jóvenes, pero soy culpable de haber llevado a casa a una universitaria una vez el año pasado. Me di cuenta de que era mucho más joven que yo, y estaba tan paranoico que pedí ver su identificación antes de salir del bar. No estoy orgulloso, pero necesitaba a alguien que me ayudara a superar la última ruptura de las muchas que tuve con Jocelyn.

Esa chica me arruinó.

Diez años de ¿lo harán o no lo harán? Éramos peores que Ross y Rachel. Y los juegos mentales que me jugó serán un recuerdo permanente, estoy seguro. Cada vez que rompíamos, que era muy seguido, averiguaba en que bar estaba esa noche y aparecía solo para besuquearse con un tipo al azar justo delante de mí. Estaba sumamente loca. Probablemente seguiría viviendo ese dulce infierno si no se hubiera embarazado de un rico idiota durante nuestra última "ruptura".

Después de algunos días oscuros, estoy en lo que me gusta llamar mi período *de sexo y escape*. Una noche. Sin repeticiones. Sin ataduras. Es hora de tener unas cuantas aventuras.

Esta noche, espero encontrar una chica que me ayude a olvidarme de la pelirroja que sé que no debo cogerme.

La música está alta mientras bajamos las escaleras del Walrus Saloon. Es oscuro y sucio, pero es el único lugar en Boulder que ofrece una verdadera pista de baile. Mis botas rompen las cáscaras de maní esparcidas por todas partes mientras Sam y yo nos dirigimos a los dos asientos recién desocupados al final de la barra.

Sam le hace señas a un cantinero mientras me paro detrás de mi asiento y hago un chequeo desde la barra. La mayoría son hombres, excepto un gran grupo de chicas que ya acapararon casi toda la pista de baile. Todas están rodeando a una chica con un pequeño vestido blanco con un velo en el cabello. Las despedidas de soltera suelen ser un buen momento, inclino mi barbilla hacia un par de chicas que me miran y se susurran entre ellas. Ser fornido y alto es siempre un atractivo para las damas. Y el hecho de que no soy feo hace que sea muy fácil elegir entre un grupo como ese.

Paso por otro grupo de chicas que toman en conjunto un líquido azul de un recipiente del tamaño de una pecera gigante y creo que veo una que podría interesarme cuando un destello de color rojo muy familiar me llama la atención.

Giro mi mirada para ver a Mercedes bajando por las escaleras de la entrada. Se está riendo mucho de algo que alguien detrás de ella dijo, pero para ser honesto, no me detengo a ver su cara por mucho tiempo.

Está vestida con una falda a rayas blancas y negras, sus piernas esculpidas en plena exhibición y se ve aún más sexy que la vez que las vi en esos Daisy Dukes. Tiene un top negro escotado con un collar largo que cuelga entre sus pechos. Me preocuparía que no lleve suficiente ropa si no fuera por la chaqueta de cuero negra sexy y ajustada que trae sobre el conjunto. Al menos eso cubre algo de su cuerpo.

Su cabello pelirrojo liso y brillante cae sobre sus hombros, como una cortina de color, y está estilizado de una manera que nunca he visto antes. Es mucho menos natural que lo usual pero definitivamente sigue siendo sexy. Este es un aspecto muy diferente de lo que veo en Tire Depot.

Es una maldita diosa.

Mi pene despierta entre mis piernas, y tengo que cerrar los ojos y concentrarme, para que no tome la iniciativa y se ponga a saludar a la multitud. Los penes pueden ser tan… cretinos.

Ella gira la cabeza y le sonríe al tipo que la sigue por las escaleras. Colocando su brazo alrededor de sus hombros, el lleva puestos lentes y está vestido como si se dirigiera a una maldita boda, no a un bar de mala muerte en la calle Pearl. Una pequeña morena la flanquea del otro lado, mientras busca en su bolso el dinero para pagar la entrada.

Mercedes se ríe otra vez de algo que dice el tipo de lentes. Sus ojos alegres empiezan a examinar el bar y finalmente se posan sobre mí. Sobresalgo por encima de casi todos los que están aquí, así que no es una sorpresa que me haya visto. Pero la mirada en su rostro no es la sonrisa cómoda a la que me he acostumbrado a ver durante la semana.

Se muerde el labio y se acerca al tipo que de repente le ha apretado los hombros. Se inclina hacia abajo para que ella le susurre al oído y mis ojos siguen su otra mano mientras le sujeta la cadera. Su pulgar está peligrosamente cerca de la parte inferior de su pecho, y la familiaridad de su abrazo hace que mi sangre hierva.

¿Qué demonios?

—Por Dios, hombre ¿qué te pasa? ¡Parece que estás listo

para arrancarle la cabeza a alguien! — dice Sam a mi lado mientras me golpea con una cerveza en el pecho.

—¿Qué? — Casi gruño, envolviendo mis dedos firmemente alrededor de la botella fría.

—¿Qué está pasando? Te ves como… — Su voz se desvanece al ver donde está enfocada mi mirada de acero. —¿Es la misma pelirroja?

Asiento con la cabeza, mi mandíbula apretada.

—Pensé que solo eras amigo de la chica.

—Lo soy, — le digo dirigiéndome a él con un tono enfurecido.

—Bueno, entonces cálmate, hermano, porque parece que te mueres de ganas de pelear. — Se levanta de su asiento y levanta la barbilla para decirme al oído. —Te ves como solías hacerlo cuando Joce estaba con otros.

Sus palabras son como una cubeta de agua helada lanzada en mi cara. En ese momento me desbalanceo contra su mano que está agarrando mi hombro y me doy la vuelta para tomar un gran trago de mi cerveza. Exhalando lentamente, me encorvo y apoyo mis codos en la barra, pasando una mano por mi cabello.

Por Dios, ¿qué me pasa? Apenas conozco a Mercedes. Solo la he visto fuera de Tire Depot una vez. Eso no significa que pueda ponerme en modo bestia con ella cuando la vea con otro tipo.

Un suave toque en mi hombro hace que mi cabeza se gire hacia la derecha.

Es Mercedes.

Mi adorable pelirroja.

Así tan cerca y más íntimamente, no es adorable. Es súper sexy. Sus ojos están delineados con color negro. La sombra de ojos marrón en sus párpados hace que sus iris azules se vean más brillantes que nunca. Su lápiz labial rojo brillante enfatiza sus labios. La carnosidad de ellos me recuerda la vez que la vi envolver su boca alrededor de ese palito de pan y…

—Hola, Miles, — dice Mercedes, acomodando un mechón de cabello sedoso detrás de su oreja.

—Hola, Mercedes, — respondo, aclarando mi garganta y poniéndome de pie.

Con sus tacones, la parte superior de su cabeza llega a mi barbilla, y puedo oler el aroma floral de su champú desde mi posición ventajosa.

—¡Qué bueno verte aquí! — Ríe incómodamente y me da un puñetazo en el hombro. Mira detrás de ella donde Sam se ha retirado para darnos algo de privacidad. —¿Pensé que te ibas de camping?

—Pensé que estabas escribiendo, — respondo y miro sobre su cabeza para ver a Sam deslizando su dedo índice por su cuello, diciéndome silenciosamente que me calme.

Sus mejillas se sonrojan más intensamente, pero sostiene su barbilla en alto y responde, —Bueno, como dijiste, necesito tomar un descanso de vez en cuando.

Asiento mi cabeza, apretando la mandíbula mientras mi mirada encuentra al tipo con el que entró. Nos mira fijamente como si fuéramos el entretenimiento en vivo de esta noche en lugar del DJ de la cabina.

—¿Es ese tu novio? — Pregunto, moviendo la cabeza hacia el engreído.

Mercedes mira por encima de su hombro y empieza a reír. —Dios, no. Ese es Dean. Es mi amigo. Y esa es Lynsey parada a su lado, mi otra amiga. Todos somos vecinos, más o menos.

Asiento, molesto, entrecerrando mis ojos hacia el tipo. Lo que sea que esté tratando de comunicar es un idioma diferente al que habla Mercedes en este momento. Ciertamente no la está mirando como si fuera solo un amigo.

Volteándome, señalo a Sam, que está haciendo un mal trabajo al fingir que busca algo en el recipiente gigante de cacahuates mientras escucha nuestra conversación. —Este es mi amigo, Sam.

Sam mueve su cabeza, pretendiendo que no ha estado escuchando cada palabra que hemos dicho hasta ahora. *Buena jugada, Sam.* Con un paso largo, está al lado de Mercedes y le da la mano.

—Hola, — dice con una sonrisa genuina. —Encantado de conocerte…

—Mercedes, — le digo cuando no parece que ella vaya a hacerlo. Miro a Mercedes y añado, —Sam trabaja conmigo en Tire Depot.

Mercedes asiente lentamente, claramente más cautelosa con él ahora que sabe donde trabaja. —Encantada de conocerte.

—Iremos a acampar mañana, — ofrece Sam, tratando claramente de compensar mi actual falta de habilidades sociales. —Salimos por la mañana.

Me mira a través de sus ojos maquillados y sonríe. —Yo iré al café por la mañana.

Le ofrezco una pequeña sonrisa y nuestras miradas se entrelazan por un largo periodo. Se siente como si ambos estuviéramos pensando lo mismo en este momento. Un pensamiento parecido a la pregunta, ¿por qué no hemos vuelto a salir? Pero por alguna razón, creo que ambos sabemos la respuesta a eso.

Mercedes rompe el silencio. —Bueno, voy a ir…

—¿Puedo invitarte un trago? — Pregunto rápidamente antes de que haga su gran escape. Sé que es estúpido, y sé que probablemente no sea prudente, pero no estoy listo para que se vaya todavía.

Ese hoyuelo en su mejilla aparece de nuevo mientras mira a sus amigos por una fracción de segundo. —Un trago suena bien.

—Por favor, toma mi asiento, — Sam dice rápidamente, girando su taburete hacia ella y casi empujándola hacia abajo. —Voy a ir a saludar a mi amigo. Es el DJ esta noche.

—Gracias, — dice Mercedes, y él sale corriendo como un perrito sobreexcitado a buscar las zapatillas de su mami.

Exhalo con fuerza y tomo el asiento junto a ella en el que he estado apoyado todo este tiempo. —¿Qué quieres tomar? Puedo preguntar si sirven café intravenoso si quieres.

Mis bromas usuales la hacen reír, y me golpea el brazo cómodamente. —Tomaré una cerveza. He estado bebiendo licor, y nunca es bueno para mí seguir tomando solo licor toda la noche.

Nuestras rodillas se rozan cuando me inclino hacia ella. —¿Y eso por qué?

—Bueno, o me vuelvo mala, o me vuelvo una zorra.

—¿Zorra? — Levanto una ceja y golpeo mi mano en la barra. —¡Camarero! ¡Démosle un trago a esta chica!

Se ríe de esa manera profunda y enriquecedora, y ya puedo sentir que mi malhumor desaparece. —¡Cerveza! — corrige, señalando a la que tengo en mi mano.

El camarero asiente y destapa una cerveza y la desliza por la barra para que caiga perfectamente en sus manos. Toma un sorbo y me sonríe agradeciéndome. —¿Qué has estado haciendo desde que te vi hace seis horas? — pregunta.

—Oh, curé el cáncer y decidí salir a celebrarlo con mi amigo, Sam. ¿Tú?

—Lo mismo. — Se encoge de hombros con una mirada seria que tiene problemas para mantener. —¿Vives en el centro de la ciudad?

Sacudo la cabeza. —No, vivo cerca, en Jamestown. Compré una casa para reparar allí el año pasado.

Pone sus manos en la barra y deja caer su cabeza con un gemido. —Oh Dios, eres uno de esos tipos insoportablemente hábiles, ¿verdad?

Me río de su pregunta. —No sé si es habilidad, pero normalmente puedo resolver la mayoría de las cosas. O lo busco en Google después de arruinarlo y luego lo resuelvo y listo.

Apoya su hermoso rostro en una mano. —Apuesto a que también limpias tus propios desagües, ¿verdad? — dice con una mirada especulativa y toma otro largo trago de su cerveza.

—Sí, lo hago. Pero normalmente termino limpiándolas bajo la lluvia porque solo me acuerdo de hacerlo cuando llueve a cántaros y el agua se derrama sobre ellas.

Asiente con la cabeza y se muerde el labio como si estuviera pensando intensamente. —¿Así que estás todo mojado en una escalera y cavando en tus desagües para sacar las hojas? — Usa sus manos para imitar la acción, y luego sacude la cabeza.

—Sí. — Me río. —¿Qué demonios estás haciendo? ¿Por qué tienes esa cara?

Respira profundamente. —Estoy pintando una bonita imagen en mi cabeza.

Volteo mis ojos. —¿Estoy sin camisa en esta imagen?

Se ríe a sabiendas. —Nooo, traes una de esas camisetas ajustadas que llevas debajo del overol.

—Eres muy observadora, — murmuro acercando mi boca a la botella. —Siempre planeando. — Le guiño el ojo mientras tomo un sorbo.

Y ella me guiña el ojo también.

Después de la segunda ronda, ambos estamos un poco borrachos, claramente hemos tomado antes de este momento.

Mercedes moja sus labios y gira su cuerpo para mirarme de frente, de modo que sus piernas se aprietan entre las mías.

—Miles, — dice con un brillo en sus ojos.

—Mercedes.

Una mirada peculiar aparece sobre su cara, pero la aparta y deja su cerveza. —¿Por qué no me has pedido que volvamos a salir como aquella noche que comimos pizza juntos?

Debe de estar muy borracha para venir con preguntas como esa. La miro por un momento, notando que sus ojos están un poco más entrecerrados que antes, pero no estoy exactamente sobrio tampoco, así que no soy quien para juzgar.

Me encojo de hombros tranquilamente y soy honesto. — Tire Depot parece más seguro.

—Más seguro, — repite, agarrando su botella, pero haciendo una pausa antes de tomar otro trago. —¿Quieres decir que no me tropezaré contigo de nuevo y mi sandalia no se atorara bajo tu bota?

—Algo así. — Me río, rascando la etiqueta de mi cerveza con la uña del pulgar. —Probablemente sea lo mejor, porque, con esos zapatos tan sexys, estoy seguro de que acabarías rompiéndote un tobillo o algo peor.

Su postura se vuelve rígida, y las comisuras de su boca se posan en una sonrisa halagadora. —¿Crees que mis zapatos son sexys?

Levanta la zapatilla negra de tiras entre nosotros, haciendo que su falda suba peligrosamente. Veo un montón de muslos bronceados y un destello de ropa interior negra, e instantáneamente, mi pene se empuja contra mi cremallera. Mercedes se da cuenta de lo que acaba de hacer y rápidamente deja caer su pierna y se gira hacia la barra. Juntando los labios, se desliza disimuladamente la falda por los muslos.

Me inclino para susurrarle al oído. —Muy sexy.

Se aclara la garganta y se gira para mirarme. —Entonces, ¿cuáles son tus verdaderos planes para esta noche? ¿De verdad estabas aquí con tu amigo para pasar el rato? ¿O estabas de cacería?

—¿De cacería? — Cuestiono su frase porque suena gracioso viniendo de ella.

—¡Para ligar! — bromea, girando en su asiento para mirar la barra que ahora está llena hasta el borde. —Buscando chicas. Para una aventura de una noche que se vuelve súper incómoda por la mañana porque ella quiere hacerte panqueques y tú quieres ponerte la ropa rápido y escabullirte antes de que se despierte.

Me río a carcajadas de esa descripción tan acertada. —Bueno, considerando que estuve con mi ex durante la mayor parte de mis veinte años, sí, supongo que estoy buscando algo casual.

Asiente con la cabeza, mirándome con indiferencia. —Noté eso sobre ti.

—¿Cómo?— Pregunto, incrédulo.

—Llevas esas camisetas que muestran tus bíceps. — Se estira y jala el material alrededor de mi brazo. —Esto no puede ser cómodo. ¿Por qué usas camisas como esta?

—Así es como me quedan la mayoría de las camisas. — Miro sus piernas sedosas. —Y esa pequeña falda que llevas puesta ¿supongo que es cómoda?

Se encoge de hombros inocentemente. —Es elástica.

—Bueno, también lo son mis camisas.

Ambos nos reímos y tomamos otro trago.

—Entonces, ¿cuál es tu tipo? ¿Qué es lo que te atrae? Dame un color de cabello, algo con que trabajar. — Está mirando a la gente otra vez como si fuera en serio que me va a ayudar a encontrar a alguien con quien acostarme.

Mi mirada se enfoca en su cabello, deslizándola por las suaves mechas que caen delicadamente sobre su pecho. Aclaro mi garganta y respondo, —Morenas. Mi ex era rubia. Ya no me interesan las rubias. No se divierten más.

—Morena, será. Veamos. — Aplaude y analiza a la multitud hasta que sus ojos se posan en alguien. —Mi amiga Lynsey no. Salió con nuestro amigo Dean, y fue muy incómodo durante meses después de eso.

Observo a sus amigos que están en una mesa con otras personas, y no parecen preocupados por el hecho de que haya monopolizado a su amiga por esta noche. —Bueno, los amigos quedan fuera. Eso es justo.

—¿Qué tal esa?— Señala a una chica bebiendo un cóctel en una mesa de la esquina. Está atrapada por un par de chicas que parecen estar contando un gran chisme sobre alguien.

—Está acorralada por otras chicas. Trato de evitar las manadas. Se vuelven incómodas.

—¿Por qué?

—Bueno, siempre hay una amiga que intenta bloquear la movida. Una amiga que trata de robarse al tipo. Y otra que hará que su amiga se sienta mal consigo misma por ser una zorra.

—Diablos, las chicas pueden ser malas.

—Me lo dices a mí. — Tomo un trago de mi botella. —¿Qué hay de ti? ¿Por qué no estás de cacería? Dijiste que habías superado lo de tu ex, ¿verdad?

—Claro, totalmente. Él es despreciable.

—¿Y tu amigo Dean no es un prospecto? — Pregunto, sintiéndome molesto por el hecho de que todavía busco esa verificación.

—No. — Sacude la cabeza. —Me recuerda a mis hermanos.

Dudo que tus hermanos te toquen como lo hizo él antes.

Se pone la mano en la rodilla y grita: —¡Pero sabes qué, Miles, tienes razón! Debería encontrar a alguien para tener sexo sin compromisos.

—Espera, nunca dije nada acerca de ti buscando una aventura de una noche.

—Bueno, tú lo estás haciendo, así que ¿por qué yo no puedo?

Entrecierro los ojos. —No pareces del tipo de una sola noche.

—Tal vez debería serlo. — Sus ojos se entrecierran cuando se inclina y susurra contra mis labios. —¿Puedo contarte un secreto, Miles?

—Puedes contarme cualquier cosa, Mercedes.

Se ríe y me hace señas con el dedo para que me incline hacia ella aún más. Estoy tan cerca que puedo oler su brillo labial de cereza, y eso no ayuda a calmar la media erección que está de fiesta en mis pantalones.

Sus labios me rozan la oreja cuando susurra, —Escribir me excita.

Casi me ahogo con mi cerveza. —Lo siento, ¿qué?

—Escribir me excita. — Se inclina hacia atrás y asiente con la cabeza para confirmar. —Hablo en serio. Tengo un juguete sexual que funciona muy bien y muy rápido, pero extraño el calor de un hombre, ¿entiendes?

Mis ojos se cierran y me los froto con los dedos para asegurarme de que estoy despierto y de que escucho todo correctamente. —Quiero decir… realmente nunca extraño el calor de un hombre, así que no creo que sepa exactamente lo que estás diciendo.

—Bien, el calor de una mujer. — Voltea sus ojos dramáticamente —Ya sabes de qué estoy hablando. El calor.

Frunzo el ceño y sacudo la cabeza. —Vas a tener que describirlo porque pienso en muchas cosas cuando pienso en las mujeres, pero su temperatura corporal no es una de ellas.

—Tú te lo buscaste. — Se ríe y se inclina, para hablar bajo, suave y directamente en mi oído.

—El calor de una mujer es mucho más que la temperatura. Son las curvas suaves y sensuales de la forma femenina. La forma en que tus dedos trazan la piel de sus muslos cuando está envuelta a tu alrededor. Su estómago suave y hundido cuando está de espaldas, las delicadas protuberancias de su torso cuando echa la cabeza hacia atrás a causa del placer. Pequeños pezones apretados sobre almohadillas suaves. El hecho de que puedas doblarte alrededor de ella y envolver su cuerpo casi por completo y aun así querer más. ¿Dices que no echas de menos ese tipo de calor?

Parpadeo lentamente, recuperándome de lo que acaba de pasar. Su voz era una caricia sensual y verbal directamente en mi pene. Luego estaba el calor de su aliento en mi oído. La profundidad del tono de su voz. La forma en que su palma cálida descansa suavemente sobre mi muslo.

Maldita sea.

Mi pene pasó inmediatamente de semierecto a completamente erecto, y estoy tan excitado que me importa una mierda.

—Definitivamente escribes libros eróticos, — afirmo, mi voz profunda y grave con excitación. Me siento y sacudo mi cabeza hacia ella.

—¡Maldita sea!— Chasquea los dedos delante de ella, claramente molesta por dejarse llevar. —¡No quería que lo supieras!

—¿Por qué no?— Casi gruño. —¿Por qué es un gran secreto?

—Porque cambia la forma en que me miras.

—¿Por qué?

—Bueno. Uno, pensarás que soy una especie de fenómeno sexual que tiene mucha experiencia en el dormitorio.

—Eso es totalmente cierto. — Me río.

—¡Ves!

—Estoy bromeando, sigue.

—O dos, te avergüenzas de lo que hago y no querrás decírselo a nadie.

—¿Estás bromeando?— Grito y me inclino para que gire la cara y me mire. En realidad, se ve un poco triste, y eso me enloquece.

—Bueno, tu amigo no cuenta. Probablemente es un pervertido, — corrige. —Me refiero a alguien que sea muy importante para ti.

—A la mierda con eso, — discuto y sacudo la cabeza con firmeza. —Entonces no me conoces en absoluto, Mercedes.

—Conozco a los de tu clase, — responde con un tono arrogante en su voz, como si esto no le molestara. Pero puedo ver claramente que sí lo hace. —Son todos iguales. Quieren a una dama en la calle y a una zorra en las sábanas.

—Mentira.

Se encoge de hombros. —No te creo.

—¿Por qué no?

—Porque fue una gran razón por la que mi ex y yo

rompimos. Me pidió que le mintiera a su familia sobre lo que hacía para ganarme la vida.

Mi sangre se congela. —¿Qué?

La mirada avergonzada de su cara me hace apretar la mandíbula con rabia. —Sí, pensé que era raro que hubiéramos estado juntos tanto tiempo y que aún no me hubiera presentado a su familia. Entonces su hermana se iba a casar, y tuvo que llevarme a la boda. Fue entonces cuando me pidió que le dijera a todo el mundo que escribía novelas de misterio.

—Que imbécil. — Gruño y tomo un gran trago de mi cerveza para tratar de aplacar mi ira.

—Bueno, si lo es, pero escribo algunas cosas muy pervertidas en mis libros, y eso no es exactamente fácil de contarle a tu abuela.

—A la mierda con eso. — Gruño y golpeo la barra con mi cerveza. —Yo le hablaría a mi abuela de ti.

—¡No lo harías!, — argumenta con una risa incrédula. —¡Las abuelas me odian! *Mi* abuela me odia.

—Tu abuela no puede odiarte. ¡Eres perfecta!

—Me odia. Es muy religiosa, y cada vez que regreso a casa, trata de concertarme una cita con su sacerdote. Cree que necesito una intervención o un exorcismo o algo así.

No puedo evitar reírme. —Lo siento, no es gracioso. — Extiendo la mano y toco su muslo en forma de disculpa.

Se encoge de hombros y comienza a rascar la etiqueta de su cerveza. —Es un poco gracioso.

La observo por un momento y odio la forma en que su postura se ha encorvado. Pasó de ser una guerrera, divertida y sexy a esta versión semi muda e incómoda de la Mercedes que he estado conociendo en las últimas semanas. Su ex es un imbécil, y si estuviera aquí, me aseguraría de que lo supiera.

Con la mandíbula apretada y con determinación, le extiendo la mano. —Ven conmigo.

Me frunce el ceño. —¿Adónde vamos?

—Vamos a salir un momento… confía en mí.

La levanto de su asiento y exhalo fuertemente por mis fosas nasales, porque su falda se sube por lo corta que es. Sonríe tímidamente y saca su mano de la mía para bajarla. Maldita sea, es demasiado sexy.

Hace una señal de un minuto a sus amigos manteniendo su dedo en alto mientras caminamos entre la multitud hacia la salida. El portero nos marca las manos y toma su cerveza a medias mientras subimos por las escaleras y salimos por la puerta principal.

Es agradable afuera, el aire de la noche se siente húmedo y caliente en nuestra piel. Las luces de neón azul del letrero del Walrus Saloon brillan contra nuestra piel mientras busco un área privada lejos de los borrachos ruidosos. Llevándola a la vuelta de la esquina, saco mi teléfono del bolsillo y encuentro un contacto en mi pantalla. Se lo doy a Mercedes.

—Presiona el botón de llamada, — le digo.

Entrecierra los ojos viendo la pantalla, y sus ojos se abren con incredulidad. —¿Estás loco?— exclama y aparta el teléfono. —Es pasada la medianoche, Miles. ¡Definitivamente no vamos a llamar a tu abuela!

Volteo mis ojos y me encojo de hombros. —A ella no le importará. Me ama. Soy su nieto favorito. Presiona llamar. Quiero contarle sobre tus libros eróticos.

—¡No lo haré! Nunca llamaría a una dulce abuelita en medio de la noche para contarle mis obscenidades. Demonios, necesito tomar nota. Acabo de pensar en una línea muy divertida para uno de mis libros.

Pasa su mano por el escote de su top sin mangas y saca el teléfono de su sostén. Frunzo el ceño ante esa imagen. —¿Cuánto tiempo lleva esa cosa ahí?

—¿Qué quieres decir?— dice irritada. —Todo el tiempo. No lo aparecí de la nada…como si por arte de magia lo pusiera en mi camisa, idiota.

Me río por la facilidad con la que me acaba de insultar. —Bien, entonces llamaremos a mi hermana. Ella te dirá la verdad. — Presiono llamar.

—Tu hermana podría estar dormida también, — reniega mientras escribe una nota en su teléfono, balanceándose ligeramente en sus pies.

Sacudo la cabeza ante ese comentario. —Está tomando clases de verano en la Universidad de Utah. Probablemente esté de fiesta.

El teléfono suena un par de veces y luego se escucha un ruido fuerte y alborotado en el fondo. —Megan, — grito en el teléfono y me pongo el otro dedo en la oreja porque no sé cómo voy a oírla con todo ese ruido.

Mercedes se ríe y me pone un dedo en mis labios para hacerme callar. Muerdo juguetonamente su dedo con mi boca, —Lo siento.

—Miles, — grita Megan de vuelta en la línea.

—Megan, — repito un poco más suave esta vez. —¿Puedes ir a un lugar tranquilo por un segundo? Quiero hacerte una pregunta muy rápida.

Suena como si estuviera en movimiento porque ya puedo oírla un poco mejor. —Miles, ¿cómo es posible que me arruines la oportunidad de tener sexo a quinientas millas de distancia?

—Intuición de hermano mayor, — declaro y me mantengo firme. —En fin ¿Quién es el maldito?

—Miles, — me regaña, y luego el sonido se suaviza mientras se mueve hacia lo que creo que es un baño porque escucho una descarga de inodoro a la distancia. —Cállate y haz tu pregunta.

Miro a Mercedes y le hago la seña de silencio con el dedo mientras pulso el botón del altavoz en la pantalla de mi teléfono para que pueda oír lo que dice Megan. —Así que Meg, conocí a una chica esta noche. Es súper sexy, pero en serio suuuper sexy.

—¡Qué asqueroso, Miles!— Megan se queja.

Mercedes voltea sus ojos.

—Bueno, esta chica escribe libros sexys. Ese es su trabajo. Cosas eróticas y pervertidas, creo. Y decía que las abuelas la odian, y le dije que a nuestra abuela le gustaría mucho… ¿Verdad o mentira?

—Duh, nuestra abue es rara, así que eso es totalmente cierto.

Levanto el puño y me río de corazón mientras la boca de Mercedes se abre con grata sorpresa.

—A mamá también le gustarían esos libros, ¿no crees?— Pregunto y sonrío aún más cuando Mercedes pone sus manos sobre sus mejillas, escuchando en éxtasis.

—Pero por supuesto Miles, a ella le encantarían. Deberías preguntarle su nombre para que mamá pueda buscarla. Demonios, papá probablemente también leería sus cosas. ¿No recuerdas cuando tenía diez años y encontré esos libros porno en el baño de mamá y papá? Tuve que preguntarte que eran las eyaculaciones, te volviste loco y te pusiste todo rojo.

Me río tan fuerte que tengo que apoyarme en la pared de ladrillos. —¡Demonios, se me había olvidado eso!

—Sí, nuestros padres son unos pervertidos, hermano. Ya lo sabes, ¿por qué lo preguntas?

—Porque esta chica no me lo creería.

—Bueno, dale el nombre del sitio web del blog de libros de mamá.

—Ah sí, no lo recuerdo ¿cómo se llama?

—Dirty Birdy's Book Blog. Incluso reparte tarjetas de presentación en la iglesia. Es tan vergonzoso.

No puedo borrar la sonrisa de satisfacción de mi cara mientras miro el teléfono. —También leíste los libros, ¿verdad?

—Por Dios, sí. Mamá es la que me volvió adicta. Es totalmente raro cuando promociona el contenido de su blog a todos los que conoce. Por Dios, mamá, intenta no verte tan desesperada.

—Totalmente de acuerdo, — respondo y miro a Mercedes. Mi sonrisa se desvanece cuando veo sus ojos brillando con la luz tenue. ¿Está molesta?

—Entonces, ¿quién es esta chica? Quiero leerla, — pregunta Meg.

Una lágrima se desliza por la cara de Mercedes, así que sé que debo de colgar el teléfono rápido. —Lo averiguaré, pero tengo que irme, Meg. No te acuestes con ese tipo esta noche o lo mataré.

—Ni siquiera sabes quién es.

—Probablemente es uno de mis amigos.

Una respiración profunda se escucha a través de la línea telefónica. —¿Cómo es posible que…?

Cuelgo la llamada, mi mente completamente envuelta en las lágrimas que corren por las mejillas de Mercedes.

—¿Qué pasa? ¿Qué dije? ¿Fue algo que dijo mi hermana?

No estaba tratando de ofenderte. Te juro que no te estoy juzgando. Solo estaba…

No puedo hablar más.

No puedo defenderme.

No puedo decir otra maldita palabra.

Porque sus labios están sobre los míos, y saben a malditas cerezas.

CAPÍTULO 10

Kate

¿Conoces ese momento en una historia de amor cuando dos enemigos están discutiendo, peleando, gritando, golpeándose y sumamente enfadados el uno con el otro que no pueden ver más allá?

Entonces, de repente, hay un rayo, y se estrellan juntos como dos malditos autos chocando de frente a cien millas por hora.

Esa soy yo ahora mismo mientras presiono mis labios contra la boca perfecta de Miles.

Ni siquiera sé mucho sobre él, pero tengo que besarlo. Es una cosa instintiva que me dice que vale la pena besar a este tipo. Tengo que callarlo y besar a la persona que ha estado hablando sin parar con su hermana durante los últimos cinco minutos.

Con una simple llamada telefónica, este mecánico sexy

ha destruido cada duda que ha pasado por mi mente sobre no tener talento. Bromeo sobre escribir en Tire Depot. Me llamo a mí misma escritora pornográfica y afrontémoslo, más o menos lo soy.

Pero en el fondo, sé que soy más. Soy una creadora de historias. Historias que tienen una trama, un arco y un viaje. Sí, experimentan en BDSM. Sí, lo hacen anal. Y sí, probablemente te excites cuando las leas, pero aun así significan algo para mí. Aun me siento orgullosa de ellas cuando escribo Fin. Y me encanta el hecho de que tengo lectores que consiguen escapar de sus vidas normales por un tiempo y fingen que son otra persona.

Les doy book boyfriends como Miles.

Pero él no es ficticio. Es real, y se esforzó mucho para demostrar que no le importa que me gane la vida escribiendo libros eróticos.

Y demonios, este hombre gigante se siente tan bien bajo mis manos. Tuve que tirar de él por el cuello para unir nuestros labios. Dios, es alto y firme. Tan firme. Cada músculo de su cuerpo está tenso y caliente bajo mi toque. No puedo evitar pasar mis manos apreciando sus tríceps mientras nuestros labios bailan juntos en el mejor beso que he tenido en años.

¡Años!

Dryston besaba terriblemente. Su nombre coincidía totalmente con sus habilidades románticas. Digamos que sería un día frío en el infierno antes de usar el nombre Dryston en un libro.

Nunca usaba la lengua y nunca movía la cabeza. La mantenía en un solo ángulo y solo abría y cerraba la boca una y otra vez como un pececillo fuera del agua luchando por su vida.

Miles, por otro lado, besa como un tiburón.

Puede que yo lo haya iniciado, pero, maldita sea, este tipo ha tomado la delantera. Mueve sus manos por todo mi cuerpo, apretando, manoseando y acariciando como quiere. Incluso gira la cabeza de lado a lado, como un tiburón mordisqueando su cena, saboreando cada delicioso bocado. Es magia pura. Cuando su cabeza se inclina hacia la izquierda, me da la lengua. Cuando se inclina a la derecha, acaricia mis labios. Y justo cuando creo que he descubierto su patrón, lo cambia. Mordiendo mi labio inferior, se lo lleva a la boca. Sus grandes manos me aprietan el trasero y me presiona contra su erección, dejándome saber sin duda alguna del efecto que este beso está teniendo en él.

Dios mío.

Y el hecho de que lleve esta falda corta y elástica hace que la barrera entre nosotros sea básicamente inexistente. Si estuviera escribiendo un libro sobre este beso, ahora sería el momento en que el chico malo le mete las manos por debajo de la falda a la chica, le arranca la ropa interior y se maravilla de lo mojada que está por él. La levantaría, la presionaría contra la pared, y metería su erección desnuda y dura en su sexo apretado y empapado.

O algo así.

Estoy besando a un chico guapo, ¡no puedo ser una gran escritora ahora!

—Mercedes, — susurra, alejándose de mis labios, jadeando. —¿Qué estamos haciendo?

Tomo enormes bocanadas de aire, sin darme cuenta de cuanto necesitaba el oxígeno mientras trago la puñalada de culpa de que aún no sepa mi verdadero nombre. Pero no quiero que me conozca como Kate. Soy Mercedes en este momento. No soy la chica que sigue viviendo con su ex porque no puede hacer que se vaya. Soy Mercedes, ¡la Diosa del sexo en la ficción y en la vida!

—No lo sé, — respondo, tocando sus labios ardientes con mis dedos. Dios, son sexys. —Acabo de besarte, supongo.

—Sí, lo hiciste, — responde, y un músculo de su mandíbula se mueve como si le doliera. Presiona su frente contra la mía y aparta su erección de mí. —Y por muy caliente que haya sido, tenemos que parar.

Trago y asiento con la cabeza. —Tienes razón. Estamos en público.

—Y no creo que esto sea una buena idea. — Me mira intensamente con sus ojos tan azules que brillan incluso en la oscuridad. Atravesando sus oscuras pestañas como brillantes rayos de zafiros.

—Espera, ¿qué?— respondo, apartándome de sus brazos y lamentando la pérdida de su calidez inmediatamente. — Después de toda esa mierda que dijiste adentro y ahora mismo por teléfono con tu hermana… ¿tú… no quieres esto?

Hace una mueca como si le diera un rodillazo en las bolas. Y tal vez debería haberlo hecho. —Me gustas, Mercedes. Pero no estoy en posición de salir con alguien ahora mismo.

Tengo que reírme de eso. ¡Qué buena frase para un libro! Y qué giro… el escritor de sexo que no puede tener sexo. Es perfectamente irónico. —Lo entiendo. Bueno, siento haberte puesto en una situación tan difícil.

Me pongo en marcha y me muevo por la acera para volver a entrar al bar. Que se vaya al demonio este tipo. Que se vaya a la mierda este bar. A la mierda dejar el santuario de mi historia ficticia y tratar de vivir en el mundo real por una noche.

Una mano enorme serpentea alrededor de mi codo y me

hace girar de nuevo. —Mercedes, espera. No quiero… que las cosas sean raras.

—¡Bueno, tal vez no deberías haber coqueteado tanto conmigo entonces!— Grito y me muerdo el labio inferior, odiando el hecho de que esté siendo tan poco madura sobre esto.

No es como si me hubiera propuesto matrimonio. Me halagó y me compró pizza y cerveza. Miles ni siquiera hizo un movimiento excepto por ese beso en la mejilla, y estaba claramente incómodo con eso.

Dios mío. Escribo sobre esta mierda, pero no lo veo por mí misma. Idiota, Kate. Idiota, Mercedes. Sea cual sea tu personalidad, ¡eres una idiota!

Miles pasa una mano por su cabello, haciendo que sus mechones de cabello negro sobresalgan por todas partes. —Lo siento. No… No sé qué decir.

Suspiro y me apiado de él. —Realmente no hay nada más que decir. Solo… te veré por ahí, Miles.

Me doy la vuelta y me alejo, humillada por el hecho de que acabo de ser rechazada por mi book boyfriend de la vida real.

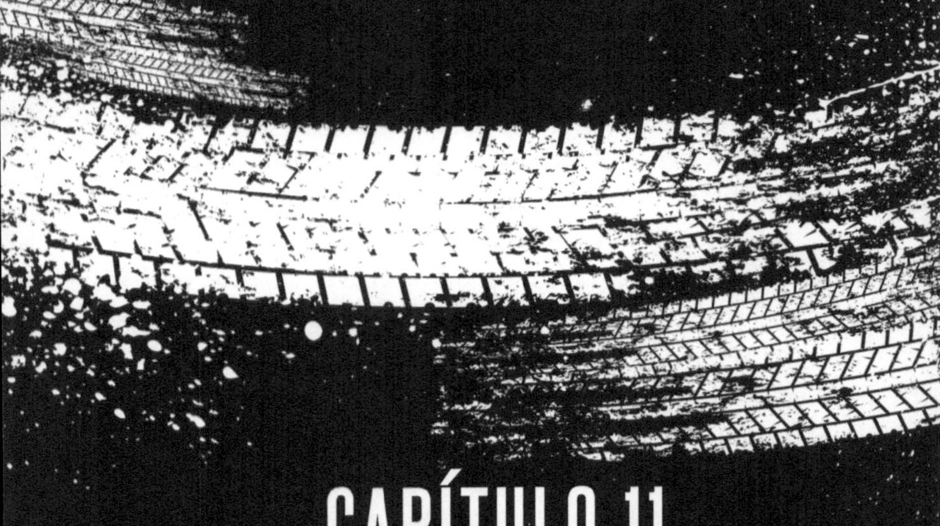

CAPÍTULO 11

Kate

Milagrosamente, mi momento difícil con Miles coincidió perfectamente con el momento difícil del libro que ya casi he terminado de escribir. Solo un par de páginas más de depresión, un gran gesto y listo… felices para siempre. ¡Si tan solo pudiera escribir en mi casa!

—¿Por qué estás aquí?— Lynsey pregunta, abriendo la puerta sin llamar antes, para encontrarme sentada con las piernas cruzadas en mi sala con mi computadora abierta en mi pretenciosa mesa de café de madera. Su expresión cambia. —Oh Dios mío, ¿qué es ese olor tan horrible?— Abre la puerta de la casa y agita la pestilencia afuera mientras mi cara se sonroja de la vergüenza.

—¡No es nada!— Apago la vela que está junto a mi computadora y coloco la tapa de la lata para esconder rápidamente la fuente de mi vergüenza bajo la mesa de café.

—Definitivamente es algo. Huele a… caucho quemado. — Sus ojos se agrandan con la revelación. —¿Es eso una maldita vela con olor a neumático?

Deja la puerta abierta y se avienta encima de mí, aplastándome contra el suelo mientras ambas luchamos por la lata.

—¡Basta! ¡Vas a hacer que derrame cera en el suelo!

—¡Entonces suéltala para que pueda ver lo que escondes!— grita y se abre paso a través de mi brazo, tratando de alcanzar mi mano que aprieta fuertemente debajo de la mesa de café.

—¡No, solo te vas a burlar de mí!

—¡Tienes toda la razón, lo haré!— Redirige sus manos a mis costados donde comienza a hacerme cosquillas sin piedad.

—¡Basta!— Grito y empiezo a reír y gritar a la vez, mientras asalta mis costados y se retuerce encima de mí. ¡Esta maldita despiadada me va a dejar moretones!

—¿Qué deeeemonios pasa? — una voz masculina nos detiene a ambas en medio del movimiento. La cara de Lynsey está a pocos centímetros de la mía, su cabello cayendo alrededor de ambas proporcionando una cortina de privacidad.

Empujo con cautela el cabello de Lynsey hacia atrás para ver a Dean parado en mi puerta abierta, mirándonos boquiabierto.

—Oh, gracias a Dios. — Exhalo. —Es solo Dean.

—Sí, es solo Dean, — repite y hace gestos con las manos para que continuemos. —Por favor… no se detengan por mí.

Lynsey y yo volteamos los ojos mientras se levanta de mi cuerpo, pero no antes de hacer un último intento para agarrar la lata. —¡Ajá, la tengo!— exclama, pero su cara se frunce con incredulidad al ver la etiqueta de la lata. —Vela aromática de caucho quemado. No puedo creer que esto exista.

Se la entrega a Dean, y él hace una mueca al olerla.

—¿Cuánto pagaste por ella?– Lynsey pregunta, cruzando los brazos y dando golpecitos con el pie como si se preparara para regañarme.

—Solo $8 dólares con 50 centavos por Etsy, — me burlo y murmuro, —Pagué extra por el envío express.

Dean se ríe a carcajadas. —¡Dios, estás muy mal, Kate!

—¡Ya lo sé!— Lloro y me levanto, mirando mi manuscrito aún iluminado frente a mí. —No puedo escribir ni una maldita palabra, y todo lo que quiero hacer es volver a Tire Depot.

—¡Entonces vuelve!— exclama Lynsey. —¿Así que lo besaste y te rechazó? ¡Gran cosa! Tu ex sigue técnicamente viviendo en esta casa, y te niegas a mudarte, sabiendo muy bien que puede volver cualquier día. Pero un pequeño beso con el mecánico sexy, y de repente, ¿eres otra vez una reclusa? ¡No lo creo!

—Tiene razón, Kate, — añade Dean, completamente inútil. —Será incómodo por un día, tres días como máximo. No es como si tuvieras que mirar sus ojos desde la sala de espera. Probablemente se quedará en el taller y te evitará también.

Me quejo y me dejo caer en el sofá, frotándome la cara con las manos. —Tienes razón. Mi casa ahora huele a mierda, ¿verdad?

Ambos asienten con la cabeza.

Lynsey agrega, —Tendrás que traer a alguien para que limpie.

—O haz una fiesta salvaje cuando termines este libro, y la haremos tan grande… que el olor a alcohol y vómito abrumará el olor a caucho quemado.

Lynsey y yo lo miramos con asco.

Se encoge de hombros. —Era solo una idea.

—Bien, volveré, — por fin me decido. —Pero solo porque

el caucho quemado no es lo mismo que el caucho nuevo, y no pude encontrar una vela de caucho nuevo en ninguna parte en internet. Perdí una embarazosa cantidad de tiempo buscándola.

Entro por la puerta trasera del Tire Depot con la cabeza bien en alto. Tengo un libro que terminar, maldita sea. Lynsey y Dean tienen razón. No debería dejar de colarme ilegalmente y robar café de cortesía en el CCC por culpa de Miles y su indecisión.

Fue un beso. Un beso con un buen manoseo. Un beso con un buen manoseo y una erección del tamaño de un maldito pepino gigante. ¡Esto no es nada que no pueda superar!

Afortunadamente, tan pronto como me siento y bebo mi espresso grande gratis, me da esa sensación en los dedos otra vez. ¡Esa sensación que significa que no tendré que parar para comer porque la inspiración estará alimentando mi alma!

Y por suerte, ni siquiera veo a Miles durante los primeros días que estoy de vuelta. Es agradable, como en los primeros días cuando era literalmente invisible para todos los que me rodeaban. Ni siquiera Betty se da cuenta de que escribo en la esquina cuando viene con unas galletas recién horneadas. Y eso es bueno porque tengo trabajo que hacer.

Pero al tercer día que llego, reúno el valor para saludarlo a través de la ventana de Tire Depot. Parece algo normal, considerando que paso por el taller todos los días y puedo verlo claramente trabajando a través de la ventana.

Cuando Miles me ve saludando como un idiota, parpadea varias veces, como si estuviera viendo un fantasma.

Finalmente, su cara se relaja, y me da esa sonrisa torcida que sigue siendo tan sexy como siempre.

Es agradable. Es maduro. Somos adultos.

Al día siguiente, es como si mi saludo hacia Miles en el taller fuera una ofrenda de paz que ha aceptado porque entra con pasos firmes en el CCC como lo ha hecho muchas veces antes de "el momento difícil".

—¿Cómo va el libro?— pregunta mientras saca una galleta del estante y se da vuelta para bajar su mirada hacia donde estoy sentada en uno de los sillones grandes y cómodos.

Sonriendo tímidamente, miro a los últimos clientes sentados en una de las mesas altas. Una está en su teléfono, y el otro está hojeando una revista. Ambos claramente desinteresados en nuestra conversación.

Miles se inclina hacia atrás contra el mostrador y muerde una galleta, sus largas piernas cruzadas en los tobillos, postura relajada y amistosa. Me tomo un momento para observarlo.

Recién aseado, pero no recién afeitado. Todavía tan sexy como siempre con unos simples jeans y una camiseta.

—Ahí va, — respondo, exhalando fuertemente. —Este es el punto de la historia en el que destrozo a la pareja y arruino todo lo que creían saber del otro.

—Ay, — afirma, presionando el puño contra su corazón fingiendo dolor. —¿No pueden simplemente ser felices?

—¿Qué tiene de dramático ser feliz?— Pregunto con una risa. —A mis lectores les gusta el dolor, la tortura. Les encanta cuando destrozo las cosas y las vuelvo a reparar. — Me inclino en mi silla y bajo la voz. —Hace que el sexo de reconciliación sea mucho más ardiente.

Se ríe suavemente y sacude la cabeza. —Sabes, mi hermana

me envió un mensaje y me pidió tu nombre completo de autor para poder leer algunas de tus historias.

Levanto las cejas. —¿En serio?

Asiente con la cabeza. —Te advertí que éramos una familia de lectores.

Lo miro con ojos especulativos por un momento. Ya no hay razón para mantener mi seudónimo en secreto. No es como si estuviéramos involucrados románticamente. Acabé con cualquier posibilidad de eso hace varios días.

Aclarando mi garganta, respondo, —Te vas a reír.

—¿Por qué dices eso?

Me preparo para responder, pero hago una pausa mientras una voz corta la música de arriba y anuncia, —Jeremiah Park, tu Honda Civic está listo. — La pareja sentada al lado se levanta y sale del CCC, dejándonos a Miles y a mí solos una vez más.

Miles levanta las cejas, claramente preparado y listo para que continúe.

Respirando profundamente, le cuento la inusual historia de como Kate Smith pasó de ser una aburrida editora a una exitosa novelista erótica, dejando fuera la parte del nombre real, por supuesto.

—Así que mi primer libro comenzó como una parodia. En realidad, estaba trabajando de manera remota como editora para una gran editorial y no tenía intenciones de escribir un libro.

—Bien… — responde Miles, cruzando los brazos sobre su pecho y escuchando atentamente.

Hago lo posible por ignorar la forma en que sus bíceps estiran las mangas de su camisa y continúo. —Así que mi ex y yo tuvimos esta horrible experiencia en un hostal.

—¿El ex que quería que le mintieras a su familia sobre lo

que hacías? — Miles pregunta, su mandíbula hace un tic de enfado. Asiento con la cabeza, y se aclara la garganta como si estuviera reteniendo algunas palabras.

Diablos, sería muy excitante si estuviera celoso ahora.

—De todos modos, — continúo, —llegamos a lo que creemos que es un hotel de paso normal en medio de la nada en Colorado solo para descubrir que habíamos entrado en un club secreto de BDSM.

Los ojos de Miles son brillantes y azules cuando exclama, —¿No es cierto?

—Lo es. ¡Esa es una historia real!— Respondo y sigo adelante. —Y de alguna manera, creyeron que éramos sus invitados de honor para la noche. Pensamos que la gente que esperaban nunca apareció. Eso supongo. No lo sé, los detalles de eso todavía están borrosos.

—Dios mío.

—Les seguimos la corriente por que estábamos cansados y pensamos, 'todo lo que necesitamos es una cama para dormir, a quién le importa lo que esta mujer esté haciendo con un tipo con una correa. Eso es asunto suyo.

—¿Tu ex no le dirá a su familia lo que haces, pero estaba abierto a ese tipo de escenas?

Suelto una carcajada. —¡Estaba tan drogado! Había consumido tres comestibles en represalia al hecho de que olvidé reservar una habitación de hotel. No lo sé, es un idiota.

—Estoy de acuerdo, — añade Miles con el ceño fruncido.

No puedo evitar reírme del tono serio de su voz. —Creo que ni siquiera se daba cuenta de lo que estaba viendo. Como si estuviera viendo perros con correa, no humanos sumisos.

Una risa profunda estalla en Miles, y eventualmente pregunta, —¿Y qué pasó?

Mis cejas se levantan. —¿Quieres decir si participamos?

—Sí, — admite con un encogimiento de hombros.

—No lo hicimos, — respondo con una sonrisa triste. — Como éramos los invitados de honor, solo estábamos allí para observar. La jefa de la casa fue muy clara al respecto. Nos condujo a este salón de aspecto occidental y nos sentó en unos malditos tronos, con bandas y coronas. Entonces, básicamente nos hicieron una actuación de BDSM. ¡Fue una maldita locura!

—Así parece.

—Naturalmente, me fui a la cama esa noche y pensé, tengo que escribir todo lo que acaba de pasar o nadie lo creerá. Así que lo hice. No fue súper difícil para mí porque ya era editora y una gran lectora. Pero lo estaba escribiendo como un libro, no como un diario. Estaba completo con diálogos, descripciones y todo lo demás. Pensé que sería muy divertido tomarme libertades creativas con la historia, así que seguí adelante. Lo siguiente que supe fue que tenía un maldito libro. Se me ocurrió un seudónimo totalmente ridículo cuando estaba borracha una noche. Una historia loca merecía un seudónimo loco, así que me decidí por…

Hago una pausa para un efecto dramático, y Miles extiende la mano delante de él, animándome a continuar.

—Mercedes Lee Loveletter.

Me encojo de hombros y me río, disfrutando de la mirada de asombro en sus ojos justo antes de que me pregunte, —¿Cuál es tu verdadero apellido entonces?

Hago una pausa y me muerdo el labio, tratando de decidir rápidamente hasta dónde quiero llevar esto. Es un debate interno rápido, sin embargo, porque sé sin duda que me encanta ser Mercedes con Miles diez veces más de lo que me ha encantado ser Kate, especialmente con hombres como Dryston. —Es

Smith, — respondo honestamente porque no es como si me pudiera encontrar en Facebook o algo así. Eliminé mi cuenta personal hace mucho tiempo porque era demasiado trabajo controlar ese perfil, así como el de mi seudónimo.

—Smith, — repite con una inclinación de cabeza, las comisuras de su boca girando hacia abajo con una sonrisa oculta. —¿Entonces por qué Loveletter?

—Bueno, porque así fue como comenzó la actuación de BDSM. Esta gran dominatrix le quitó una mordaza de la boca a su esclavo para que pudiera leer una carta de amor que había escrito a su amante. Fue muy dulce en realidad. Incluso lloró.

Miles sacude la cabeza. —¿Así es como comenzó tu viaje entonces?

—Sip. — respondo realzando la p. —Publiqué la historia por mi cuenta y ni siquiera sabía que había llegado al New York Times hasta que un agente me envió un correo electrónico para preguntarme si tenía representante.

—¡Mierda!— Miles exclama, claramente impresionado. —Es una historia increíble.

—Digna de un libro, — corrijo con una sonrisa. Esto es divertido. Hace mucho tiempo que no pienso en toda la historia, y Miles está fascinado. —Y claramente me dieron más ganas de escribir porque una vez que empecé, no pude parar.

—Hasta que te detuviste con este libro.

—Hasta que Tire Depot me salvó.

Sacude la cabeza con incredulidad. —¿Y dijiste que este libro es el último de la serie?

Asiento con la cabeza. —Sip.

—Y después seguirás con el siguiente libro.

—Es como una picazón que no puedo dejar de rascarme.

Exhalo con fuerza y veo el rostro de Miles transformarse

en una sonrisa cálida y afectuosa mientras me mira fijamente. Es hipnotizador cuando me mira así, todo dulce y masculino. También es muy obvio que está pensando en mucho más que en la historia que le conté.

Maldita sea, los hombres son tan confusos. ¿Cómo diablos puede mirarme así y no querer besarme? Mis ganas de besarlo son enormes.

Decido romper el momento tierno en pedazos con el gran elefante en la habitación. —¿Entonces esto significa que ya no tenemos que sentirnos incómodos uno con el otro?

Se ríe, esas arrugas en sus ojos enmarcando el azul de sus iris. —Pensé que al contarme esa historia con tu ex entrando al hostal BDSM confirmaba eso.

—Me parece justo. — Asiento en confirmación. —¿Entonces somos amigos?

—Amigos, — lo aprueba con una sonrisa que me derrite la ropa interior.

Guardo mi computadora y pongo mi bolsa sobre mi hombro.

—Bien, porque, como amigo, me preguntaba si podrías ayudarme con una investigación para mi próximo libro.

Sus cejas se levantan. —¿Qué tienes en mente?

CAPÍTULO 12

Miles

Con una gran sonrisa, Mercedes parece que podría estallar de la emoción cuando le entrego un casco negro. —Bien, vas a pasar tu pierna al otro lado, pero no dejes que tus tobillos toquen esta área de aquí. — Señalo hacia los tubos de escape al lado de mi moto. —Estos te quemarían y te dolería mucho.

Ella asiente con la cabeza, con aspecto muy serio, mientras suelta su cabello y lo sacude, enviando un tumulto de ondas rojas sobre sus hombros. Se pone el casco en la cabeza y se pasa los mechones por el hombro para que bajen por su espalda.

Trago lentamente mientras miro hacia abajo a su atuendo provocativo. Lleva unos pantalones cortos y coloridos con una camiseta blanca suelta. Se ve muy femenina y súper vulnerable, y eso me molesta. Consideré la posibilidad de llevarla a casa para que se pusiera unos jeans, pero pensé que estaba siendo sobreprotector como de costumbre, y realmente estoy trabajando en eso. Especialmente porque solo somos amigos y nada más.

Después de dudar un segundo, hago lo único que no me hace parecer un controlador y me quito la chaqueta de cuero.

—Esto no salvará tus piernas de una abrasión si nos estrellamos, pero me sentiré mejor si la usas.

Asiente con la cabeza, toma la chaqueta de mi mano y se la pone. Cubre sus pantalones cortos y cuelga tan abajo de sus brazos que ni siquiera se pueden ver las puntas de sus dedos. Se arremanga las mangas para poder abrochar la correa del casco.

—Entonces no hay que estrellarnos, — dice con convicción, su voz baja dentro del casco.

Me río y estiro la mano para agarrar la parte frontal de mi chaqueta, acercándola para poder cerrar la cremallera completamente. Sus ojos azules me miran fijamente cuando la miro y respondo. —No pienso hacerlo.

Me da una pequeña sonrisa, y juro que veo su nariz metida en la chaqueta inhalando profundamente cuando la cremallera llega a la parte superior. De repente sacude la cabeza y se retira para inspeccionarla.

—Estás nadando en eso, pero es mejor que nada. — Deslizo el protector ocular sobre sus ojos azules y le digo que suba a bordo.

Mercedes abre sus piernas antes de poner un pie en la clavija junto a mi bota. Intento no reírme porque supongo que me alegro de que tenga cuidado. Apoyando sus manos en mis hombros, lanza su pierna y se acomoda en el asiento detrás de mí. Su centro caliente está justo en mi trasero, y tengo que luchar contra las ganas de mover mi mano hacia atrás y tocar sus piernas desnudas.

Pierdo esa lucha miserablemente. Mi mano se mueve hacia

atrás y acaricia su muslo desnudo mientras giro mi cabeza hacia ella y le pregunto, —¿Tienes algún lugar a donde ir más tarde?

Sacude la cabeza, y su voz es baja cuando dice, —No, estoy totalmente libre.

—Genial, — respondo, sacando mis lentes de sol estilo aviador del compartimiento de la consola central de mi moto. —Hay una gran montaña a la que me encanta ir, y podríamos llegar justo a tiempo para ver la puesta de sol.

Mercedes me da un entusiasta pulgar hacia arriba mientras me pongo las gafas y enciendo el interruptor. Parado sobre un pie, presiono el pedal de arranque con mi otro pie. Mi moto ruge, y acelero unas cuantas veces para calentarla.

Sus manos se mueven desde mis hombros para abrazarme alrededor de mi cintura, sus dedos presionando contra mis abdominales mientras grita de emoción.

—¿Estás lista?— Grito sobre el ruido del motor, las vibraciones calientan mis muslos mientras estamos parados.

—¡Lista!, — me grita muy entusiasmada. Salimos del estacionamiento del Tire Depot a perseguir el atardecer.

Navegamos al suroeste de Boulder durante unos treinta minutos hasta Twin Sisters Peak, un lugar al que Sam y yo vamos a menudo de excursión cuando estamos de humor de algo rápido y poco desafiante. Lo llamamos nuestra excursión para la resaca porque podemos hacerlo sin importar lo mal que nos sintamos.

No hay carreteras que permitan el acceso para subir en moto, pero en la cima de la colina hay un mirador donde los excursionistas se estacionan, y tiene unas vistas impresionantes de la puesta de sol de Colorado.

Me encanta Colorado en general. Después de que Jocelyn

y yo nos separamos, mi madre me sugirió considerar volver a Utah, pero no me latía. Boulder se había convertido en mi hogar. Había comprado una casa recientemente, me gustaba mi trabajo y los nuevos amigos que había hecho.

Ya había perdido a la mujer que creía era el amor de mi vida, así que no quería apilar otro gran cambio encima de eso. Jocelyn emigró lentamente para salir de mi vida para siempre, y estaba bien con eso. Me dediqué a arreglar mi casa y a ser un buen empleado, trabajando para el tío de Sam en Tire Depot.

Mercedes aprieta mi cintura mientras me acerco al pequeño mirador. Detrás de nosotros puedes ver el Gross Reservoir, a la izquierda están los Aspen Meadows, y a la derecha está el comienzo del Twin Sisters Peak. Toda esta área está llena de enormes pinos, animales y una naturaleza intacta.

Mientras apago el motor y dejo caer el soporte, Mercedes presiona la parte superior de mis hombros y levanta la pierna sobre el asiento. En ese momento echo de menos su calidez y me doy cuenta de que esa no fue una de las muchas descripciones que Mercedes me dio cuando describió la calidez de una mujer en el Walrus Saloon.

—¡Dios, eso fue increíble!— Su voz es apagada mientras se quita el casco y sacude su cabello pelirrojo. El sol ilumina sus mechas mientras se pone detrás de las cimas de las colinas lejanas. Las pocas nubes que se mantienen en la distancia cambian el cielo a una impresionante mezcla de rosas y púrpuras. Es el clima perfecto para ver la puesta de sol.

—Bien. ¿Te asustaste?— Pregunto, recordando el hecho de que Joce nunca me dejó llevarla en mi motocicleta porque nunca usó nada más que vestidos y dijo que mi manera de conducir la ponía nerviosa.

—No, ¿se suponía que debía hacerlo?— Mercedes pregunta, con los ojos bien abiertos.

Me río de eso, quitándome las gafas y metiéndolas en mi camisa. —No, en absoluto. Mi ex odiaba la moto. Nunca quiso salir en ella.

—Tu ex es una tonta. Entiendo que las motos son peligrosas, pero es el peligro lo que lo hace más satisfactorio. ¿Sabes a lo que me refiero?

Trago lentamente. —Creo que sí.

—Ugh, ¿por qué ansiamos el peligro?— pregunta, metiendo el casco bajo el brazo y caminando de un lado a otro delante de mí. Tengo la sensación de que está haciendo esa cosa de escritora que le he visto hacer cuando está trabajando en cómo describir algo. Solo que esta vez, quiere articular una emoción en lugar de describir un acto físico. —Quiero decir, ¿qué pasa con el peligro que atrae a la mente humana? ¿Es algo sexual? ¿Una atracción sexual? Quiero decir, ¿qué pasa con el peligro que nos incita a experimentarlo una y otra vez?

Mercedes se detiene y me mira, dándome la apertura para opinar. Me encojo de hombros. —Tal vez sea la emoción de no saber lo que vendrá, — respondo, paso mi pierna por encima y me levanto para estirarme. —Nos aburrimos si las cosas permanecen igual durante mucho tiempo.

Miro hacia abajo y veo sus ojos mirando el segmento de piel que se asoma de mi abdomen. Dios mío, realmente desearía poder tener sexo con ella. Solo una vez. Solo para saber cómo se siente. Su suavidad contra mi firmeza. Estoy seguro de que sería increíble.

—¿Crees que los hombres se sienten así con las mujeres?— pregunta, sus párpados revoloteando con parpadeos nerviosos mientras me mira. Es tan pequeña que lleva mi chaqueta como un vestido con sus sandalias.

—No podría decirlo con seguridad, — respondo, metiendo torpemente las manos en los bolsillos mientras me acerco a un tronco grande que bordea el camino. Me siento en él y la miro. —Pero creo que las mujeres son culpadas por amar el drama cuando los hombres somos también culpables. Nos salimos con la nuestra al llamarlo machismo.

Sus sandalias golpean ruidosamente cuando Mercedes se acerca y se sienta a mi lado, así que ahora estamos los dos de frente a la puesta de sol. La miro. Sus mejillas están ruborizadas, y le han brotado algunas pecas en la nariz, probablemente por la exposición al sol.

Mete sus rodillas dentro de mi chaqueta y apoya su barbilla sobre ellas. —¿Quieres explicarme qué quieres decir con eso, o quieres usar 'la palabra' de nuevo para que me detenga?

Sonrío a medias, maravillado por la facilidad con la que puede leer entre líneas. Supongo que ver las señales es parte de la intuición de escritor.

Exhalando fuertemente, respondo, —Eventualmente, espero que cada cosa críptica que diga en mi vida no tenga que ver con mi ex.

Mercedes sonríe, su hoyuelo se asoma por el cuello de mi chaqueta. —Probablemente, pero las lecciones de vida vienen de las dificultades, así que suéltalo, Miles.

Gruño y paso mis manos por mi cabello, sintiendo las hebras sobresalir por todos lados. —Creo que me quedé con mi ex tanto tiempo porque a un nivel enfermizo, me gustaba el drama. Fue una estupidez.

Asiente pensativa, procesando lo que he dicho antes de preguntar: —¿Qué clase de drama tuvieron?

Levanto las cejas y sacudo la cabeza hacia el cielo. —Todo lo que pienses, probablemente lo hizo. Pero lo que más odiaba era cuando intentaba ponerme celoso.

Echo un vistazo justo a tiempo para ver a Mercedes hacer un gesto de compasión. —Sí, los celos no son divertidos. Aunque, te diré, desde el punto de vista de la profesión de escritora de romances… mis lectores aman a un hombre posesivo.

Me río de eso. —Bueno, una cosa es ser posesivo, y otra el hecho de ser un tonto. Desafortunadamente, creo que era el último más a menudo.

Sacude la cabeza de lado a lado y arruga la nariz. —Tu ex suena horrible.

—Y el tuyo también.

—¿Por qué salimos con ellos?

—Me pregunto eso todo el tiempo.

Saca sus piernas de mi chaqueta y las estira delante de ella para cruzarlas por los tobillos. Mira al cielo por un momento antes de decir, —Bueno, una forma divertida de mirar a nuestros ex es que, si no hubiéramos salido con ellos, entonces no estaríamos aquí sentados en este árbol, y disfrutando de este increíble atardecer.

Mercedes mueve sus cejas y se gira para ver los últimos centímetros de sol caer detrás de una colina lejana.

Pero parece que no puedo quitarle los ojos de encima. Su cabello es como una puesta de sol.

Siente que la observo. —Te estás perdiendo algo realmente hermoso, — se burla.

Mi voz es seria cuando respondo. —No, no es así.

Su sonrisa se desvanece, y me mira con ojos abiertos y maravillados. El cielo rosado ilumina su cara, dándole un brillo angelical. Es encantadora.

Su voz es un susurro cuando murmura, —No puedo entenderte, Miles.

Trago despacio y extiendo la mano para cubrir su mejilla, pasando mi pulgar desde su pómulo hasta su labio, trazando lentamente las líneas de su boca. —Yo tampoco puedo entenderme.

Inhala profundamente cuando me inclino para probar esos labios de los cuales he estado reviviendo su sabor toda la semana, pero de repente el motor de una motocicleta suena fuertemente detrás de nosotros. Me detengo a pocos centímetros de su boca, mi mano aún en su cara, mis ojos aún enfocados en sus labios.

Tragando con fuerza, me doy la vuelta para ver a otra pareja desmontando su moto, probablemente están aquí por la misma razón que nosotros.

Aclarando la garganta, me alejo y ofrezco una sonrisa tímida a Mercedes. —¿Deberíamos regresar antes de que oscurezca?

Se ve desolada y responde, —Estoy a tu merced.

La ayudo a levantarse y a subir de nuevo en la moto, detrás de mí.

Nos vamos, volvemos a Boulder y volvemos a la vida que estoy viviendo actualmente… sin ningún drama.

CAPÍTULO 13

Kate

Cuando llega el día de escribir mi epílogo, es casi como si Miles lo supiera porque, a mitad del día, entra en el CCC vestido con su overol grasiento que ha anudado alrededor de su cintura. La camiseta blanca que trae debajo está empapada de sudor, y sus manos parecen lavadas, pero más sucias de lo que nunca las había visto. Casi como si no se hubiera molestado en lavarlas profundamente porque sabía que iba a volver al trabajo.

Agarra tres galletas y se acerca a mí con una sonrisa gigante en su cara. Como si fuera un día normal, y toma descansos en el CCC todo el tiempo, se apoya en el asiento frente a la mesa alta en la que estoy sentada y da un gran mordisco a su sándwich de tres galletas apiladas.

No puedo evitar sonreír ante la coincidencia de este momento.

—¿Por qué sonríes? —pregunta, devolviéndome la sonrisa.

En serio, demasiadas sonrisas.

—Porque la vida es divertida a veces. — Inclino mi cabeza y entrecierro los ojos hacia él, observando toda su gloria masculina.

—¿De qué manera?— Miles se inclina sobre la mesa hacia mí, su pelo negro necesita un corte y sus ojos azules brillan entre la suciedad de su cara.

Sin decir una palabra, giro mi computadora para que vea y me pongo de pie para estar a su lado. Cuando me inclino para presionar mis dedos sobre el teclado, nuestros brazos se rozan y un cosquilleo de electricidad pasa entre nosotros.

Me preparo para estar calmada, y escribo "Fin".

—¡No puede ser!, — exclama en voz alta, claramente sin importarle una mierda los otros clientes en la sala de espera. Me mira con los ojos abiertos y emocionados. —¿Acabas de terminar?

—Acabo de terminar. — Sonrío y grito cuando deja caer sus galletas, se pone de pie y me levanta en el aire, girándome en un círculo. Se detiene cuando recuerda que no estamos solos y rápidamente me pone de pie.

Se inclina y me susurra en voz alta, —Felicidades, Mercedes.

Y le doy las gracias, porque ahora mismo, soy Mercedes Lee Loveletter, y he completado mi quinto y último libro de la serie. —No podría haberlo hecho sin ti, Miles, — respondo con humor en mi voz.

Su pecho vibra con su risa. —Deberíamos celebrarlo. ¿Te puedo invitar un trago? — pregunta, y su frente se arruga cuando ve que el humor desaparece de mi cara.

Me dijo esas mismas palabras la noche en que lo besé, y la coincidencia no se me escapa. —Tal vez en otro momento.

Asiente con la cabeza y mete las manos en los bolsillos, y hay una mirada desconcertada en su cara que está matando mi momento.

—Pero oye, vamos a tener una fiesta el viernes por la noche en mi casa. Mis dos amigos del bar de la otra noche y algunas personas con las que aún salimos de la universidad…tu… ¿quieres venir? ¡Puedes invitar a Sam!

Su sonrisa torcida es genuina, y rápidamente intercambiamos números para poder enviarle mi dirección. Me sorprende que después de tantas veces que he visto a Miles, todavía no hemos intercambiado números. Supongo que tal vez esa era su manera de mantenerme a distancia.

Miles mete su teléfono en su bolsillo y pregunta, —Entonces, ¿Qué vas a hacer esta noche?

Mi cara se sonroja de la vergüenza, pero decido contárselo de todos modos. —Bueno, tengo esta tradición que solía hacer con mi ex después de cada libro que terminaba.

—¿Tu ex?, — dice, claramente confundido cuando lo menciono.

—Sí, nos poníamos… esas pijamas de mameluco, pedíamos pizza, y leíamos solo las reseñas de cinco estrellas de mi último libro mientras consumíamos una caja entera de vino. — Me río apenada y me maravillo del hecho de que fue lo único realmente original que hice con Dryston. Probablemente solo le gustaba porque tenía una pijama de dragón, y el tipo estaba un poco obsesionado con los dragones.

Miles asiente con la cabeza, sus cejas aun mostrando confusión. —¿Así que vas a pasarla con tu ex?

—¡Oh, Dios no!— Exclamo y golpeo su pecho firme de manera juguetona. —De ninguna manera, probablemente lo haré con Lynsey. O con Dean, tal vez.

Esto no parece relajar su postura rígida en lo más mínimo. Con voz ronca, responde, —Deberías encontrar una nueva tradición.

Me quedo boquiabierta. —¿Por qué dices eso?

—Porque empezó con alguien que no apoyaba lo que haces. — El músculo de la mandíbula de Miles se contrae con rabia, y juro que crece aún más alto ante mí. —¿Por qué quieres conservar su memoria de esa manera?

—No es *su* recuerdo, es algo que empecé cuando estaba con él. Lo he hecho con cada uno de mis libros, y se siente como de mala suerte no continuarlo.

Sacude la cabeza, decepción escrita en toda su cara.

—¡Miles!— lo reprendo y miro alrededor de la habitación para ver a un par de personas mirándonos. —Tranquilízate. ¿Cuál es tú problema? Se supone que este es un día feliz.

Da un paso atrás, y esa máscara que he visto en su cara antes vuelve con fuerza. —Lo siento, no quiero arruinar tu celebración. — Miles se mueve para irse, pero se detiene para darme un rápido beso en la frente. —Estoy muy orgulloso de ti, Mercedes.

Extiendo la mano y lo agarro, deteniendo su partida. —¿Estás bien?

Asiente con la cabeza. —¿Por qué no iba a estarlo?

—Porque estás actuando de forma extraña. Como si te hubiera… decepcionado o algo así.

Su cara se suaviza con eso. —Nunca podrías decepcionarme, nena. Creo que eres increíble.

Su uso de la palabra "nena" tiene mi corazón atragantado en mi garganta. Siendo la idiota que soy, me río y respondo, —Sí, soy tan increíble que tuve que colarme en un Tire Depot día tras día para terminar un libro que no tenía el valor de escribir porque estaba demasiado envuelta en mi ex.

Miles baja la cabeza, agachándose al mismo nivel de mis ojos, y me mira con seriedad. —Esto no es sobre tu ex. Se trata de como encontraste algo que funcionó para ti. Fuiste tras ello, con todo el valor, e hiciste lo que tenías que hacer para completar el trabajo. A ti no te importa lo que los demás piensen, y eso es genial, así que no vayas a dudar de ti misma ahora.

Sus palabras me sorprenden y no sé qué decir. Pero se equivoca en una cosa.

Me importa lo que tu pienses.

En lugar de compartir esa pequeña revelación, decido lanzarle a Miles una sonrisa ganadora. —Tenía que seguir con la vibra, así que gracias por esperar conmigo.

Me ofrece una suave sonrisa. —Siempre.

Me agacho para cerrar mi computadora y la meto en mi bolso. —¿Te veré el viernes entonces?

Asiente con la cabeza. —Me verás el viernes. — Parece que quiere decir más, pero se agarra la nuca y retrocede. —Que tengas una buena noche, Mercedes.

Y sin un último gran gesto de caballerosidad, dejo que mi book boyfriend se marche, manteniéndolo a salvo donde pertenece, en la ficción.

CAPÍTULO 14

Kate

—Tenemos casi treinta años. ¡Somos demasiado viejos para los barriles!— Gruño mientras Dean rueda la enorme monstruosidad plateada por mi lujoso piso de madera.

Dean suspira profundamente y ajusta sus lentes. —Esto no es una maldita cerveza nacional, Kate. Esto es una cerveza artesanal IPA de mi cervecería local favorita. No le venden esta mierda a cualquiera.

—Sí, porque a nadie le gusta, — murmuro y pateo el piso porque, maldita sea, ¿qué tiene de malo una Coors Light? Era lo suficientemente buena para nosotros en la universidad, y debería serlo ahora.

Pero Dean no fue a la universidad con Lynsey y conmigo. Se auto educó en todas las cosas elegantes. Y ostentosas. Como la cerveza IPA, aparentemente.

Sacude la cabeza y frota el costado de mi brazo. —Te gustará, te lo prometo. Solo dale una oportunidad.

Reanuda su posición y su camisa de lunares se extiende alrededor de sus bíceps cuando levanta el barril y lo coloca dentro de otro barril de madera con bolsas de basura que trajo antes. Vuelve a la puerta principal y agarra las bolsas gigantes de hielo que dejó en el escalón delantero y procede a verterlas alrededor del barril.

Lynsey entra con pasos alargados por mi puerta trasera. —¡El tiki bar está listo! — exclama con un movimiento de sus caderas.

Tengo que reprimir mi risa porque tuvo que rodar esa cosa por su casa y la mía para llevarla hasta mi patio trasero.

Aunque somos vecinas, hay una valla gigante de privacidad que separa nuestras propiedades. Cuando me mudé por primera vez, nos emborrachamos tanto que intentamos poner una escalera a cada lado de la valla para que pudiéramos pasar libremente entre las dos propiedades.

No terminó bien.

Dryston terminó cargándome por las escaleras para llevarme a la cama porque entré cojeando a la casa en busca de más vodka. Pero viví para contarlo, así que, hay un lado positivo.

—También colgué mis lámparas Edison allí atrás, — añade Lynsey con ojos llenos de emoción. —Es una gran iluminación ambiental. Perfecto para una conversación interesante.

—O ligues al azar, — añade Dean, moviendo sus cejas hacia mí. —Invité a algunas personas de mi trabajo, así que habrá algunas caras nuevas para que te aproveches de ellos en un callejón, Kate.

—Cállate, idiota. — Le lanzo mi sandalia y la tira por la puerta trasera sin siquiera mirar.

—También— froto mi mano sobre mi frente- —no olviden llamarme Mercedes esta noche, ¿de acuerdo?

Lynsey voltea los ojos.

—Lo digo en serio. Es el tema de la fiesta, ya que estamos celebrando que escribí "Fin" como Mercedes. En mi texto, le dije a todos los que venían que cualquiera que me llamara Kate tendría que tomar cerveza del barril parado de cabeza.

—¿Qué?— Dean exclama, horrorizado. —¡Esto no es una maldita cerveza universitaria barata, Kate!

—¡Mercedes! — Corrijo. —Y cuento con que todos odien esa cerveza y que nadie quiera esa horrible tortura.

—¡Pero te acostumbrarás a su sabor magnífico! — llora como un maldito niño malcriado.

—Si por magnífico quieres decir veneno, entonces paso, — respondo y una última revisión de los aperitivos que están en el mostrador.

Lynsey se sienta a mi lado mientras revuelvo las albóndigas en la olla de cocción lenta. —¿Vas a seguir mi consejo entonces? — pregunta, con la voz baja, pero el comentario de Dean de "¿Qué consejo?" significa que definitivamente no fue lo suficientemente bajo.

—No, — suspiro y empiezo a reajustar inútilmente el plato de botanas.

Lynsey exhala fuertemente. —Le dije a Ka…Mercedes que debería intentar poner celoso a Miles esta noche porque eso funciona. Dile que funciona, Dean.

Dean deja de jugar con el hielo y me mira fijamente. —Funciona.

Frunzo el ceño, sabiendo que después de lo que Miles

compartió conmigo en Twin Peak el otro día, no hay manera de que le haga eso. —No voy a manipular a Miles para gustarle.

—Ya le gustas, — corrige Lynsey. —Solo necesita que le gustes lo suficiente como para acostarse contigo.

—Suena como un idiota, si me preguntas, — gruñe Dean.

—No es un idiota, — lo defiendo. —Él esta… no sé lo que esta haciendo. ¿Intentando olvidar a alguien tal vez? Agh. Solo quiere algo casual, y no piensa que pueda ser una chica casual.

—¿Puedes? — Lynsey pregunta, con una mirada curiosa en sus ojos marrones.

—¡Demonios, claro que sí! — exclamo con un pequeño baile que creo que haría una chica casual y genial. —Escribo sexo casual como si fuera mi trabajo porque literalmente lo es. — Sonrío poco convencida de mi chiste, y mis amigos están muy impresionados.

—Al diablo, ustedes están bien aquí, ¿verdad? Voy a subir a arreglarme porque oficialmente voy a llegar tarde a mi propia fiesta. Lynsey, pon la música y cuida el fuerte mientras ¡voy a embellecerme!

—¡Claro, jefa!

—Dean… cuida esa cerveza de mierda.

Cuarenta y cinco minutos después, bajo las escaleras para encontrar mi fiesta de el 'fin' en pleno apogeo. Estoy vestida con un par de pantalones blancos cortos con encaje y una blusa suelta sin mangas color beige rosada y sandalias de plataforma color camello. He atado mi cabello pelirrojo en una trenza lateral sobre mi hombro, y me siento relajada y libre. Estoy lista para la fiesta.

Varios de nuestros viejos amigos ya han llegado, así como algunas caras nuevas que Lynsey conoce de la escuela de posgrado. Instantáneamente me involucro en una conversación con un par de amigas de la universidad que me felicitan por haber terminado. Una me llama Kate, y la arrastro a la cocina para tomar un trago. Más que nada porque creo que Dean podría empezar a llorar si alguien pone sus labios en su precioso dispensador de cerveza.

Dean me presenta a los amigos de su trabajo que no dejan de hablar sobre una nueva panadería al final de la calle de su edificio. Antes de darme cuenta ya han pasado un par de horas de la fiesta y Miles todavía no ha llegado.

Me alejo de algunos amigos para ir a ver quién está en la parte de atrás. Tal vez Miles ha estado aquí todo este tiempo, y no lo sabía. Hago un escaneo superficial del exterior con la esperanza de ver a un tipo alto, moreno y guapo, pero me decepciona encontrar a Lynsey y a todas sus amigas de la escuela.

Sonríe alegremente y sale rápidamente de su tiki bar para pasarme una bebida frutal en un vaso alto. —Bébelo despacio, *Mercedes*. Esta mierda es fuerte. Me he tomado dos, y creo que ya estoy tan borracha que no recordaré nada.

—Por Dios, — exclamo, tomando un sorbo y sintiendo un instante de ardor en mi boca.

—No es de extrañar. Creo que esto podría ser peor que la mierda de IPA de Dean.

El gruñido de Dean me asusta por detrás. —No es una mierda. — Sin avisar, se abalanza directamente hacia mis piernas, apenas alcanzo a darle mi bebida a Lynsey antes de que me lance sobre su hombro. —¡Escuchen todos, Mercedes va a tomar cerveza de cabeza!

Todos nuestros amigos gritan de alegría, y trato de gritar

más fuerte. —Mercedes *no* va a tomar cerveza de cabeza porque a Mercedes le gusta la Coors Light y el café de cortesía… ¡y escribir libros de sexo!

Oigo ovaciones tanto adentro como afuera, y como no siento dolor, decido seguir adelante. —¡Y sexo duro y rápido contra la pared!

Todos se ríen y ovacionan un poco más. ¡Esto es divertido! Tengo mi propia porra, así que continúo, —¡Y a Mercedes le gusta una escena formal donde el tipo le quita la ropa interior a una chica, la toquetea y la guarda en el bolsillo de su esmoquin toda la noche!

Todos se quedan en silencio… hasta que finalmente, Lynsey grita, — Eso fue muy específico, pero, ¡sí!

Todo el mundo se ríe, pero es más por obligación y con mucho menos entusiasmo que antes, así que le doy una última oportunidad para salvar las apariencias. —¡Y realmente me encanta escribir sobre el juego anal!

La multitud se ríe aún más, pero después hay más ovaciones maravillosas. Incluso puedo sentir los hombros de Dean temblando mientras se ríe y me golpea el trasero antes de ponerme en pie.

Cuando me doy la vuelta y me enderezo, siento que la cabeza me va a explotar y trato de enfocar mis ojos en lo que está frente a mí. Miro fijamente el pecho amplio de un hombre muy grande con una chaqueta de cuero negro súper sexy. Levanto mi barbilla y prácticamente me desmayo cuando veo que es Miles. Y tiene una camisa debajo de su chaqueta.

—¡Miles!— Exclamo y envuelvo mis brazos alrededor de su cuerpo duro como una roca, aún sintiéndome eufórica por el show que hice hace un momento.

Dean se aclara la garganta a mi lado y murmura, —Voy a entrar por un trago.

Retrocedo para saludar a Sam, que parece un poco incómodo junto a Miles hasta que finalmente dice, —Voy a seguir a ese tipo.

Lynsey se pone a mi lado en ese mismo momento, no se intimida lo más mínimo por la postura de Miles. Extiende la mano y dice, —Hola, soy Lynsey, la mejor amiga y vecina. Ese de ahí es mi tiki bar.

Miles desliza su mirada hacia ella y le ofrece una pequeña sonrisa mientras le da la mano. —Soy Miles.

—Encantada de conocerte. ¿Puedo ofrecerte un trago? ¡Mi tiki bar está abierto! — Agita sus manos con orgullo.

—Estoy bien por ahora, gracias, — responde Miles y me mira. —¿Podemos ir a algún lugar y platicar?

Asiento con la cabeza y le tomo la mano para llevarlo adentro. Un grupo de amigos de Dean está parado frente a la puerta de mi dormitorio, así que decido llevarlo arriba a donde me estaba arreglando antes. Cuando pasamos por delante de Dean cerca del barril, lo veo lanzar una mirada entrecerrada a Miles. Le clavo dagas con la mirada a Dean, diciéndole silenciosamente que pare mientras nos desviábamos a la izquierda.

No puedo jalar a Miles por las escaleras lo suficientemente rápido.

La luz de las lámparas de Edison está entrando por la ventana trasera al dormitorio oscuro, así que ni siquiera me molesto con el interruptor de luz. Miles entra en la habitación detrás de mí como una nube oscura y amenazadora. Cuando me doy la vuelta para mirarlo, me doy cuenta de que esta habitación nunca se había sentido tan pequeña.

Mira a su alrededor, notando los zapatos de hombre en el suelo del armario abierto. —¿Tienes un compañero de cuarto?

Mi cara se sonroja al instante porque esto no se acerca a la conversación que quiero tener ahora mismo. Especialmente después de que Dean me volteó como una tonta delante de todos hace dos segundos.

—¿Más o menos? — Titubeo.

—Así que es un hombre, — afirma Miles, mirando fijamente al armario, y luego deslizando sus ojos hacia mí.

No se puede ocultar ese hecho ahora. —Sí. — Me encojo de hombros.

Se ríe y sacude la cabeza. —Era de esperarse. — Se lleva una mano a la frente mientras camina por la habitación. —No es ese tipo Dean, ¿verdad? Dijiste que era un vecino.

—Si, es un vecino. No es Dean.

—Entonces, ¿quién es?

—Nadie, — me apresuro a decir, notando que Miles se tensa cada segundo que pasa. Lo último que necesita oír es que sigo viviendo con el idiota de mi ex-novio. —Está fuera durante el verano, así que no importa.

—Pero es un hombre, — dice, frustrado con sus manos en forma de puños a sus costados. —Maldita sea, Mercedes, ¡no puedo hacer esto!

—¿Hacer qué? — Pregunto, mi pecho levantándose con esperanza.

—¡Soy un tipo celoso! Ya lo sabes, — exclama, extendiendo las manos en señal de rendición mientras apunta hacia abajo. —Esta no es la clase de mierda que puedo manejar. — Se pasa las manos por el cabello, parece que está a punto de salir corriendo.

Pero no quiero que huya. Quiero que se quede.

—Lo siento, debería irme.

Se mueve hacia la puerta, y me lanzo delante de él, bloqueando su salida.

—Mi compañero de cuarto es… gay, — le digo bruscamente, y mis ojos se agrandan ante la mentira que se desprendió tan fácilmente de mis labios. —Y está fuera de la ciudad durante el verano.

Miles me mira fijamente, parpadeando. —¿En serio?

Me encojo de hombros, completamente incapaz de confirmarlo de nuevo porque todavía no puedo creer que haya mentido en primer lugar. —Dime por qué te estás convirtiendo en un maniático en este momento. Pensé que solo querías que fuéramos amigos.

Exhala fuertemente. —Es mucho más difícil de lo que pensé que sería.

—Bueno, ¿qué puedo hacer para ayudar? — Pregunto, aunque no quiero ayudar. *Quiero cogérmelo.*

Miles gime y me mira fijamente. —Nena, los celos son un tema que tengo que controlar constantemente. Intento no ser así, pero es virtualmente imposible. Estuve casi diez años con una chica que se complacía en torturarme cada vez que podía.

—Bueno, no soy esa chica, — respondo y me acerco a él, extendiendo mis manos para tocar sus antebrazos.

—Sé que no lo eres, — casi llora. —Pero antes de que hagamos algo, tienes que saber esto sobre mí. Soy sobreprotector. Dominante. Demasiado arrogante. Casi todo lo que hago es hasta el extremo.

—Está bien, — respondo lentamente y me trago un nudo en la garganta mientras me sujeta la cara con sus manos ásperas, asomándose sobre mí como una especie de cavernícola que reclama su propiedad.

Su voz es profunda y melodiosa mientras añade, —Y me vuelvo loco si pienso que un tipo se está acercando a lo que me pertenece.

Definitivamente, *no debería* excitarme con eso. Soy una mujer moderna. Soy independiente. Creo que podría ser una feminista si supiera exactamente qué diablos implica todo eso. Pero en mi opinión personal, no creo que el feminismo pertenezca en el dormitorio. Creo que el feminismo es tener licencia sobre tus propios deseos, y Jesús, María y José, creo que acabo de sentir algo húmedo corriendo entre mis piernas, ¡y no estoy para nada enojada por eso!

Sacudo la cabeza, tratando de reenfocar mi cerebro en lo que es importante aquí. —¡Pero no soy de tu propiedad, Miles!

—En mi mente, lo eres, — responde, con la mandíbula y los labios apretados. —Y realmente necesito que no hagas cosas que me den celos.

—¿Por qué? — Casi lloro.

—Porque si me pones celoso, no podré seguir siendo tu amigo.

—¿Por qué? — *Por Dios, hombre, ¡Ya tómame!*

—Porque me darán ganas de hacerte mía, así nunca querrás volver a ver a ningún otro hombre otra vez.

Respiraciones profundas.

Latidos ensordecedores.

Una ruidosa fiesta abajo… la verdadera parte de abajo. No era una indirecta para mis pantalones, aunque, ahora que lo menciono, creo que escuche cómo le crecía la erección. Así literalmente, creo que percibo sus jeans estirarse entre nosotros.

Me estiro y lo toco con mis manos y oh Dios mío, sí. Está firme, y yo también, y quiero que él… —Pruébalo.

Sacude la cabeza, la seriedad reflejada en su frente me

tiene con un nudo en la garganta. —Espero que sepas lo que estás pidiendo.

Con un gruñido salvaje, golpea sus labios contra los míos y hunde su lengua en mi boca. Profundo. Tan profundo. Como si buscara tocar mis amígdalas. No es exactamente sexy, es incontrolable. Es embriagador. Intoxicante. No puedo alejarme de él, y no quiero hacerlo. Mis brazos se entrelazan con fuerza alrededor de su cuello, sosteniéndolo como si fuera posible unir nuestros cuerpos.

No más besos de peces muertos. ¡Dios, esto es vivir!

Miles se inclina, pasando sus manos por mi trasero hasta la parte posterior de mis muslos. Me agarra con fuerza, me levanta, y mis piernas se entrelazan instantáneamente alrededor de su cintura. No puedo enganchar mis tobillos alrededor de su enorme cuerpo, así que solo aprieto. Lo aprieto tan fuerte como puedo, porque Dios mío, esto es lo que me he estado perdiendo. ¡Un calor fuerte, masculino, y territorial!

Quiero su calor sobre mí. Si pudiera desabrocharle la piel y meterme dentro de él, lo haría. Quiero ser consumida por él de todas las formas posibles.

Pasa sus manos por mi cabello y me echa la cabeza hacia atrás para poder arrastrar su lengua por mi cuello. Trago contra él, jadeando y retorciéndome tan solo por su lengua húmeda. Me toma con fuerza, castigando y reclamándome con su boca, y maldición, es una delicia.

Nos gira hacia la cama, y sus manos se deslizan hacia mi trasero, sus dedos ambiciosos presionan la grieta entre mis nalgas. —¿Dijiste que te gustaba el juego anal?

Grito en voz alta cuando sus dedos se deslizan a lo largo del encaje de mis pantalones cortos, y presiona con fuerza a través de la tela justo en mi agujero apretado. —Rayos, no lo sé. ¡Me gusta escribirlo!

Se ríe, y hace vibrar todo su cuerpo. Aprieto las piernas más fuerte alrededor de él, tratando de conseguir esa sensación dentro de mí porque, demonios, necesito que me cojan ahora mismo.

—Tenemos tiempo para eso después, — dice, dejándome caer en la cama perfectamente hecha y cayendo encima de mí, cubriéndome con el cálido y delicioso peso de su cuerpo.

—Dios, Miles, — gimo mientras me llena con besos y mordiscos la clavícula. Me quito las sandalias a patadas mientras mi cuerpo se retuerce bajo el suyo, mi pelvis presionando el gran y duro apéndice detrás de sus molestos jeans. —Quítate los jeans. Quiero verte.

—Tú primero, nena, — su voz es ronca, se pone de pie, levantándome con él para que pueda quitarme la blusa del cuerpo por encima de la cabeza. Mi trenza cae sobre mis pechos desnudos, y él arrastra sus dedos a lo largo de la textura de la misma. —¿Podrías deshacer esto?

Asiento distraídamente. Estoy segura de que podría hacer que corriera desnuda por la fiesta si eso significara que me acostaría con él esta noche. Quito la liga…y sacudo mis dedos a través de mi cabello.

—Me encanta tu cabello. — Arrastra los dedos a través de los gruesos mechones y les da una gran olfateada. ¡Dios, me ha olido!

—Ahora recuéstate, — dice, enganchando sus dedos en la cintura de mis pantalones cortos y deslizándolos por mis piernas mientras lo hago. Los arroja al suelo y toma mi tanga blanca de encaje. Gimo mientras la desliza hacia abajo con una lentitud tentadora, sus dedos ásperos acariciando mis piernas con su descenso.

Cuando me quita la tanga de los pies, la sostiene para que la vea, luego la presiona contra su nariz e inhala profundamente.

—Maldita sea, — lloro con solo verlo oliendo mi maldita ropa interior. —¿Cómo es que eres real?

—Soy completamente real, nena. Y no te la pienso devolver. — Mete el trozo de tela blanca en sus jeans y saca su cartera del bolsillo trasero, sacando un condón de la solapa interior antes de dejarlo caer en la cama.

Colocando su mano detrás de él, se quita la camisa por encima de su cabeza, y mis ojos se nublan al verlo. Tiene líneas en lugares donde los hombres deberían tener líneas. El contorno perfecto de abdominales, costillas anchas sobresaliendo bajo sus enormes y carnosos pectorales. Y luego está esa *V*. Dios mío, la *V* que apunta hacia su erección es suficiente para hacerme olvidar a todos los hombres que vinieron antes que él.

Miles podría estar en la portada de cada uno de mis libros. De hecho, tal vez debería cambiar las portadas de mis libros. Probablemente vendería más copias. Quiero el cuerpo perfectamente esculpido de este hombre cubriendo todo mi maldito mundo.

Y si pensaba que su mitad superior se ve bien, no es nada comparado con la inferior. Desliza sus jeans y boxers hacia abajo, y la erección gigante que se menea me tiene más que un poco aterrorizada. Extremadamente excitada, pero aterrada.

Es una erección preciosa. Fuerte y orgullosa. Recta y gruesa. Pero como el doble del tamaño al que estoy acostumbrada.

Me aclaro la garganta y digo, —La frase cliché que deberías decir ahora mismo es, 'No te preocupes nena, encajará.'

Se ríe de mi imitación de voz de hombre, y sus abdominales

se contraen de una manera muy sexy. Después de ponerse el condón, se coloca entre mis piernas y me cubre con su calor. Nuestra desnudez se desliza una contra otra como las más deliciosas y candentes sábanas de seda.

Miles me provoca con la punta de su pene cubierta contra mi entrada. —Pero, ¿y si me gusta que te duela un poco?

Con un rápido empujón, entra tan rápido en mí que por un momento me quedo sin aliento. Mis manos buscan alrededor de la cama algo para aferrarse, para apretar y sostener mientras lucho contra esta repentina y bienvenida invasión entre mis piernas. El me ofrece sus manos, deslizando sus dedos entre los míos de una manera suave, totalmente contradictoria a la despiadada opresión entre mis piernas.

Él aprieta mis dedos y presiona nuestras manos contra el colchón, junto a mi cabeza. —¿Estás bien? — Me da un suave y tierno beso en mis labios.

Gimo fuertemente, la sensación aumentando y rogando por más. —Lo estaré una vez que empieces a moverte. — Muevo mis caderas para encontrarme con las de él con una necesidad frenética. —Necesito que me cojas, Miles. Por favor, solo cógeme.

—Con gusto, — responde, soltando mis manos y sentándose de nuevo sobre sus rodillas. Tirando mis piernas sobre sus hombros, deslizando sus manos ásperas por ellas al mismo tiempo. —Dios, estas malditas piernas son sexys.

Y con ese cumplido, comienza a cogerme tan fuerte y rápido, que ni un gemido sale de mi. Son solo un montón de sonidos ahogados que parecen saltarse mi laringe y salir directamente de mis pulmones. Él frota, y se entierra en mi sexo, castigándolo, y el orgasmo que me atraviesa es completamente ignorado, como si fuera uno de los muchos que planea darme esta noche, así que ni siquiera le presta atención.

Un segundo orgasmo se construye encima del primero, y juro que no puedo tener otro cuando se agacha y frota sus dedos ásperos en mi clítoris hinchado. Encuentro por fin mi voz, y grito de placer.

—Shhh, — gruñe y mueve su mano traviesa a mi boca, metiendo sus dedos en ella para que pueda saborear mi excitación por todos lados. — Tienes que estar callada, nena. Hay una fiesta abajo, y si te oyen así, me enfadaré de nuevo.

Saca sus dedos y me quejo, —Dios, estás loco. — Pero en mi mente, estoy diciendo que no quiero que nada de esto se detenga.

—Tú me vuelves loco, — responde y continúa cogiéndome hasta que tengo un orgasmo por tercera vez.

—¿Crees que ya has tenido suficiente? — pregunta, metiendo un dedo debajo de mi trasero y tentando mi ano. —¿O quieres más?

—Más tarde, — suplico, gimo y me quejo un poco. — Quiero más después, solo quiero verte venir, Miles.

Miro su erección deslizándose dentro y fuera de mí. Se ve tan tenso. Necesita liberarse.

—Entonces, háblame sucio otra vez, — dice bromeando, asintiendo con la cabeza para animarme. —Háblame como lo hiciste esa noche en el bar. Dios, me he masturbado con ese recuerdo al menos una docena de veces desde entonces.

—Umm, — murmuro, mi cerebro necesita acceder a un vórtice diferente del que está residiendo actualmente. —Rayos, está bien. Me encantó cuando me metiste los dedos en la boca hace un segundo.

—¿Sí?, — pregunta, con los ojos encendidos y fijos en mí. —¿Eres una chica sucia, Mercedes?

—¡Dios, sí! — Me quejo porque honestamente, tal vez esto es lo que he estado extrañando todo el tiempo. ¡Debería haberme cogido a Dryston como mi alter ego, no la aburrida Kate! Mercedes es una loca tanto en el mundo real como en el ficticio. —Me encantó probarme a mí misma en ti. Mi acidez y tu salinidad. Dios, sabemos bien juntos.

—Maldita sea, así es, — responde, mirando al techo y montando cualquier ola que esté sintiendo, el ángulo hace que las venas de su cuello grueso sobresalgan.

—Me gustan tus manos ásperas sobre mi cuerpo, — afirmo, agarrando una de sus manos y poniéndola sobre mi pecho. Mira hacia abajo y observa su mano cuando añado, —Mira lo excitante que nos vemos juntos. Áspero y suave. Oscuro y claro.

Me aprieta el pecho y me pellizca el pezón tan fuerte que tengo que aguantarme otro grito. —Dios, Miles, vente para mí, maldita sea. Deja que ese enorme pene se venga dentro de mí.

—Oh Dios, — exclama, congelándose a mitad de camino y explotando dentro de mí como un maldito cañón. Las venas a lo largo de su pene se contraen y se expanden dentro de mi canal con cada ráfaga de semen que dispara al condón. —Por Dios, Mercedes.

Me río porque, ¿qué más puedo hacer? Acabo de cogerme a un tipo que no sabe mi verdadero nombre en la cama que compartí con mi ex durante casi dos años enteros. ¿Hasta dónde puede llegar esta situación?

Golpeo sus abdominales en agradecimiento. —Eso, Miles, fue sexo digno de un libro.

Se ríe de eso mientras nos limpiamos en el baño adjunto

y nos vestimos rápidamente para volver a bajar a la fiesta. No quiero volver a bajar, pero como técnicamente es en mi honor y ni siquiera estamos en mi habitación, no veo cómo puedo quedarme aquí toda la noche.

Lynsey me señala el cabello al instante, y cierro los ojos, haciendo una mueca por haber olvidado trenzarlo como lo tenía antes. Afortunadamente, nadie más parece notarlo.

Me tomo un trago y hablo con mis amigos por el resto de la noche, estando realmente relajada cuando les presento a mi nuevo amigo, Miles de Tire Depot. Todos se ríen del hecho que básicamente somos compañeros de trabajo dado que escribí el libro entero allí. Si esto fuera un libro, definitivamente lo marcaría como un romance de oficina, tenlo por seguro. *Todo comenzó con una taza de café de cortesía.*

A lo largo de la noche, siento miradas críticas de Dean. Es probable que esté haciendo esa cosa de hermano sobreprotector otra vez, pero no quiero que Miles tenga una idea equivocada, así que decido mantener mi distancia. Dean es un coqueto, y aunque es inofensivo, es algo difícil de entender para los de fuera. Incluso he sido acusada por mis amigos de la universidad de tener un romance con Dean. La idea es cómica.

Al final de la noche, estoy exhausta, y cuando Sam dice que se va a ir, frunzo el ceño, preocupada de que Miles se vaya con él.

—Conducimos por separado, — me ofrece Miles, y miro hacia fuera para ver su moto estacionada justo delante de mi casa. —¿Pero puedo irme si quieres?

—¡No! — Exclamo y extiendo la mano para agarrarlo. — Deberías quedarte… si es que quieres, quiero decir. — Me escuche tan desesperada que ni siquiera es gracioso.

Asiente con la cabeza, y esa mirada consternada vuelve

a su cara. La que tiene cada vez que me rechaza o intenta rechazarme. Me preocupa, pero parece que lo ignora por esta noche, así que yo también lo haré.

Después de un tiempo, todo el mundo se va, incluyendo Lynsey y Dean. Apago las luces, apago la música y llevo a Miles a mi dormitorio junto a la cocina.

—Me alegro mucho de que no me hayas traído aquí antes, — afirma con una sonrisa.

—¿Y eso por qué? — Pregunto, quitándome la blusa sobre mi cabeza y parándome frente a él sin sostén.

—Porque entonces todo el mundo definitivamente habría escuchado tus gritos. — Rápidamente me alcanza, y grito mientras me toma en sus brazos para presionar mis pechos en su cara. —No tuve el tiempo suficiente para conocer completamente a estas chicas antes. Hola, señoritas.

Me acaricia entre mis pechos con su mandíbula áspera, y me río y lo empujo hasta que me suelta. Con una feliz, sexy, e indescriptible sonrisa, me acomoda el cabello detrás de las orejas y me besa tan dulcemente, que creo que acabo de experimentar un tipo de orgasmo que ni siquiera sabía que existía.

¿Puedes tener un orgasmo de felicidad? Creo que sí.

CAPÍTULO 15

Miles

Me despierto con el sonido de tocino friéndose y me siento rápidamente, olvidando por completo dónde estoy por un segundo. Pestañeo rápidamente, y el dormitorio de Mercedes aparece a la vista. Miro hacia su lado de la cama que está vacío, y exhalo mientras todo vuelve a inundar mi mente.

Tuve sexo con Mercedes anoche.

Tuve muy buen sexo con Mercedes anoche… en medio de una fiesta.

Me encorvo y me froto los ojos, tratando de recordar lo mal que estuve anoche. Entré muy directo, eso es seguro. Pero al verla colgada sobre el hombro de Dean me hizo darme cuenta que él quiere algo más con ella, incluso si Mercedes no se ha dado cuenta todavía.

No debería haber venido. Sabía que no debería haber venido. Sam fue quien me obligó, haciéndome sentir culpable por no celebrar este logro con ella después de todo lo que habíamos pasado juntos en Tire Depot. Pero de alguna manera, sabía que, si conducía hasta aquí, no me iría. Ahora, aquí estoy, con el trasero desnudo en su blanca, esponjosa y sumamente cómoda cama.

Esto va a terminar mal.

Me paro y pongo mis jeans, mi mente se nubla con mi pasado y mi presente, creando esta niebla arremolinada de duda. Ha pasado un año desde que Jocelyn y yo rompimos, y la he superado completamente. Honestamente, la zorra puede vivir feliz para siempre con su esposo viejo y rico, pero aún no he superado el estrés de estar en una relación. De que alguien te importe tanto que literalmente harías cualquier cosa para protegerla. Es por eso que solo quiero algo casual por ahora. No puedo entregarme a nadie otra vez. Todavía no.

Y algo en Mercedes me dice que sería demasiado bueno para ser solo algo casual.

Entro en la cocina, y Mercedes está ahí con un par de pantalones cortos de yoga ajustados y mi camiseta negra que estaba buscando. Mirándola con el sol de la mañana entrando por la ventana sobre el fregadero, se ve perfecto que esta chica no es para algo casual.

Me aclaro la garganta. —Ladrona de camisetas, — me burlo y camino para ponerme detrás de ella. Pongo mis manos en sus lindas caderas y todo su cuerpo se tensa. —¿Qué pasa?

Se ríe nerviosamente. —¿Estás de humor para panqueques? ¿O emocionado por regresar al dormitorio? Porque aún no he empezado a hacer los panqueques, así que ahora es el momento de decirme si quieres regresar a la habitación y gozar un poco más.

Me río y le doy un beso en la sien. —Podría comer.

— *Podría comerte* es lo que realmente estoy pensando. Me muevo a una de las sillas altas de la isla para tener una mejor vista de ella. ¿Cómo es posible que esté tan guapa por la mañana? Sus mejillas están sonrojadas, y su cabello pelirrojo está atado en un gran nudo sobre su cabeza. Y no se ve tan mal con mi camiseta gigante.

—¿Cómo dormiste?, — pregunta mientras empieza a batir un poco de mezcla para panqueques en un gran tazón de vidrio.

—Como una roca, — lo admito.

Se muerde el labio.

Sonrío con curiosidad. —¿Fue algo que dije?

Asiente con la cabeza. —Pensarías que sería más madura al respecto ya que escribo sobre estas cosas todo el tiempo, pero no lo soy. Tenías la erección matutina más grande que he visto en mi vida cuando me levanté más temprano.

Mis cejas se levantan. —Bueno, ¿por qué no me despertaste para que pudiéramos hacer algo al respecto?

Mercedes me da una tímida sonrisa que es tan linda, que mi pene salta. ¿Mi escritora de sexo, comportandose sumamente tímida? Dios, sigue poniéndose mejor.

—Estabas durmiendo tan profundo, — explica. —Y pensé que tres orgasmos eran suficientes en doce horas.

Inclino la cabeza hacia atrás y me río. —Creo que nunca debes ponerles un tope a los orgasmos.

Sus ojos encuentran los míos, y con una mirada excitada, la tensión sexual comienza a chispear entre nosotros como tocino en una sartén. Se lame los labios. —¿Vas a sentarte ahí y hacerme ojitos sexuales, o vas a ayudarme a hacer el desayuno?

Me levanto y me estiro. —Podría necesitar mi camisa. Sería una lástima si quemara esto con grasa de tocino.

Arrastro mis dedos a lo largo de las crestas de mis abdominales, y Mercedes me mira tan fijamente, que empieza a derramar la mezcla de panqueques en el quemador caliente.

—Panqueques, — digo, mirando el desastre.

—¿Qué? — dice con un quejido, todavía mirando mi cuerpo.

—¡Mercedes, los panqueques! — Grito cuando el humo comienza a salir de la estufa. Me muevo rápidamente alrededor del mostrador para quitarle el tazón de la mano.

—¡Mierda!, — exclama, saliendo de su aturdimiento. Deja el tazón, apaga el quemador y toma un trapo para limpiar el desastre. Sus ojos avergonzados me miran a través de sus oscuras pestañas. —Tal vez devolverte tu camisa no sea una mala idea.

Una vez que Mercedes va por una camisa a su cuarto, me pongo la mía y termino de ayudarla con la comida. Es algo muy doméstico, algo que haría una pareja un sábado por la mañana, y para cuando nos sentamos a comer en el mostrador de su cocina, mis pensamientos ya no pueden ser ignorados.

Rociando jarabe sobre mi pila de panqueques decido confesar. —Siento que tengo que decirte que no vine aquí anoche para hacer… eso. — Señalo arriba y dentro de su habitación porque esos son los dos lugares que hemos cubierto hasta ahora.

Frunce el ceño nerviosamente. —Okaaay.

—Quiero decir, estuvo bien, no me malinterpretes. Fue perfecto en realidad. Pero quiero que sepas que ese no era mi plan.

Exhala profundamente y se concentra en untar sus panqueques con mantequilla. —¿Esta es la parte en la que me dices que no estás en posición de que te vuelva a gustar alguien?

Dejo mi tenedor y la miro fijamente hasta que voltea a

mirarme. —¿Quizás? — Digo, con una disculpa en toda mi cara.

Su mandíbula se aprieta, pero mira hacia abajo, reanudando la preparación de su comida. —Está bien.

Resoplo, —¿Lo está?

—¡Sí! — exclama y me mira con una sonrisa. —No es gran cosa, Miles. Tuvimos sexo. No es como que me hayas pedido que sea tu novia. No estoy confundiendo las cosas.

—Bueno… perfecto, — respondo, sintiéndome un poco confundido mientras como un poco más de comida y dejo que el silencio nos envuelva. Finalmente, levanto la vista y añado, —Solo… tengo la impresión de que no eres una chica casual, y no quisiera ponerte en una situación incómoda.

—¡Nada de incomodidad! — responde con una risa, dando un enorme bocado a sus panqueques. Pone sus dedos sobre su boca llena y murmura, —Estoy bien… incluso perfecta. ¡Acabo de tener muy buen sexo anoche!

Entrecierro mis ojos y la miro con cierta incredulidad. Está actuando de forma extraña. Más raro que de costumbre. —Entonces, ¿qué es esto?

Se encoge de hombros y toma un sorbo de su jugo de naranja. —Puede ser lo que queramos que sea. Podemos seguir siendo solo amigos, o no. Podemos seguir teniendo sexo, o no.

Casi me ahogo con un bocado de tocino. —¿Seguir teniendo sexo?

Sus mejillas se sonrojan. —¡Sí! *Tú* fuiste el que dijiste que no puedo ser casual, no yo. Soy Tan casual como cualquiera. Casual con C mayúscula. Escribo en Tire Depot, por el amor de Dios.

Mis cejas se levantan. —Buen punto.

Se levanta y lleva su plato a medio comer al fregadero de

la cocina. —Honestamente, estaría dispuesta a tener algo casual. Ya soy adicta al trabajo, así que no es como que tengo tiempo para dedicárselo a un novio.

—¿Ah, sí? — Pregunto con curiosidad, molesto de que su comentario también me haga sentir ligeramente rechazado. *Soy un completo idiota.* —Pero ya terminaste tu libro. ¿Cuánto trabajo más puede haber?

Se ríe de eso. —Oh Miles, qué poco sabes sobre mi mundo literario. La parte en el Tire Depot es la más fácil. Ahora comienza el trabajo duro. La edición. Mercadotecnia. Además, ya estoy empezando el próximo libro.

Esto hace que me siente de nuevo en mi silla. —Bien, entonces, ¿qué tienes en mente?

Coloca su plato en el lavaplatos, me da la espalda por un buen rato antes de que repentinamente se dé vuelta con los ojos bien abiertos y exclame, —¡Investigación para mi libro!

—¿Investigación para tu libro? — Repito.

Asiente con la cabeza. —Yo, umm… podría necesitar algo de ayuda de nuevo para la investigación de mi libro. Cosas de dormitorio, no cosas de motocicleta.

Mis cejas se levantan con curiosidad. —¿Qué tipo de locuras estás escribiendo ahora que no hayas cubierto ya en tus novelas eróticas?

Voltea los ojos y se mueve para apoyar sus codos en el mostrador, justo enfrente de mí, dándome el ángulo perfecto de su escote en esa camiseta ajustada. —No es eso. Necesito ayuda para entrar en la mente de un hombre. Mi serie Bed 'n Breakfast fue contada desde un punto de vista femenino. Pero para mi nuevo libro, quiero escribir desde un doble punto de vista. Así que un capítulo será en la voz de la mujer, y luego uno será en la voz del hombre. Alternaré entre los dos.

Mi tono es monótono cuando respondo, —Sé lo que es el doble punto de vista, Mercedes.

—Bien, lo siento, — responde con una sonrisa avergonzada, tocando la toalla del mostrador que tiene delante. — ¿Crees que podrías ayudarme? — Me mira con ojos muy abiertos y nerviosos, claramente ansiosa por mi respuesta.

La miro fijamente y me pregunto si puedo estar a la altura del desafío. ¿Más sexo con una chica que realmente me gusta, pero sin las complicaciones de una relación? Sin ataduras. Sin compromisos. ¿Puede ser realmente tan fácil?

Tomo mi plato vacío y me dirijo alrededor del mostrador hasta el fregadero. Puedo sentir sus ojos sobre mí cuando respondo, —Para ser perfectamente claros, estás proponiendo ser amigos con beneficios, ¿verdad? — Pongo el plato en el fregadero y me giro para mirarla, apoyándome en el mostrador y cruzando los brazos.

Sus ojos miran fijamente mis bíceps por un momento antes de responder con una dulce sonrisa. —Es un concepto tan antiguo como el tiempo.

Me río y siento una sensación de euforia que se mueve a través de mí. Esta mañana está resultando mucho mejor de lo que anticipé cuando desperté en su cama más temprano. De hecho, es fantástico.

Elimino el espacio entre nosotros y la encasillo, presionando mi cuerpo contra el suyo. —¿Deberíamos empezar ahora? Quiero decir, no me gustaría ver que tu educación sufra un minuto más.

Se ríe y me pone las manos en el pecho para empujarme hacia atrás. —En realidad, ya que nos quedamos con todo el asunto de los amigos, me preguntaba si podrías ayudarme con un pequeño proyecto primero.

Muevo mis cejas sugestivamente hacia ella. —¿Este proyecto incluye estar desnudos?

Frunce el ceño y se muerde el labio tímidamente. —Podrías estar desnudo si quieres, pero no creo que eso sería seguro.

Mi sonrisa desaparece.

—¿Crees que podrías ayudarme a bajar las cosas de mi compañero de cuarto? Me van a entregar unos contenedores esta semana para sus cosas. Quiero convertir esa habitación de arriba en un estudio para escribir.

Mis cejas se fruncen. — ¿No vas a seguir escribiendo en Tire Depot? — No se me escapa la decepción que siento por ese pensamiento.

—No lo sé todavía. — Se encoge de hombros. —Podría. Pero quiero probar esto primero.

—Bien, — respondo con el ceño fruncido. —Pero sabes que todavía puedes escribir ahí. Nadie sabe de ti.

Se ríe y frunce el ceño con curiosidad. —Ya veremos. — Se encoge de hombros otra vez como si no le importara, y es molesto. ¿Por qué ya no quiere escribir allí?

Sacudiendo mi nerviosismo, doy un paso atrás y extiendo los brazos para estirarme. —Entonces, ¿qué hizo tu compañero de cuarto para molestarte lo suficiente para sacar sus cosas?

Voltea los ojos. —Qué no hizo.

Me río de su lindo y pequeño destello de actitud y respondo, — Bueno, definitivamente te ayudaré. Estas son las cosas para las que los tipos como yo nacimos para hacer. — Le guiño el ojo y flexiono mis brazos con gallardía. —¿Deberíamos bañarnos antes o después de la gran labor?

Sonríe. —¿Por qué no ambos?

CAPÍTULO 16

Kate

—He entrado en una relación casual, de amigos con beneficios, con un mecánico de Tire Depot que cree que mi nombre es Mercedes, —le digo a mi amiga escritora, Hannah, por teléfono, mientras me desparramo dramáticamente en el piso vacío del dormitorio de arriba. —Dime qué hacer.

—Bien, ¿para qué libro es esto?

—No es para un libro.

—Espera, ¿qué?, —pregunta.

—No es para un libro. Es para mí.

—¿Esto te está pasando realmente?

—Sí.

—¿Como en la vida real?

—¡Sí, Hannah! Y me gusta mucho más que un simple amigo, así que ¿puedes seguirme el ritmo, por favor? ¡Estoy en modo de crisis, y no estoy segura de qué hacer!

—¿Además de cogértelo cada vez que puedas?

—Sí. Quiero decir… lo estoy evitando esta semana para que no se entere de que me gusta.

—Lo cual es cierto.

—¡Sí, pero no quiero que él lo sepa!

—Escúchame, — dice, y juro que oigo su computadora cerrarse. —Esto es lo que vas a hacer. Van a ir a acampar.

—¿Acampar? — Repito.

—Acampar.

—¿Por qué?

—Porque a los tipos sencillos les encanta esa mierda. Dile que es para la investigación de un libro, y que necesitas su ayuda.

—¡Oh! ¡Eso es bueno porque ya he usado esa excusa!

—Perfecto. Puedo ver que esto se desarrolla como una maldita película, y sabes que cuando trabajo en una trama, y se desarrolla como una película, es un best seller.

—¡Sí! — Grito emocionada, sentándome porque ahora estoy demasiado ansiosa para seguir acostada.

Su voz se eleva como una imitación de Marilyn Monroe. —Vas a ser adorable y torpe y no sabrás cómo lanzar una caña de pescar, y se dará cuenta de lo divertido que es ir de campamento y coger en una tienda de campaña. — cambia su tono al de un macho al final, y estoy literalmente agarrando mi estómago de tanto reírme.

—Oh, por Dios, eso suena perfecto.

—Pero hazlo sudar un poco antes de llamarlo. ¿Cuándo fue la última vez que te acostaste con él?

—Hace dos días.

—Perfecto. Espera unos días más. Haz que se pregunte durante toda una semana qué estás haciendo. Lo volverá loco.

Luego, cuando lo veas, actúa con calma. Como si fueras uno de los chicos.

—Eso suena muy bien.

—¿Ves? Las ideas en los libros pueden aplicarse en el mundo real.

—Eres un genio, Hannah, — afirmo, sentándome y mirando alrededor de la habitación vacía. Ahora es tan buen momento como cualquier otro para redecorar. —¡Voy a acampar!

—Hazme saber a dónde enviar la pizza.

—Ja, ja. Zorra.

CAPÍTULO 17

Miles

—Amigo, estás perdido, — dice Sam, tomándome totalmente desprevenido mientras miro por la ventana al callejón.

—¡Maldición, cabrón, advierte antes de llegar! — Exclamo, presionando mi mano contra el pecho mientras siento mi corazón latir con fuerza. —¿Por qué caminas tan silenciosamente?

—No estaba caminando silenciosamente. — Frunce el ceño, mirando a sus pies.

—Sí, lo estabas, — gruño, lanzando mi llave de impacto a la caja de herramientas. —No te escuché porque te acercaste de puntitas a mi estación como un bicho raro.

—No estaba de puntitas, idiota. Estaba caminando como un humano. Haz estado en tu pequeño mundo toda la semana, mirando por la ventana como un adolescente enamorado. Si alguien es el bicho raro, eres tú.

Volteo mis ojos y tengo que luchar contra las ganas de

no volver a mirar por la ventana, con la esperanza de ver a Mercedes. Se ha convertido en un hábito que ya ni siquiera me doy cuenta que lo estoy haciendo. Posiblemente incluso peor que fumar un regaliz.

Ha pasado una semana desde su fiesta, y cada vez me siento más frustrado por el hecho de que no haya vuelto a Tire Depot a escribir. O me haya llamado.

—Pensé que habías dicho que era casual, — afirma Sam, apoyándose en el banco de metal apretando el tornillo.

—Lo es. No me estoy obsesionando. Solo… me pregunto por qué no ha vuelto. Probablemente lo he arruinado.

—¿Arruinado qué exactamente? Dijiste que no querías nada más que casual con ella.

—Quiero una amistad, — respondo con los dientes apretados mientras me desabrocho el overol y me lo quito. —Me gusta como amiga. No es como nadie que haya conocido. Siempre dice algo que me sorprende, y es tan especial por ser tan real y no tener filtro. Es más divertida que tú, eso es seguro.

Sam se agarra el pecho ante mi ofensa. —Entonces, ¿por qué no quieres algo más que amistad con alguien tan especial?

—Ya sabes por qué, — casi gruño y luego escucho el sonido de mi teléfono desde la mesa de trabajo de metal. Mis nervios se disparan cuando paso mi dedo por la pantalla para desbloquearla, respondiendo rápidamente a Sam, —No puedo volver a involucrarme en drama.

—No todo el drama es malo, — murmura Sam mientras miro la pantalla.

Mercedes: ¿Quieres ayudarme con la investigación de mi libro? ;)

Yo: Sí.

Mercedes: Rayos ¿Y si dijera que implica sexo con un animal o un objeto inanimado o algo así?

Yo: ¿En serio?

Mercedes: No

Yo: Entonces sí.

Mercedes: Bien, ¿puedes venir esta noche?

Yo: Sí.

Mercedes: Perfecto, trae cerveza y pizza.

Yo: Hecho.

Mercedes: Y trae esos brazos de book boyfriend. ;)

Estoy sonriendo como un maldito idiota cuando recuerdo que Sam sigue sentado frente a mí. Miro hacia arriba y volteo mis ojos ante su sombría expresión. —Vamos, quiero escucharlo.

Se lleva las manos a la boca y con un Boom dice, —¡Estás perdido!

Al llegar a la casa de Mercedes, siento nervios como nunca antes. Cuando fui a su casa para su fiesta la semana pasada, no tenía expectativas esa noche. Lo que pasó entre nosotros no estaba planeado. Tenía el presentimiento de que algo podría pasar, pero eso es muy diferente a sentarse fuera de la casa de una chica y saber que cuando entres, vas a tener sexo. Este sentimiento es en partes iguales emocionante y estresante.

Deja de ser un cobarde, Miles.

Tomo la pizza y la cerveza del asiento de mi camioneta y me dirijo a su puerta. Cuando la abre, recuerdo exactamente por qué estaba tan nervioso esta noche.

Esta chica es demasiado sexy para mí.

Está vestida con un coqueto vestido azul oscuro con grandes flores rosas por todas partes. Su cabello pelirrojo está liso otra vez, como esa noche en el bar cuando nos besamos por primera vez. Ha mantenido su maquillaje ligero, pero sus pestañas son largas y enmarcan sus ojos azules de una manera hermosa. Sus labios están brillantes con un brillo labial rosa que me hace querer inclinarme y…

—¡Hola, hermano!, — grita y me golpea en el hombro.

Frunzo el ceño y me echo para atrás. —¿Hola? — Lo digo en forma de pregunta porque no estoy seguro de por qué se dirigió a mí de esa manera.

Se estira y agarra la cerveza. —Gracias por traer las cervezas. — Se gira y me hace un gesto para que entre mientras pone la cerveza en su mesa de café. Se acerca y toma la caja de la pizza. —Estoy tan hambrienta que podría comerme el trasero de un rinoceronte muerto.

—¿Estás teniendo un derrame cerebral?— Me quedo inexpresivo porque en serio, ¿qué demonios está pasando aquí?

—¿Qué quieres decir? — pregunta, con los ojos bien abiertos mientras toma la caja de pizza.

—¿Por qué hablas así?

—Esta es mi voz casual.

Mi expresión cambia con incredulidad. —He escuchado tu voz casual, y suele consistir en recitar poesía sobre el café y las galletas de cortesía. Dime qué estás haciendo.

—¡No tengo ni idea! — exclama y se gira para dejar la pizza

junto a la cerveza. Mirándome, añade, —Estaba intentando ser una amiga. Un hermano. Uno de los chicos. *Au casual.*

Tengo que contener la risa. —Bueno, basta. No voy a cogerme a uno de los chicos, y con lo guapa que estás en ese vestido, me gustaría mucho cogerte esta noche.

—*Hannah es una idiota*, — gruñe en voz baja.

—¿Quién?

—Nadie, — sonríe y desliza sus manos por sus caderas. —¿Así que te gusta mi vestido?

Asiento con la cabeza, mis cejas levantadas por el tono rosado que aparece alrededor de sus mejillas. —Me gustaría más en el suelo.

Me acerco y presiono su cuerpo contra el mío, pero se resiste. —Bueno, tendrá que esperar porque estoy realmente hambrienta.

Exhalo por la nariz, un pequeño estruendo vibrando en mi pecho. —Está bien.

Nos ponemos cómodos en el sofá, y Mercedes pone un par de rebanadas en un plato para mí. Abro nuestras dos cervezas, y procedemos a beber y cenar, al estilo de Boulder.

—¿Cómo has estado? — Pregunto mientras le da un mordisco a su rebanada de pizza.

—¡Bien! ¿Y tú?

—Bien, — respondo, mirando sus piernas suaves y desnudas. —¿Qué hiciste toda la semana?

Sus cejas se levantan curiosamente. —¿Qué quieres decir?

—Quiero decir, no te vi en el Tire Depot, así que me preguntaba… ¿dónde escribiste?

Dios, Miles, ¡contrólate! ¿En serio estás celoso de dónde está escribiendo ahora?

Lame un poco de salsa de su dedo antes de responder. —Bueno, he estado redecorando el dormitorio de arriba.

De repente, me doy cuenta de que todo lo de esa habitación que teníamos apilado aquí abajo, ha desaparecido. —¿Cuándo vino la mudanza? Te dije que me llamaras, y te ayudaría a cargarla.

Se muerde el labio. —Llegó el miércoles, pero está bien. Me las arreglé.

—¿Te las arreglaste? — Discuto, mis cejas se arrugan con incredulidad. —Algunas de esas cosas eran muy pesadas. ¿Cómo te las arreglaste?

Parece nerviosa por un segundo y endereza su postura para responder,—Lynsey me ayudó. Y Dean.

Trato de mantener la calma, y no dejar que el enojo me invada. —Te dije que te ayudaría.

Se encoge de hombros. —No quería molestarte.

—No habría sido una molestia, — le digo enojado, con la mandíbula apretada por la frustración.

—¿Cuál es el problema?, — responde, su voz se eleva a la defensiva.

Inhalo profundamente y exhalo lentamente. No es así como imaginaba que sería esta noche. Necesito calmarme, o voy a arruinar tanto el acuerdo de amigos como el de los beneficios. —Nada, lo siento. — Me aclaro la garganta y tomo otro bocado de pizza. —Entonces, ¿redecoraste?

Este cambio de tema la hace sonreír. —¡Sí! Se ve muy bien. Incluso tengo este nuevo escritorio que sube y baja para poder escribir de pie si quiero.

—¿Por qué querrías escribir de pie? — Pregunto, muy en serio.

Se encoge de hombros. —No lo sé. Aparentemente, es más

saludable. Probablemente nunca lo usaré de todos modos, ya que no puedo entrar en el estado de escritor de nuevo.

Sacudo la cabeza. —Entonces, ¿por qué no has vuelto a Tire Depot esta semana? El café sigue sabiendo igual. Lo he comprobado.

Deja su plato y toma su cerveza. —No lo sé. Parece… innecesario ahora. Demasiado indulgente. Estoy frustrada por no poder escribir en mi propia maldita casa. Redecoré toda la habitación, y ese escritorio es increíblemente caro.

Asiento con la cabeza y dejo mi plato para tomar mi cerveza también. —¿Por eso decidiste que esta noche era una buena noche para investigar?

Asiente con la cabeza y mueve sus cejas hacia mí. —Pensé que tal vez haría que mis fantasías fluyeran, literalmente. —Su risa es tan adorable, que siento que mi propio humor se aligera con ella.

Pero todo el humor se pierde cuando noto un brillo travieso en sus ojos mientras envuelve sus labios rosados alrededor de la botella color ámbar y toma un trago largo y fresco. Mi cuerpo despierta cuando mi mente se llena de memorias del último fin de semana y me recuerdan lo bien que ella se siente desnuda contra mí.

—Vamos a trabajar entonces, — casi gruño, mirando una gota de cerveza líquida en su labio inferior.

La lame y traga mientras mira mi plato. —Ni siquiera has terminado tu pizza.

—Tengo hambre de otra cosa, — murmuro, inclinándome, quitándole la cerveza de la mano y poniéndola en la mesa junto a la mía con un ruido sordo.

Cuando me siento, me deslizo más cerca para que nuestras piernas se toquen. Apoyando mi mano justo sobre su rodilla, dejo que mis dedos presionen su muslo interno y subo cada centímetro muy lentamente. Sus piernas se juntan mientras mis ojos se elevan a los suyos. Tiembla con un escalofrío de anticipación.

—Está bien, también tengo hambre de sexo, — murmura aspirando una profunda bocanada de aire. —Pero necesito escuchar lo que estás pensando todo el tiempo mientras hacemos esto… ya sabes… para la investigación y esas cosas.

—Para la investigación y esas cosas, — repito, lamiéndome los labios y tratando de no sonreír.

—Esto es serio, Miles.

—Bien, — acepto. —Pero tengo que advertirte. Probablemente no seré el más coherente cuando esté dentro de ti.

Traga despacio y se retuerce en su asiento mientras mi mano se acerca un poco más. Su voz es ronca cuando responde, —No tuviste problemas para expresarte la noche de mi fiesta.

Me río de ese recuerdo. —Bueno, esas eran circunstancias atenuantes.

—¿Circunstancias atenuantes? — Se muerde el labio y mira fijamente mi mano que ahora ha desaparecido bajo su vestido.

—Sí, — respondo con un descarado apretón de su muslo. —Estaba sexualmente frustrado más allá de lo posible. Pasé semanas viéndote entrar en el centro de confort tan sexy e intentando ser disimulada.

—¿Intentando? — exclama a la defensiva.

—Sí, no fuiste lo que llamaría sigilosa.

—No es cierto. — Se ríe y su labio inferior sobresale mientras se burla de lo que dije.

—Entonces me besaste en ese bar y te montaste en la parte trasera de mi motocicleta. La noche de tu fiesta, estaba tan sexualmente frustrado que me volví un demente. Entonces te atrapé coqueteando con ese tipo...

—¡No estaba coqueteando! — exclama, empujándome con fuerza en el hombro.

Saco mi mano de debajo de su falda y uso su impulso para colocarla sobre mi regazo. Ella no se resiste, se pone a horcajadas descansando sus manos sobre mis hombros, jugando con el cuello de mi camiseta.

Lentamente deslizo mis manos por sus muslos desnudos, y el movimiento hace que sus piernas se abran aún más. —Sé que no estabas coqueteando, pero tenía unas ganas de cogerte que no podía pensar con claridad.

Aprieta y frota sus labios, aparentemente aliviada por esa respuesta. —Bueno, entonces, ¿qué estamos esperando? — pregunta, mirándome ferozmente mientras descaradamente gira sus caderas sobre mi entrepierna.

Mi pene desarrolla su propio latido cuando el calor de su centro toca mi erección. Levanto la mano y tomo su cara, conectando nuestros labios al fin. Su brillo labial sabe a fresas, y hago girar mi lengua en sus labios entreabiertos para saborear más de ella. Pasa sus dedos por mi cabello y da tanto como yo.

Entonces...

Pone las manos en el respaldo del sofá y empieza a frotarse sobre mí.

Interrumpo nuestro beso, sin aliento y un poco mareado. Acomodando sus mechones rojos detrás de las orejas para poder ver su cara más claramente, le pregunto, —¿Estás cogiéndome?

Sonríe, sus labios un poco inflamados por mi barba, mientras empuja con ganas sus caderas contra mí otra vez. —Tal vez.

Mi pene pulsa, y mis manos caen de su cara para descansar

en sus caderas mientras me muevo como si estuviera en una especie de piscina de olas en un parque temático. La textura de mis jeans se vuelve dolorosa mientras crece mi erección.

—Dime lo que estás pensando, — jadea, dejando caer su frente sobre la mía mientras continúa moviéndose encima de mí, aumentando su excitación.

Presiono mi cabeza contra su pecho, la dolorosa opresión en mis pantalones es insoportable, pero es algo que tampoco quiero detener. Es como un picor que se siente tan bien al rascarse, pero sabes que, si lo haces por mucho tiempo, terminaras lastimado y adolorido.

—¿Ya estás en el modo de investigación? — Pregunto, deslizando mis manos por el lado de sus costillas y agarrando sus pechos a través de la tela sedosa.

—Oh, — gime en voz alta, sus ojos se cierran mientras mis dedos rozan sus pezones claramente excitados. —Sí, dime qué está pasando por tu mente.

Le muerdo el pecho a través de su vestido mientras gira aun mas sus caderas. —Estoy pensando en lo poco que cubre tu sexo mientras se frota contra la tela gruesa y dura de mis pantalones.

—Tan dura, — repite, con los ojos cerrados mientras gira en mi regazo.

—Y se siente tan bien tenerte montando mi erección, pero apuesto a que tu pequeño clítoris está deseando una liberación. Toda esa fricción y frotamiento. Apuesto a que tu ropa interior está empapada.

—Sí, — pasa su mano por su cabello mientras se frota más rápido. —¿Qué más?

Mi erección se está volviendo cada vez mas insoportable, así que decido en ese mismo momento que ya hemos tenido suficiente estimulación erótica por esta noche. —Te quiero desnuda y en la cama, *ahora*.

Sus ojos azules se abren repentinamente, sus pupilas se dilatan y su cabello es un desastre mientras deja caer sus manos en mi pecho.

—Muy elocuente, — dice con una sonrisa y mira sobre su hombro por un segundo. —Pero vamos a subir. Quiero bautizar esas nuevas sábanas, y no puedo pensar en un mejor momento para hacerlo.

Con una media sonrisa, la ayudo a bajar de mi regazo y le miro el trasero durante todo el camino hasta arriba. Mi erección es un maldito desastre toda apretada en mis jeans, y no puedo esperar a dejarla libre dentro de ella.

Cuando entramos en el dormitorio de arriba, me sorprende la transformación. A la derecha hay un escritorio blanco con una silla acolchada gris que parece sumamente cómoda. Su computadora descansa cerrada sobre el escritorio. No hay ningún desorden en él. No hay vida. Fue claramente instalado y dejado sin usar hasta ahora.

En medio de la habitación hay una cama gigante de tamaño King Size. Más grande que la que tiene abajo. Como soy un tipo grande, esto me complace enormemente. Está cubierta por un edredón de lino gris con algunas almohadas decorativas coloridas esparcidas por todas partes. En la parte superior hay un candelabro moderno que Mercedes ha atenuado, creando el ambiente para una mejor "investigación".

Anhelando más, me estiro y tomo su mano, tirando de ella hacia mí para darle un beso. Se presiona contra mi pecho, empujándome hasta que la parte de atrás de mis piernas golpea la cama, y me veo obligado a sentarme. —Investigación primero, — me reprende como si fuera un estudiante travieso.

—Realmente eres una adicta al trabajo, — me burlo.

—Realmente eres un adicto al sexo, — me contesta y se aleja de mí, quedando de pie sobre el piso de madera, sola, totalmente fuera de mi alcance. —Así que empecemos con algo fácil. ¿Qué pasa por tu mente cuando hago esto?

Gira con sus pies descalzos, su vestido se levanta tan alto a su alrededor, que puedo ver su tanga blanca y su trasero desnudo.

Se detiene, y levanto mis cejas. —¿Quieres realmente la verdad?

—Por supuesto, — responde, sus cejas frunciéndose como si se estuviera preparando para tomar notas mentales.

—Honestamente, porque soy como soy, solo pensé en el hecho de que espero que nunca vuelvas a usar ese vestido en público.

—¿Qué? ¿Por qué? — lo mira acusadoramente.

—Porque cuando te disté vuelta, lo vi todo. Así que o no puedes usar ese vestido, o necesitas llevar ropa interior de abuelita debajo. O mejor aún, un par de mis pantalones cortos de baloncesto.

Se ríe de esa idea. —Dios mío, eres demasiado. Menos mal que no eres mi novio.

Su respuesta hace que mi expresión cambie un poco, pero oculto mi reacción y repito, —Menos mal.

—Bien, intentemos algo un poco más difícil. ¿En qué piensas cuando hago esto? — Se inclina y se quita su pequeña tanga blanca, la que vi perfectamente hace unos segundos. Se levanta y la arroja sobre su hombro.

—Estoy pensando en muchas cosas, — respondo, pasando mis manos por mis muslos aun cubiertos por la tela de mi pantalón. Duele estar tan lejos de ella ahora, y no creo que vaya a soportarlo por mucho mas tiempo.

—Vamos, ¿cómo qué exactamente? — me hace gestos para que lo explique.

Me aclaro la garganta, mis ojos la observan como un premio destinado a ser reclamado. —Pienso en el hecho de que puedo afirmar por la humedad en el frente de mis jeans que ya estás mojada. De hecho, probablemente has estado mojada toda la noche. De la misma forma que estuve medio duro conduciendo hasta aquí. Así que como estuviste tan mojada toda la noche, eso significa que ya no hay nada que impida que esa humedad corra por tus muslos.

Aspira una gran bocanada de aire, como si se hubiera olvidado de respirar por un segundo. —¿Y qué pasaría si vieras algo de esa humedad correr por mis muslos?

La inmovilizo con una mirada perversa. —Tendría que lamerla con mi lengua, por supuesto.

—Jesús, María y José, — dice, su voz es una mezcla de grito, gemido y súplica.

Incapaz de estar lejos un momento más, me paro y doy tres largos pasos para dominarla. Está descalza y completamente desnuda bajo este vestido, es un maldito milagro que haya durado tanto tiempo.

Paso mis dedos por los lados de sus brazos y siento como se eriza a lo largo de la piel. Bajando una de mis manos más allá de la punta de sus dedos, toco la falda de su vestido, la subo por debajo de la tela, y encuentro su centro suave con mis dedos.

—Tal como lo sospechaba, — declaro mientras mis dedos se deslizan alrededor de su sexo. —Totalmente empapada.

—Sí, — gime, una mano estirándose y agarrando uno de mis bíceps para apoyarse. Cuando sumerjo un dedo largo en

su calor, su otra mano sale volando para agarrarse a mi pecho.
—Oh, por Dios.

—Déjame encargarme de esto, — le gruño en la oreja mientras saco mi mano de entre sus piernas.

La giro en mis brazos y la llevo de vuelta a la cama. Se recuesta, su cabeza golpea la almohada, su cabello pelirrojo esparciéndose salvajemente. La cama se hunde mientras pongo una rodilla entre sus piernas y lentamente levanto su vestido y separo sus muslos.

Miro hacia abajo a su centro demandante, prácticamente temblando por más. Le lanzo una última mirada ardiente antes de descender y sumergir mi nariz entre su sexo.

Inhalo profundamente. —Dios, hueles a pecado.

—Oh Dios, — gime, y realmente la sorprendo cuando mi lengua sale para probar ese botón del placer. —Y sabes a gloria, — añado antes de aplastar mi lengua y lamer toda su longitud.

—Mierda, — grita en voz alta mientras procedo a cogerla con la lengua.

Dios, es muy sensible. Hace años que no hago esto con una mujer porque me niego a hacerlo con chicas al azar. Pero Mercedes definitivamente no es al azar. Es simplemente perfecta mientras se retuerce contra mi ataque a su sexo. Su espalda se arquea y se aplana una y otra vez mientras aprieta la colcha y lucha por soportar todo lo que le doy.

Cuando succiono su clítoris en mi boca, sus manos se clavan en mi cabello, las uñas me marcan el cuero cabelludo con tanta fuerza que gruño en su dulce centro. —¡Por Dios, Miles! ¡Sí!

Las vibraciones de mi voz solo la vuelven más salvaje porque de repente, sus muslos se aprietan tanto alrededor de mi cabeza, que me quedo sordo por un segundo, perdido en las sensaciones de mi corazón latiendo aceleradamente y los ruidos internos eróticos de mi boca mientras hago girar mi lengua por todo su dulce centro.

Puedo decir que está cerca de terminar, pero no porque sus gritos sean más fuertes. Es porque se vuelven más suaves. En el poco tiempo que he pasado con ella, sé que pierde la voz cuando llega a ese punto de no retorno. Es cuando puede ver la línea de meta, y se cierne sobre ella como una bomba de tiempo.

Es simplemente glorioso poder ser testigo.

Me alejo un poco para mirarla mientras sumerjo dos dedos en su centro húmedo. Cuando se venga, quiero sentirlo. Quiero sentir todo de esta mujer. Sello mi boca en su clítoris una vez mas y chupo fuertemente. Y como un simple maldito botón, su respuesta con espasmos es instantánea.

Se queda quieta, tensa en todas partes excepto en su centro mientras sus músculos se contraen, tirando de mí hacia ella. Tengo que aguantar una risa orgullosa mientras siento cada temblor de su sexo detonar contra mis dedos.

Es magnífico.

Después de unos momentos, su voz regresa con largos y profundos gemidos de delirio. No dice nada. Se está recuperando. Está compensando los gemidos que su orgasmo le robó y, maldita sea, es perfecto.

—¿Quieres saber lo que estoy pensando ahora, nena? — Pregunto, mirándola fijamente desde entre sus muslos.

Me mira, con su cabello despeinado, ojos agrandados, y los labios entreabiertos. —Sí, — grita con voz ronca y extenuada.

—Creo que tu sexo es el mejor que he tenido, y no sé si alguna vez tendré suficiente. — Mis palabras sinceras me toman por sorpresa, pero rápidamente las cubro poniéndome de rodillas y quitándome la camisa.

Cuando me desabrocho los pantalones, y mi erección sale larga, dura y lista para su propia liberación, ambos olvidamos mi admisión y volvemos al trabajo.

Después de todo, esto es solo para la investigación.

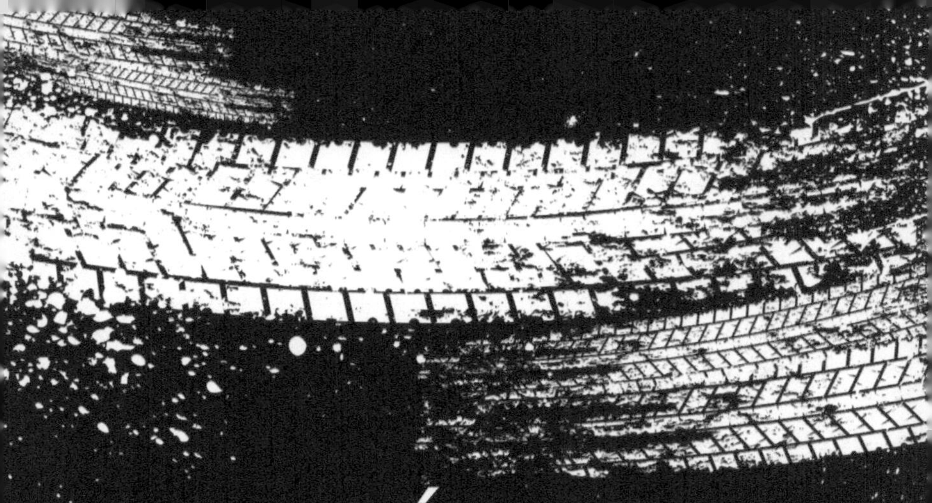

CAPÍTULO 18

Miles

El sonido de golpecitos suaves me despierta en medio de la noche. Supongo que debe estar lloviendo afuera y tal vez Mercedes dejó su ventana abierta, así que me doy vuelta para echar un vistazo. Mis ojos tienen que parpadear unas cuantas veces para ver a mi pelirroja, sentada con las piernas cruzadas en la silla de su escritorio. Pero no está mirando hacia la ventana, está mirando hacia la cama. Su cara se ilumina con la suave luz blanca de la pantalla de su computadora, y está tan concentrada en lo que hace que no se da cuenta de que la estoy observando.

Lleva puesta mi camiseta negra, y apuesto a que solo eso ya que la computadora se apoya directamente en la abertura central de sus piernas. Su lengua se desliza fuera de su boca, corriendo a lo largo de su labio superior e inferior, y creo que escucho un pequeño gemido que se escapa de sus labios, pero ese hecho no impide que sus dedos vuelen a través del teclado.

Es una vista adorable, y estaría dispuesto a sentarme y disfrutarla si no tuviera ya una erección insoportable. Me apoyo en la cabecera y tengo que aclararme la garganta antes de que me vea.

—¡Jesucristo! — exclama con sobresalto, su mano presionando su pecho. —¿Cuánto tiempo llevas despierto?

—Solo un par de minutos. — Frunzo el ceño ante su expresión de culpabilidad y con ojos muy abiertos. —¿Qué haces en tu computadora que es tan importante a la mitad de la noche?

Mis manos instintivamente se ponen en puños alrededor de la manta, porque si se tratara de Jocelyn, lo que estuviera haciendo no sería bueno.

Los ojos de Mercedes se iluminan de emoción. —¡Estoy escribiendo!

—¿A esta hora? — Pregunto, dudoso, mirando el reloj digital en la mesa lateral que muestra las 3:18 a.m.

—¡No pude dormir! — Se encoge de hombros. —Las ideas han estado fluyendo desde el momento en que apagamos las luces.

—¿Has estado escribiendo desde que nos fuimos a la cama?

—Bueno, no, estuve planeando en mi mente una buena hora primero. Intentaba susurrar escenas en la grabadora de audio de mi teléfono para no despertarte, pero luego no pude soportarlo más. ¡Tuve que levantarme y escribir!

Gira su computadora hacia mí, mostrándome un documento de Word lleno de sus esfuerzos. —Cinco mil palabras en tres horas. ¡Este es el tipo de magia de Tire Depot, justo ahí!

Sonrío a medias, todo mi cuerpo se relaja con un extraño alivio. —Tal vez sea la magia de Miles Hudson.

Sus ojos se desvían hacia abajo para verme más esta vez. Mi pecho desnudo está a la vista, y la manta está tan abajo, que puede ver el músculo de la V de mis oblicuos. La mirada excitada de sus ojos no se me escapa.

—¿Quieres volver a la cama para que pueda enseñarte más magia? — Muevo mis cejas hacia ella de forma sugerente.

Se muerde el labio y mira a su computadora, claramente debatiendo consigo misma sobre lo que es más importante. Aparentemente, es una rápida conversación interna porque, en un instante, deja su computadora y salta sobre mí.

Me río y nos volteo para estar encima, entre sus piernas, mordisqueándole el cuello y subiéndole la camisa para poder sentir sus muslos desnudos a mi alrededor. —Creo que despertar duro va a ser una constante contigo, — murmuro, mordiendo su pezón a través de mi camisa.

Gruñe y se retuerce contra mi entrepierna. —Estoy de acuerdo con eso.

Con todo el movimiento que hace, la punta de mi erección se conecta con su centro. Está mojada y caliente, y, maldita sea, el roce de piel con piel, me hace gemir. Presiono mi cara contra su cuello y me quejo, —Dios, te sientes tan bien.

—Tú también, — afirma, sus caderas moviéndose hacia mí, tratando de llevarme más adentro de ella.

—Nena, detente, — gimo, deslizando mi frente hasta su hombro, mi aliento temblando de necesidad. —Tengo que conseguir un condón.

Se queja con un pequeño ruido de frustración cuando me alejo de ella y tomo mi cartera de la mesa. Me tumbo de espaldas y me pongo el látex, sintiendo sus ojos sobre mí todo el tiempo. —Este es el último, así que nada de sexo en la mañana para ti.

—Ya es de mañana, — responde, apoyándose en sus codos para tener una mejor vista.

—Nada de sexo en el desayuno para ti, entonces, — corrijo.

Se ríe. —Está bien. Estarás demasiado ocupado tratando de no excitarte demasiado.

Gruño por su actitud de sabelotodo y me pongo encima de ella, lanzando una de sus piernas sobre mi hombro mientras lo hago. Presiono mi punta, ahora envuelta, dentro de ella. —Creo que ya hemos pasado esa etapa, ¿no?

Cuando me introduzco en ella, en este ángulo que me permite llegar tan lejos, grita cuando mi erección casi le besa el cuello del útero. Sus dedos me presionan los brazos. —¡Por Dios, Miles!

—Así es, nena, déjame oírte esta vez. — Dejo caer mi cabeza sobre su pecho y mordisqueo sus pechos cubiertos por la camiseta. Debí haberme tomado el tiempo para arrancársela, pero tiempos desesperados requieren medidas desesperadas.

Su voz es ronca cuando responde, —Estas tan profundo. Esto es tan intenso. No estoy segura de poder…

—Tú puedes, — la animo, empujando despacio y con fuerza dentro de ella. Profundo y largo. Mi trasero moviéndose hacia delante y hacia atrás con cada empujón. —Puedes conmigo.

—Oh Dios, — gime, su otra pierna apretando alrededor de mi cintura, su talón clavándose en mi espalda baja. —Esto es increíble.

—Tienes toda la maldita razón, — respondo y me doy cuenta con asombro de que no es así con todo el mundo. Me he acostado con al menos una docena de mujeres desde mi ruptura con Joce, y nadie ha estado ni siquiera cerca de sentirse tan bien envuelta alrededor de mi erección. Ni siquiera Joce.

Incremento la velocidad de mis movimientos, tratando de alejar mis pensamientos incontrolables y saborear esta dulce y buena cogida en la que me encuentro. Entre los húmedos y eróticos ruidos de nuestras respiraciones y la plétora de gemidos, gruñidos y jadeos llenando la habitación, estamos creando la mejor banda sonora que he escuchado.

Mercedes se mueve debajo de mí, encontrándose conmigo empuje por empuje. Cada vez más silenciosa mientras se acerca conmigo hacia el final. Estamos en sincronía. Una sincronización perfecta y liberadora.

Me pone las manos en el cuello y presiona su cara contra la mía, gritando su orgasmo en mi oído. Es una mezcla de jadeos y respiraciones entrecortadas. Es un sonido de otro mundo. No tiene ningún maldito sentido, pero a mi erección le gusta, y con una última explosión de energía, la sigo, soltándolo todo dentro del condón y sabiendo que no hay manera de que no me quede para hacer panqueques con esta chica.

CAPÍTULO 19

Kate

Entro en la panadería Rise and Shine, un lindo lugar en Broadway al final de la calle donde se encuentra el trabajo de Dean. El olor a donas frescas y café hace que mi estómago gruña con entusiasmo cuando me dirijo al mostrador para pedir dos croinuts. Los croinuts son una combinación de croissant y dona por la que esta panadería de Boulder es famosa a nivel nacional. Una combinación mantecosa y sabrosa, pero dulce y hojaldrada, que es básicamente como un orgasmo en un carbohidrato.

La adorable rubia detrás de la caja registradora sonríe alegremente y responde, —Temo que tendrás que tomar un turno. Nuestro próximo lote no saldrá hasta dentro de una hora y media. ¿Planeas quedarte aquí un rato?

—Sí, no tengo problema en esperar, — respondo, agarrando mi mochila al hombro en confirmación.

Señala a la pequeña máquina que literalmente escupe una hoja de papel con un número, así que le doy un tirón. Pago dos cafés y un brownie para el antojo y me muevo para encontrar una mesa para esperar a Dean.

Dean y yo solemos reunirnos aquí una vez a la semana para ponernos al día y ver cómo estamos. Aquí me pidió consejo sobre cómo decirle a Lynsey que solo quería que fueran amigos. Habían estado saliendo por un mes o dos, pero dijo que cuanto más la conocía, más la miraba como una hermana en vez de como una mujer con la que quería acostarse.

Por otro lado, recibía mensajes de pánico de Lynsey diciendo que Dean aún no se le insinuaba y quería saber que podía hacer para que él se fajara los pantalones y se decidiera a cogerla de una vez.

La separación de los dos, al menos románticamente, era definitivamente lo mejor. Eran muy parecidos. Estaba agradecida de que fueran capaces de continuar su amistad. Tomó un poco de tiempo, más por parte de Lynsey que por parte de Dean, pero ahora es casi como si nunca hubiera sucedido.

Desde entonces, esta panadería se ha convertido en mi lugar sagrado con Dean. Y es el único lugar de la ciudad en el que no me resisto a gastar $5 dólares con 79 centavos por una taza de café. Porque… croinuts. Lo valen.

Me dirijo a una mesa roja oscuro junto a la ventana que da a la calle Broadway. Abro mi teléfono y veo que me he perdido un mensaje de Miles.

Miles: Mi pene te echa de menos.

Yo: Tu pene es insaciable. Han pasado dos días.

Miles: Como sea. ¿Cómo están fluyendo las palabras?

Yo: Bien. Aunque no tan bien como la otra noche. ;)

Miles: Tal vez eso significa que necesitas hacer una mayor investigación.

Yo: Jaja, tal vez. De hecho, pensé en volver mañana a Tire Depot.

Miles: ¿Voy a ser reemplazado por el Centro de Confort del Cliente?

Yo: ¿Por qué no puedo tener mi pastel y comérmelo también?

Miles: Prefiero pensar en otra cosa que quiero comerme.

Yo: Por Dios, eres tan obsceno.

Miles: Dice la escritora de erótica.

Yo: Si lo digo, debe ser verdad.

Echo la cabeza hacia atrás para reírme y casi salto de mi asiento cuando veo a Dean parado a mi lado, mirando sobre mi hombro. —¡Por Dios, Dean, saluda o algo así!

—Estuve literalmente parado aquí por casi cinco minutos, — responde, con una mirada malhumorada en su rostro.

—¿Y leyendo mis textos? Dios, eres un imbécil entrometido. Siéntate.

—Tengo que ir a tomar un turno, — dice, haciendo un gesto sobre su hombro.

—No, ya no lo necesitas. Ya ordené por ti.

Empujo el segundo café a su lado de la mesa, y parece aliviado mientras se quita su abrigo deportivo. Hoy está vestido con un traje de lino azul marino con una camisa blanca debajo. Sin corbata. Un colorido par de calcetines a rayas azules y blancas se asoman por encima de sus lujosos zapatos marrones. Incluso su cabello oscuro parece lujoso y estilizado hacia un lado, un aspecto limpio que contrasta directamente con su barba masculina. Sacudo la cabeza ante la cantidad de dinero que Dean debe gastar solo en su apariencia.

No me malinterpretes. Me gano muy bien la vida. Pero lo gasto de manera diferente a como él lo hace. Y realmente me gusta la ropa de Target.

Toma asiento, poniendo su chaqueta en la parte más alejada de la mesa antes de lanzarme una mirada acusadora. —Vi su camioneta fuera de tu casa hace un par de noches.

—¿La camioneta de quién? — Pregunto, fingiendo indiferencia.

—Miles, ¿quién más?

Entrecierro los ojos. —¿Cómo sabes que era su camioneta?

Se burla. —Porque no conozco a ningún otro tipo en Boulder que maneje un vehículo tan bestial como ese.

—Dios mío, eres tan esnob.

—¿Así que pasó la noche en tu casa?, — dice rápidamente, sus manos se extienden para mover su café a un lado y poder doblar las manos sobre la mesa delante de él.

Mi cara se retuerce con incredulidad. —¿Qué? ¿Fuiste a checar si aún estaba ahí la mañana siguiente?

Se ve completamente desvergonzado cuando responde: —Tal vez.

Esto me hace voltear los ojos. —Deja de preocuparte. No es algo serio. Solo estamos… divirtiéndonos.

Sacude la cabeza y se ríe. —Eso es exactamente lo que me preocupa, Kate.

—¿Por qué? — Pregunto, echando azúcar extra en mi

café porque con la forma en que Dean está actuando, tengo la sensación de que voy a necesitar mi energía.

—Porque para empezar, este tipo ya te rechazó una vez.

—¡Gracias por el recordatorio! — exclamo, revolviendo el azúcar con la cuchara que esta sobre la mesa.

—Lo siento, pero lo hizo. Y estuviste sumamente molesta por ello durante días. Eras un verdadero fastidio.

—Bueno, por favor déjame disculparme por expresar mis sentimientos frente a mis amigos.

—No fueron tus sentimientos los que me enfadaron. Era ese idiota, Miles.

—No sabes que es un idiota.

—Oh, por favor. — Se burla y cubre con sus brazos la parte de atrás del asiento. Todo en él parece tan ostentoso y arrogante que quiero darle un puñetazo. —Es mecánico en una tienda de neumáticos. ¿Qué tan brillante puede ser?

Golpeo mi cuchara contra la mesa. —¿Estás bromeando con esta mierda?

—No, — dice molesto, con la mandíbula rígida bajo la barba.

—¿En serio esto viene de alguien que abandonó la escuela?

—Me he ganado mi GED, y soy autodidacta.

—¿En qué? ¿En ser un maldito imbécil? — Me muevo para ponerme de pie.

—Siéntate, Kate. — Se estira para agarrarme.

—¡No lo haré! — Me echo para atrás y quito de un tirón mi muñeca de su mano. —Eso es un montón de mierda, Dean. — Me siento tan herida y molesta por su prejuicio hacía Miles. Un hombre que ni siquiera conoce. Me recuerda a la mirada que recibo de la gente que no apoya lo que hago para vivir o que piensa que solo soy una cosa. Miles es mucho más de lo que Dean piensa, y si no puede ver eso, no quiero estar cerca de él.

Le lanzo a Dean una mirada seria y le digo, —Me rodeo de gente que es inclusiva y que no juzga porque tengo un trabajo raro. Escribo malditas novelas eróticas para ganarme la vida, y no quiero amigos prejuiciosos en mi circulo porque eso me hace ser una hipócrita con los personajes sobre los que escribo. Y Miles es tan alentador sobre lo que hago. Más alentador de lo que tú has sido, ¡y eso cuenta mucho para mí! Y no es nada tonto. Es realmente muy perspicaz, y podrías darte cuenta si dejaras de mirar por encima del hombro a la gente.

La cara de Dean se pone roja como un tomate, el pánico se apodera de sus rasgos cuando me preparo para irme. —No te vayas, Kate. — Se levanta y me abraza.

—No, — exclamo, arrancándome de sus brazos. —Lo siento, pero si vas a empezar a actuar así, entonces no veo cómo podemos continuar nuestra amistad.

—¡Kate! — repite mi nombre urgentemente y me detengo a mirarlo. Sus ojos están muy abiertos y más aterrorizados de lo que nunca los he visto, una especie de pánico llena todo su cuerpo cuando finalmente tartamudea, —Me gustas.

Me encojo de hombros. —Bueno, pensé que me gustabas también hasta que te convertiste en un idiota.

—No, quiero decir, que realmente me gustas mucho. — Cierra los ojos y mete las manos en los bolsillos de sus pantalones, resignación marcada en toda su postura.

Pero por alguna razón, sus palabras no las comprendo del todo. Mi expresión de enfado se transforma en incredulidad. —¿Quieres decir que, que te gusto como tu mejor amiga? ¿o cómo…?

Me mira con severidad y me responde, —Me gustas

más que una mejor amiga y ya no es algo que pueda seguir ignorando.

—Dean, — digo con un suspiro, mi estómago desplomándose como si estuviera en una maldita montaña rusa. —¿Desde cuándo?

—¿Un par de años? — murmura entre dientes, vuelve a sentarse y se pasa la mano por la barba nerviosamente. —Pero estaba con Lynsey, y tú estabas con ese imbécil, Dryston.

Tomo asiento nuevamente, y mi mandíbula se cae cuando respondo, —Nunca dijiste ni una palabra.

—Estaba esperando el momento adecuado. — Se encoge de hombros.

—Pero Dryston y yo hemos estado separados durante meses.

—¡Pero todavía vive contigo! — responde, inclinándose sobre la mesa con ojos muy abiertos y urgentes. —Y estuvieron juntos durante dos años, Kate. Necesitabas tiempo para superar esa mierda. No iba a ser el chico de rebote. Quería más que eso. Entonces este maldito mecánico sale de la nada, y de repente, eres la Kate casual. Espera, no… la Mercedes casual.

Me inclino hacia atrás, mis dientes rechinan por haberme dicho eso en mi cara. —Sabes por qué le dije que me llamaba Mercedes.

—Sé lo ridículo que es pasar tiempo con un tipo que no te conoce de verdad.

—¡Sí conoce mi verdadero yo! — discuto. —Sabe más de mí de lo que Dryston aprendió en nuestros dos años juntos.

—Pero te estás involucrando con un tipo que todavía no sabe tu verdadero nombre. ¿Cómo crees que va a terminar eso, Kate?

—No lo sé. No tenemos nada serio ahora, pero tal vez podríamos ser más.

—¡Ves! Eso es lo que me mata. Pensé que Miles era solo un tipo de rebote, pero estás tratando de forzarlo a ser más, ¡y yo estoy aquí tratando de ofrecerte más! Este tipo ni siquiera sabe tu verdadero nombre, ¿y te sorprende mi esperanza? Bájate de tu pedestal, Kate.

—¿Qué pedestal?

—Eres tan ciega y egocéntrica. Deberías haberlo visto venir.

Siento mi mandíbula caer al suelo. —¿Perdón?

—Es verdad. Cuando estás en el mundo literario, ignoras todo y a todos los que te rodean.

—¡Es mi trabajo, Dean! — Exclamo. —No puedo evitarlo. No es un maldito interruptor que pueda apagar.

Exhala fuertemente por la nariz. —¿Honestamente no viste las señales?

Cierro los ojos con fuerza y recorro en mi memoria nuestra amistad. Dean es un coqueto. Siempre ha sido un coqueto. Le gusta manosear, y tira mi sandalia por la puerta, me insulta y trata de provocarme… mucho más que a Lynsey. Es como un niño en el patio que le jala las coletas a una niña porque le gusta.

Esa realización me golpea como una tonelada de ladrillos.

Miro a Dean que se ve tan derrotado que me rompe el corazón. Pero tengo que ser honesta con él. —Me gusta Miles, — afirmo con un simple encogimiento de hombros.

—Pero él solo quiere algo casual, — responde Dean, inclinándose hacia mí y me toma de la mano. —Quiero mucho más contigo, Kate. Lo querría todo. Lo bueno y lo malo. Dijiste que Miles no quiere drama. Tomaré todo tu drama porque me preocupo por ti.

Sus palabras me están matando. Matándome lentamente con pequeños pinchazos de ansiedad porque a pesar de la voluntad de Dean de comprometerse, yo no lo veo de esa manera. Saco mi mano de la suya y respondo. —Lo siento, Dean.

Se retira y exhala fuertemente, asintiendo con la cabeza.

—Todavía quiero que seamos amigos, — añado, pero me interrumpe con una mirada mordaz.

—Necesito que te vayas, — dice, con la mandíbula apretada por la ira.

—Dean…

—No estoy bromeando, Kate. Esto fue peor de lo que podría haber imaginado, y necesito que te vayas antes de que me arruines esta panadería. Todos tenemos nuestros propios lugares en los que tenemos esa vibra, y esta es mi tienda de neumáticos. Así que, por favor, ¿puedes irte?

Viendo la mirada resignada en su rostro que no puedo ignorar, tomo mi mochila del asiento antes de levantarme de la mesa. —Lo siento, Dean

Asiente con la cabeza, y sin decir una palabra más, me doy la vuelta y me voy, dejando a Dean atrás esperando su turno.

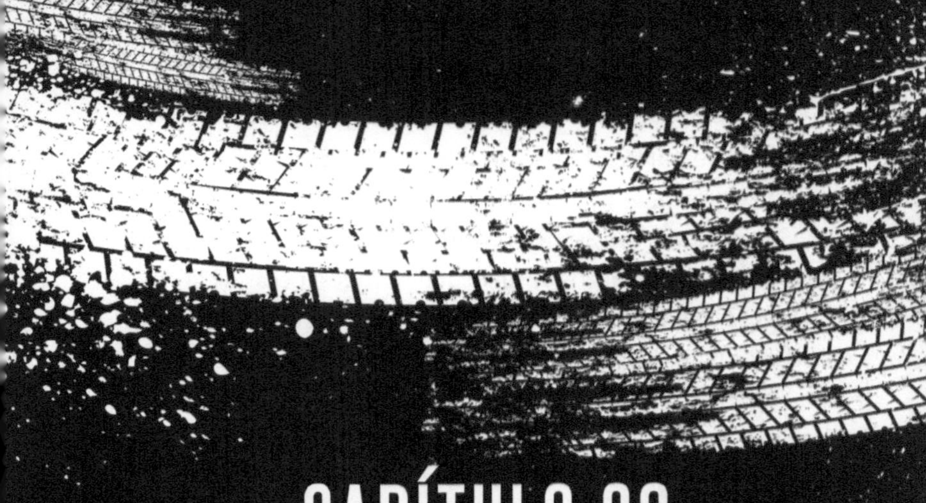

CAPÍTULO 20

Kate

—¡Hola! — Miles exclama, con los ojos bien abiertos y sorprendidos, mientras paso por el frente de una especie de camión azul antiguo en el que está metido hasta los codos.

Me da una gran sonrisa, y tengo que hacer una pausa para estabilizarme en la caja de herramientas a mi lado. Miles no está vestido con su overol de trabajo estándar del Tire Depot. Está con un par de jeans desgastados y una camiseta blanca sin mangas que parece una talla demasiado pequeña para sus enormes pectorales.

—Me dirigía al centro de confort, y pensé en pasar a saludar ya que la puerta del taller estaba abierta.

Deja una especie de parte del auto que se ve algo complicada y jala la parte de abajo de su camiseta para limpiarse el sudor de su frente. Jesús, María y José, incluso sus abdominales están sucios y tienen aceite.

Todo su cuerpo resplandece con sudor y aceite, y sus brillantes ojos azules son tan eléctricos como siempre. Todo esto le está haciendo cosas serias a mi cuerpo.

Me aclaro la garganta y parpadeo rápidamente unas cuantas veces para controlarme. —¿Qué es eso? — Pregunto, señalando el artefacto que dejó. Necesito distraer mis pensamientos de lo mucho que quiero cogérmelo aquí mismo en este taller sucio.

—Un carburador, — responde, con la boca inclinada en una media sonrisa.

—¿Qué hace? — Pregunto como la buena estudiante que nunca fui.

—Uhh, muchas cosas. — Se rasca la parte de atrás de la cabeza y lo levanta para mostrármelo. —¿De verdad quieres saberlo?

Asiento con la cabeza porque sí quiero. De verdad, quiero saberlo. Quiero escucharlo decirme algo de poesía mecánica ahora mismo.

Se aclara la garganta. —Bueno, mezcla una proporción adecuada de gasolina y aire dentro del motor para que se produzca la combustión. La proporción correcta se necesita en base a la velocidad del auto, la distancia recorrida y otros factores para un mejor rendimiento del motor. Hoy en día, la mayoría de los autos tienen inyectores de combustible, pero los clásicos como este todavía funcionan con estos.

—Interesante, — me acerco más a él y presiono mi espalda contra la parrilla del auto.

Se acerca a mí, su hombro y su pierna rozando la mía mientras añade, —Es como una vela que necesita oxígeno para arder. La combustión de un motor no puede llevarse a cabo sin el aire que produce el carburador.

Me meto los labios en la boca y los froto lentamente, mi brillo labial se siente pegajoso con el calor del verano. —Algo así como un orgasmo no se puede lograr sin fricción.

Su cuerpo se agita con una risa silenciosa. —Claro, podríamos hacer esa comparación.

—Me gustaría hacer esa comparación pronto, — respondo roncamente.

Sus ojos se excitan ante mi muy clara petición. —¿Tienes algo en mente?

Me pregunto si un rapidito en el taller de Tire Depot es una opción, pero luego sacudo esa horrible idea de mi cabeza mientras otro pensamiento se ilumina. —De hecho, sí. He querido preguntarte si has acampado.

Su ceja se frunce a esta petición que no vio venir. Claramente Miles también estaba contemplando un rapidito en el taller. Se aclara la garganta y responde, —Si he acampado algunas veces. Sam y yo solemos ir a Rainbow Lakes unas cuantas veces durante el verano. La pesca es muy buena allí.

—¡Pesca! – Grito con entusiasmo. Maldita sea, es como si esto estuviera destinado a ser. —Me encantaría aprender a pescar. ¿Considerarías alguna vez, no sé, llevarme a acampar, Miles? En el interés de la investigación del libro, por supuesto.

—Bueno, si es para la investigación del libro, — bromea con un guiño mientras pone el carburador en un carrito. —¿Tenías una fecha en mente?

—Tan pronto como sea posible, — grito y cierro los labios, volteo mis ojos mirando al cielo. Necesito tomar esto con calma. No estoy siendo una Mercedes casual ahora. — Mi horario es muy flexible, así que cuando te convenga.

Asiente con la cabeza lentamente y saca un trapo de su bolsillo trasero para limpiarse las manos. —Bueno, no hay muchos lugares para acampar con tienda de campaña en el Lago Rainbow, y no aceptan reservaciones. Así que tendríamos que salir temprano el viernes si queremos tener la oportunidad de conseguir un lugar.

—¿No tienes que trabajar? — Pregunto, echando un vistazo a la enorme tienda llena de diferentes autos y personas.

Miles se encoge de hombros con una mirada tímida en su cara. —Tengo unos días de vacaciones que podría usar.

No puedo ocultar la sonrisa de satisfacción en mi cara. Y honestamente, no quiero hacerlo. —¿Usarías tus vacaciones por mí?

Se ríe y sacude la cabeza, la timidez se desliza por sus rasgos como un maldito chico de ensueño. —Bueno, estoy muy comprometido con tu educación, Mercedes.

Me río de esa respuesta y le toco el brazo en agradecimiento. —Haré que valga la pena.

Muevo mis cejas sugestivamente, y me responde, — Oh, créeme, sé que lo harás. — Se aleja un poco y sacude la cabeza, necesitando claramente un poco de espacio para dejar de pensar con doble sentido. —Bien, entonces, te recogeré el viernes por la mañana a las ocho.

—¡A las ocho suena perfecto! — grito y me doy vuelta para irme. Me dirijo por el callejón hacia la entrada de empleados y no puedo evitar notar la forma en que sus ojos recorren mis piernas desnudas. —Será mejor que me vaya… de repente me siento muy inspirada.

Me doy la vuelta para correr y casi me estrello contra

el amigo de Miles, Sam, que acaba de llegar en ese mismo momento.

—Lo siento, — murmuro con una sonrisa tímida y avergonzada, y me voy a toda prisa por mi camino habitual hacia el lugar que me inició en este viaje tan loco.

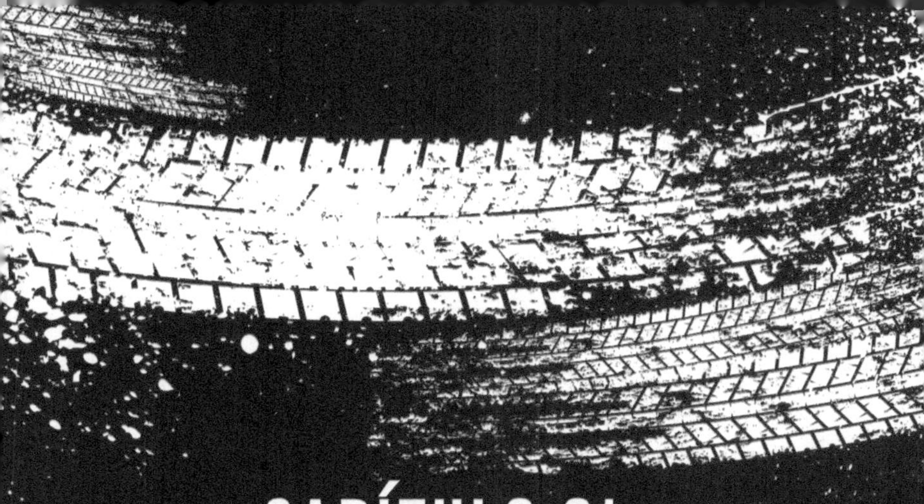

CAPÍTULO 21

Miles

Conducir por la autopista con Mercedes en mi camioneta, con la sonrisa más grande que le he visto no es una mala manera de pasar un día de mis muy merecidas vacaciones. No sabía que las chicas pudieran estar tan entusiasmadas por acampar. Aunque, para ser justos, mi experiencia con las mujeres es bastante limitada. A Jocelyn no le gustaba nada el aire libre, y mi hermana, Megan, temía todos los viajes de campamento de nuestra familia mientras crecía. Así que supongo que esta será una nueva experiencia para ambos.

Después de poco más de una hora de viaje, llegamos a Rainbow Lakes, y estoy emocionado de ver que somos los primeros en llegar. Hay alrededor de veinte zonas para acampar *"por orden de llegada"* para tiendas y campistas. Sam y yo intentamos escoger un sitio en particular cada vez que venimos porque tiene la mejor vista del pequeño lago con enormes montañas en la distancia. Además, el lugar ofrece un poco de aislamiento de los otros campistas, y eso siempre es algo bueno.

No es que odie a la gente, pero me gusta mi espacio. Por eso terminé comprando una casa en las afueras de Boulder. Todo en la ciudad parecía demasiado congestionado de gente. No elegí Colorado para una vida urbana.

Conducimos por un camino de tierra desgastado a través de grandes árboles y subimos a la pequeña colina de nuestro sitio. Mercedes se sorprende cuando finalmente ve la vista.

—¡Oh, Miles, esto es perfecto! —exclama, saliendo del auto tan pronto como lo detengo.

Se dirige a la parte delantera de la camioneta para disfrutar de la vista, y tengo que luchar contra las ganas de meterla de nuevo y cogerla aquí y ahora. Se ve sumamente hermosa en sus pantalones cortos color caqui, zapatos deportivos estilo Chucks, blancos, y camisa de franela roja y blanca. Su cabello pelirrojo está atado en dos trenzas sobre sus pechos, y lleva una gorra de béisbol de los Yankees. Le dije algo muy serio sobre eso tan pronto como la vi esta mañana. En serio, ¿Cómo puedes crecer en Colorado y no ser fan de los Rockies?

Salgo de mi camioneta para ponerme a su lado, meto las manos en los bolsillos y respiro profundamente. El aire es fresco, el sol de la mañana es cálido, y honestamente no puedo pensar en otro lugar en el que preferiría estar ahora.

—Este lugar es absolutamente perfecto, — respondo, viendo todo con nuevos ojos. Señalo un área a la derecha. —Hay un camino aquí que lleva directamente al agua.

—Oh, qué conveniente, — dice, con sus ojos brillantes y sonrisa permanente.

—Sí, también puedes nadar en este lago. El agua es cristalina.

Me da una mirada acusadora. —¡No me dijiste que trajera mi traje de baño!

Mis cejas se mueven sugestivamente. —Lo sé.

Voltea los ojos y me golpea en el brazo. Con una risa, le tomo la mano y la llevo de vuelta a la camioneta. —Vamos, tenemos trabajo que hacer.

Comenzamos a montar nuestro campamento. Primero, pongo la lona en el suelo, donde clavaremos la tienda de campaña. Luego le pido que me ayude a empujar los palos de la tienda de campaña por las ranuras y a clavarlos con un martillo. Mi tienda es de buen tamaño, de dos espacios, lo cual funciona bien para Sam y para mí. Pero para Mercedes y para mí, un lado será para nuestras bolsas y el otro lado será para nosotros.

—Esto es completamente nuevo, — dice Mercedes desde fuera de la tienda.

Encorvado dentro, saco mi cabeza por la puerta y la veo sosteniendo el colchón que compré ayer. Se lo quito de las manos. —Sí, nunca lo he usado antes.

—¿Por qué no?, — pregunta, agachándose y entrando detrás de mí.

Me agacho para abrir la caja. —Normalmente solo uso una bolsa de dormir.

—¿Así que me compraste esto? —pregunta, con las cejas fruncidas.

Me encojo de hombros. —No es solo para ti. Si esta noche te voy a hacer delirar de placer como planeo, esto definitivamente salvará mis rodillas.

Se ríe y me empuja casi haciéndome caer sobre mi trasero. —Eres un calenturiento a veces, ¿lo sabías?

—Lo dice la escritora de erótica, — repito la frase de uno

de nuestros primeros mensajes de texto. Su boca se abre mientras añado, — En serio, ¿cómo tienes credibilidad en la comunidad romántica si eres tan mojigata?

—¡Maldito! — grita y salta encima de mí, tirándome fácilmente hacia atrás mientras cae sobre mí.

Me río y quejo mientras mi espalda golpea un bulto en el suelo. —¡Ouch! — grito, tratando de usar mi mano para alejarme de la aparente roca debajo de nosotros. —¿Ves? Esto no habría dolido si hubieras podido mantener tus manos lejos de mí el tiempo suficiente para colocar el nuevo colchón.

—¡Eres un imbécil! — Se ríe y presiona sus dedos en mis costados para tratar de hacerme cosquillas.

Es completamente ineficaz.

Me río de su lengua que se asoma mientras se concentra tanto para que me retuerza. Pero honestamente, todo lo que hace es causar que ella se retuerza. Y con todo este retorcimiento, y con ella encima de mí, no es de extrañar que mi cuerpo finalmente reaccione.

Su cadera se pone en mi erección, y ella inhala bruscamente. Suelta el labio inferior de su boca. —¿En serio? — pregunta, mirándome con ojos curiosos.

Levanto la mano y le quito la gorra, la lanzo a un lado y tomo su cara entre mis manos.

—En serio. — Acerco su cara a la mía, conectando nuestros labios y dándonos la vuelta, así quedo encima de ella. Detengo nuestro beso y le digo, —Solo voy a hacer esto sin el colchón una vez, así que espero que puedas controlarte un poco mejor una vez que te dé un orgasmo.

Se ríe y jadea cuando meto mi mano por la parte delantera de sus pantalones cortos y rozo los labios de su sexo. Empujo dos dedos dentro de ella, y gime mi nombre justo en mi oído, la humedad de su aliento caliente envía un deseo de necesidad directamente a mi erección.

—Siempre tan mojada, — gruño y chupo con fuerza su cuello, sabiendo que le dejaré un chupetón.

Me echo para atrás y veo cómo la marca rojiza se vuelve más intensa. La imagen de mi marca en ella tiene a mis dedos trabajando aún más rápido dentro de ella. Ella mece sus dulces caderas en mis manos tan descaradamente, que sé que se muere por más. Y maldita sea, yo también.

—Quítate los shorts, — digo, sacando mi mano de su ropa interior y sacando mi billetera del bolsillo.

Se sienta y me quita el paquete que contiene el condón. —Yo quiero ponértelo.

Mis cejas se levantan. —Está bien.

Se muerde el labio y me desabrocha los jeans, sus cejas se fruncen mientras se concentra. Cuando mi erección se mueve delante de ella a la altura de los ojos, la oigo inhalar lentamente. Es tan atractiva, mirando mi erección como si fuera una especie de pintura en un museo que quiere contemplar un rato.

Es tan sexy que tengo que mirar hacia otro lado.

Cuando me toma en su mano, asumo que es para finalmente colocarme el condón, pero cuando mi punta es golpeada con calor húmedo y caliente, miro hacia abajo para ver sus perfectos labios rosados envueltos alrededor de mi cabeza.

—Por Dios, nena, — gimo fuerte, mi voz se atora en mi garganta mientras me succiona profundamente hasta tocar la parte posterior de su garganta.

Arrastra su lengua por la parte inferior, acariciando una vena que es sensible a básicamente todo. —Oh, Dios, nena, — vuelvo a decir lentamente, agradecido de ser capaz de formar palabras coherentes en este momento.

Tiene su pequeña mano alrededor de mi base y me bombea en un ritmo perfecto con el movimiento de su cabeza. Dios, es sexy. Me agarro a sus dos trenzas, las empuño en mi mano y guío sus movimientos en mi erección. Cuando me introduzco suavemente en su garganta una vez, ella gime fuertemente alrededor de mi pene.

Creo que podría llorar.

Lo hago de nuevo, y gime un poco más, casi como si el coger su boca así es tan placentero para ella, como cuando cojo su dulce sexo.

—Mercedes, — le advierto, pero me ignora.

—Mercedes, — repito. Ignorándome, baja las manos para jugar con mis bolas.

—¡Nena! — Rujo y saco mi pene de su boca y lo alejo de su mano.

Está jadeando por aire, tomando grandes bocanadas de oxígeno, con la boca aún abierta. Los labios todavía húmedos e inflamados por toda la succión y lamida. —¿Qué?, — grita, aparentemente molesta.

—Das un estupendo sexo oral, pero a menos que quieras que me venga en tu boca, tienes que parar, o no podré cogerte.

—Termina en mi boca, — dice, tratando de agarrarme de nuevo.

Me agacho y presiono mi frente contra su hombro. —¿Estás bromeando?

Su cabeza niega. —No, hablo en serio.

Por Dios, ¿qué voy a hacer con esta chica? La miro seriamente. —Más tarde, — me encorvo para agarrar el condón que abandonó en el suelo y rompo el paquete.

Le extiendo el látex resbaladizo. —Pónmelo para que pueda hacértelo por detrás, de rodillas.

Sus ojos se abren excitados. Está claramente de acuerdo con este cambio de dirección ahora, y enfoca toda su atención en mi erección húmeda y pulsante mientras desenrolla el Magnum sobre mí.

La ayudo a bajarse los pantalones y la ropa interior, rápidamente se quita la camisa y se pone de rodillas con solo el sostén, su trasero al aire, preparada y lista.

Dios, sí, es sumamente hermosa. Con glúteos redondos y perfectos. Cintura pequeña y arqueada. Separo sus rodillas y subo sus caderas un poco. Presionando mi palma en la parte baja de su espalda, deslizo mi mano lentamente por su columna para que su pecho caiga al suelo. Posiciono mis dedos a lo largo de su abertura y encuentro su sexo listo y esperando. Presionando mi erección en su calor, encuentro donde necesito estar y lo meto, profundo y sumamente fuerte.

Ambos gemimos en voz alta en respuesta a lo profundo que puedo llegar en este ángulo. Cuando es obvio que no se va a quedar callada, rápidamente me felicito mentalmente por haber conseguido el campamento más aislado, lejos de malditos vecinos entrometidos.

—Esto no va a ser gentil, nena. ¿Estás bien con eso?

—Sí, Miles, ¡cógeme! — grita, su voz ahogada, su necesidad evidente.

Y eso es exactamente lo que hago. Agarro sus pequeñas y sexys trenzas, y taladro su dulce sexo hasta que ambos llegamos a la cima… juntos.

CAPÍTULO 22

Kate

Miles Hudson está hecho para la naturaleza. No tiene ese aspecto de hombre de montaña que tienen tantos tipos de Colorado, pero tiene el aspecto de un hombre al que le gusta el aire libre y los espacios abiertos. Probablemente porque es enorme. Pero viéndolo aquí con sus jeans, botas de trabajo y un suéter blanco tipo Henley de manga larga, remangada en sus antebrazos en un escenario con pinos grandes, montañas y lagos como telón de fondo, es como si hubiera encontrado su lugar en el cielo.

Y tal vez los orgasmos que ambos tuvimos antes también ayudaron.

Terminamos de preparar el campamento y nos dirigimos a la orilla del lago con algunos equipos de pesca. Estoy realmente emocionada de no tener que fingir la parte de no saber pescar. Mi papá es contador público y era más un "vacacionista de hoteles" que un *"vamos a un lugar que no tiene electricidad, agua corriente o regaderas".*

Así que esto es realmente una nueva experiencia para mí.

Encontramos un lugar en la cima de unas grandes rocas a lo largo de la orilla para lanzar nuestras cañas. Miles pone el gusano en mi anzuelo, frota sobre sus jeans sus manos sucias y varoniles llenas de tripas de gusano como si nada. Luego envuelve esos mismos dedos con tripas de gusano a mi alrededor mientras me muestra cómo lanzar.

No es para nada asqueroso.

Es varonil.

Es sexy.

Es Miles.

Después de un rato de ver mi corcho flotar, Miles coge la pequeña nevera detrás de él y la abre para tomar una cerveza. Desenrosca la tapa de la botella y me la entrega.

—Gracias, — le digo, quitándosela y poniéndomela en los labios para beber.

—Me imaginé que tenías sed. — Miles me guiña el ojo y sonríe. —Toda esa acción con la boca.

Me río a carcajadas. —¡Dios! No seas egocéntrico.

—Jamás, — responde y me mira con un guiño.

—¿Soy mejor acompañante de campamento que Sam? — Pregunto con una sonrisa tímida.

—Eh, sí. Ese idiota ronca, — responde seriamente. —Y usa los dientes.

Vuelvo a reírme, tan fuerte que me brotan lágrimas en los ojos. Miles se sienta con una sonrisa y observa como trato de recuperar el control.

—El aire de la montaña te hace divertido, — respondo.

—Solo estoy de buen humor, — responde y enrolla su

caña para lanzarla de nuevo un poco más lejos esta vez. —Es asombroso lo mucho más agradable que es la vida sin drama.

Asiento con la cabeza y reflexiono sobre ese pensamiento por un momento. —¿Ya no hablas con tu ex?

Sacude la cabeza. —Ni una palabra. Y eso es bueno.

—Nunca me dijiste qué fue exactamente lo que los separó.

Se encoge de hombros como si lo que va a decir no fuera gran cosa. —Se embarazó de otro tipo. — Mis ojos desconcertados se dirigen a Miles, su perfil firme y solemne mientras mira al agua sin mostrar signos de emoción.

—Eso es horrible, — respondo y me muerdo el labio durante un minuto antes de preguntar, —¿Entonces, ustedes dos seguían juntos cuando paso?

Traducción: ¿Cómo supiste que el bebé no era tuyo?

Sacude la cabeza. —Estábamos en una de nuestras separaciones. Y la ironía de todo esto es que en los diez años que estuvimos juntos, nunca tuvimos sexo sin usar condón. Ni una sola vez. Entonces comienza a acostarse con un viejo rico, y de repente, tiene un retraso. Haz las cuentas.

Mi ceño se frunce. —¿Crees que se embarazó a propósito?

—No, — responde con tristeza, jugando con una piedra. — Sí. No lo sé. Probablemente. Odio pensar en ella de esa manera porque entonces tengo que preguntarme qué clase de imbécil fui por quedarme con alguien que resultó ser tan descaradamente una cazafortunas.

Suspira profundamente y continúa, —Pero tiene sentido porque Jocelyn siempre tuvo problemas con lo que yo hacía para ganarme la vida. Pensaba que ser mecánico era una profesión por debajo de su nivel. Quería que hiciera algo con lo que ganara más dinero.

—A mí me parece que te va bien, — alego firmemente,

molesta con esa zorra por proyectar una mierda tan superficial sobre el hombre del que se supone que estaba enamorada.

—¿Ves? Gracias, — afirma Miles, lanzando una piedra al agua. —Así es como siempre me he sentido. Quiero cosas simples. Familia, amigos, un hogar con una linda vista. Un lugar donde desahogarme de vez en cuando. Todo lo que realmente quiero, lo tengo. Incluso mi casa en Jamestown… necesita trabajo, y supe cuando la compré que era un proyecto de renovación. Pero eso funciona para mí. Me gusta hacer las cosas por mi cuenta, y la estructura del lugar es simplemente impresionante. Es una gran casa, y va a ser una buena inversión si alguna vez decido venderla. Pero aun así nunca habría sido suficiente para ella.

—Creo que la gente así nunca estará satisfecha con nada en su vida, sin importar el dinero, — afirmo, bajando mi gorra de béisbol para que bloquee el sol lo suficiente para poder ver a Miles.

—La maternidad, las amistades, las relaciones, el trabajo. Si siempre es envidiosa y tiene los ojos puestos en lo que tienen los demás, se pierde lo que tiene enfrente de ella.

—¡Exactamente! — Miles declara, mirándome de reojo. —Ahora simplemente estoy enojado porque nunca vi eso y desperdicié los mejores años de mi vida con ella.

—¿Quién dice que eran los mejores? — Afirmo, sintiéndome un poco dolida por ese comentario. —Mira a tu alrededor, Miles. Es un día sumamente hermoso. — Lo observo con una mirada seria, y espero que esto le llegue porque lo digo en serio al cien por ciento. —No te falta nada, y esa es una cualidad increíble en una persona.

Su gesto serio se convierte en una sonrisa. —Gracias.

—Cuando quieras, — le lanzo un guiño. —Y mírate…

estás guapísimo, tienes un gran trabajo, una casa, amigos, y una amiga con beneficios muy sexy.

Se ríe a carcajadas de eso. —¿Es así cómo te llamas ahora?

Me encojo de hombros y le doy una sonrisa entrecortada. —Supongo. Se me escapó de la lengua.

—Me gusta, — responde.

—A mí también, — afirmo, cargando mi caña para sentarme a su lado en la roca. Le doy un empujón con mi hombro. —Así que no vivas en el pasado. Concéntrate en el ahora. Porque en serio, ahora mismo, necesito ayuda. Mi corcho desapareció hace varios minutos, y no sé qué demonios significa eso.

—¡Mierda! ¡Algo picó! — Exclama y se levanta, dejando caer su caña y envolviéndome con sus brazos. —Tienes que colocar el gancho. — Sus manos se aprietan alrededor de las mías en la caña, y hace una pausa para esperar que el corcho desaparezca de nuevo. Después de unos segundos, cae bajo el agua, y grita justo en mi oído, —¡Ahora tira hacia atrás! — Sus brazos se tensan a mí alrededor mientras tiro de la caña hacia atrás, y la línea se tensa. —¡Ya lo tienes! Ahora enróllala, — dice con entusiasmo y se aleja para mirarme con una sonrisa gigante.

Pero honestamente, estoy totalmente aterrorizada.

¿Qué va a haber en el otro extremo de este anzuelo? Se siente enorme y pesado, y está doblando demasiado mi caña. Eso no puede ser bueno. ¿Qué tan fuertes son estas cañas? ¿Qué clase de peces viven en este lago? No son tiburones, por supuesto, no soy tan estúpida. Pero qué pasa si voy a pescar una repugnante criatura del pantano que es como un castor y un róbalo que se aparearon durante la luna llena y crearon una especie de aterradora cosa del pantano que se come a la gente como una piraña. Dios mío, ¿hay pirañas en Colorado? ¡Debería haber buscado en Google!

—No estoy segura de esto, Miles, — me quejo, agarro la manivela y enrollo la línea centímetro a centímetro.

Él agarra la red de pesca detrás de nosotros y baja por la roca para acercarse al agua. Mira hacia arriba y me da su aprobación. —¡Lo estás haciendo muy bien! ¡Te ves muy sexy!

—¿En serio? — Sonrío un poco, y luego frunzo el ceño por lo superficial que eso me haga feliz en este momento. *Necesito leer más literatura.*

Mi cara se retuerce cuando el final de mi línea sale del agua por fin. —¿Estás bromeando?

La risa estridente de Miles resuena en las malditas montañas mientras se inclina para recoger mi pesca en la red. —¡Nena, lo hiciste! ¡Atrapaste algo!

Saca mi presa del agua, la coloca en la roca, y se ríe tan fuerte que no puede hablar. Empieza una frase y luego se detiene, su cuerpo se dobla con la histeria.

Yo no me estoy riendo.

Mi tono es monótono cuando digo exactamente lo que está tratando de decir. —He pescado un maldito neumático de bicicleta.

Ahora está retumbando, cayendo sobre sus rodillas y cubriéndose los ojos con las manos.

Me alegro de que se lo esté pasando tan bien porque estoy enfadada. Realmente irritada. —¿Un neumático? ¿Qué demonios, Colorado? ¡Qué manera de mantener la clase! — Le grito a nadie en particular. —Dios, pensé que esta sería una gran experiencia al aire libre, y en serio, acabo de pescar un neumático viejo y asqueroso. ¡Me duelen las manos!

Mi último comentario hace que Miles se ponga a reír de

nuevo, y empiezo a preocuparme de que reciba oxígeno suficiente durante su ataque de risa allí abajo. Finalmente, se quita las lágrimas de los ojos. —Nena, ¿cómo no puedes ver la ironía de este momento? ¡Es un neumático! Eres una escritora erótica que escribe en una tienda de neumáticos. Esto es el maldito destino.

Bueno, cuando lo dice así, no puedo evitar ver el lado positivo. Pongo mi caña en el suelo y bajo por la roca para inspeccionar mi pesca. Miro a Miles y le pregunto, —¿Crees que pueda montar esto en mi nueva oficina?

Asiente con la cabeza y sonríe. —Claro que sí. Te ayudaré.

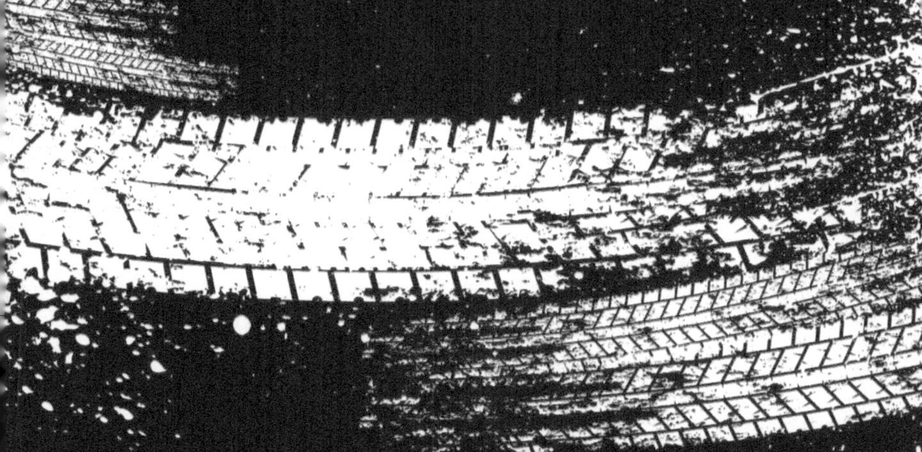

CAPÍTULO 23

Miles

—¿Me vas a contar alguna vez sobre este nuevo libro que estás escribiendo y que requiere toda esta minuciosa investigación? — Le pregunto a Mercedes mientras raspo los restos de nuestras hamburguesas de la parrilla que va sobre el fuego.

Ahora está oscuro, el aire nocturno está lleno de los sonidos de la naturaleza. Grillos chirriando, búhos ululando. El viento susurrando en los árboles a lo lejos. De vez en cuando, se pueden oír las suaves olas que golpean en la orilla del lago. Y con la forma en que sopla el viento, ni siquiera puedo oír a los otros campistas en sus campamentos, así que tengo la ilusión de una completa y total privacidad. En resumen, un perfecto día libre de trabajo.

Mercedes y yo acampamos.

Y maldición, fue muy divertido. Tiene una gran actitud sobre casi todo. Incluso intentó ponerle cebo a su propio anzuelo en un momento dado. Falló, pero al menos lo intentó. Almorzamos, luego fuimos a caminar y hasta sudamos un poco. Luego volvimos a ejercitarnos en la tienda. Nos echamos una siesta después de eso, y honestamente, fue uno de esos días perfectos de verano que nunca quieres que terminen.

Pero mirándola, sentada en la silla de jardín a mi lado, con su cabello pelirrojo fuera de sus trenzas, la cara brillando a la luz de la hoguera, con la cerveza fría en la mano, la luna llena en lo alto, creo que la noche también se está perfilando a la perfección.

—Se trata de un mecánico, — responde finalmente.

—¿Tu libro es sobre un mecánico? — Pregunto, con los ojos llenos de incredulidad. —Estás bromeando.

Sacude la cabeza. —No. La idea me golpeó de lleno.

—¿Cuándo te golpeó exactamente? — Pregunto, tomando un sorbo de mi cerveza mientras la molesto descaradamente. Se ruboriza completamente, y siento un fuerte deseo de ponerla en mi regazo solo para sentir su cuerpo sobre mí. —Dime, — insisto.

Voltea sus ojos. —Yo, um, tal vez te estaba mirando en la tienda un día. — Se cubre la cara con las manos y se sube la camisa de cuadros a sus mejillas para ocultar su vergüenza.

—¿Qué día?

Se encoge de hombros. —Fue antes de que tú y yo empezáramos… a ser amigos con beneficios. Te veías tan sexy y sudoroso, y de repente, este personaje explotó en mi cabeza, y antes de que me diera cuenta, había esbozado una nueva historia. — Me mira con ojos nerviosos.

—¿Así que se trata de mí? — Pregunto, con las cejas fruncidas con cautela.

—No. — Se burla. —Se trata de un mecánico. Supéralo. No todo en mi vida se trata de ti, Miles.

Me río de su mirada, pero siento una sensación de alivio ante su respuesta. —Va a ser sobre un mecánico pervertido. Me gusta.

—En realidad, no va a ser tan erótico como mi serie Bed 'n Breakfast.

Mis cejas se levantan. —¿No?

Se encoge de hombros. —No. Quiero decir, habrá sexo, mucho sexo, pero será un sexo más dulce. Quizás no escriba sexo anal en este libro.

Me burlo con una expresión de sorpresa. —¿Cómo vas a manejar eso?

Voltea los ojos. —Probablemente aún lo escriba, pero se lo daré a mis lectores como contenido extra o algo así.

Me río de esa idea. —No serías tú si no hicieras algo un poco diferente.

—Bueno, basta de hablar sobre mí, — dice, sacudiéndose el cabello. —Juguemos un juego.

—¿Cómo qué? —Pregunto, mirando alrededor. —No traje cartas.

Voltea los ojos y apoya la cabeza en sus manos. —Miles, no necesitamos cartas para jugar a "Verdad o reto".

Me reclino en mi silla y tomo un trago de mi cerveza. —¿Quién va primero?

—Yo, por supuesto. Soy la invitada, y todo esto sigue siendo en interés de la investigación, así que... ¿Verdad o reto?

Exhalo fuertemente. —Verdad.

Se echa atrás, aparentemente sorprendida por mi

elección. Se lleva el dedo a los labios y dice, —Bueno, ¿alguna vez te has excitado en el taller de Tire Depot?

Su pregunta me hace reír a carcajadas. —¿Qué?

Sonríe con una sonrisa astuta. — Ya sabes, ¿Alguna vez has trabajado en el auto de un cliente, tus manos se ensucian mucho, te metes de lleno en una reparación, y sufres una erección?

Me río y sacudo la cabeza. —Me temo que no.

Parece descorazonada.

—Pero el trabajo de los autos clásicos, por otro lado…— Mi voz se desvanece cuando sus ojos se iluminan. Con una risita, añado, —Si es un auto clásico y estoy metido hasta los codos en él, y conecto dos piezas, y alguien está al volante, y le digo que intente arrancarlo… y un auto viejo que no ha funcionado en muchas décadas, ¿de repente cobra vida? Entonces, diablos, sí, mi pene se pone totalmente duro.

—¡Ah-ha! ¡Lo sabía! Los pervertidos atraen a los pervertidos. Mi escritura me excita demasiado.

Me río de ella y digo, —¿Verdad o reto?

—Reto, — responde al instante.

Me da curiosidad. —Oh, alguien tiene secretos que quiere mantener ocultos. Interesante.

Su cara parece sonrojarse, incluso a la luz del fuego. Pero decido que ya hemos hablado suficiente por una noche. —Bueno, te reto a que te bañes desnuda en el lago.

Sus cejas se levantan hacia arriba. —El lago que dio a luz a mi bendito neumático… ¡De ninguna manera! ¿Quién sabe qué más hay en el fondo?

Sacudo la cabeza. —Sabía que no lo harías.

—Oh, y tú si lo harías, — se queja.

—He nadado en ese lago antes. No es asqueroso. Un pequeño neumático de bicicleta no cambia mi opinión sobre su limpieza.

Ella hace pucheros. —Pero probablemente estará frío.

Me encojo de hombros. —Está bien. Sabía que no lo harías. Hablas mucho y poco haces.

—¿Hablas en serio?

—Sí, — respondo, fijando mis ojos en ella.

—¿Necesito recordarte quién ha estado entrando sigilosamente en la tienda de neumáticos durante semanas?

Me burlo. —¿Llamas a eso peligroso?

—Estoy consumiendo esas bebidas de cortesía sin un servicio, Miles. — Mueve la cabeza hacia adelante y hacia atrás con un gran descaro. —Eso es básicamente tan malo como robar.

Me río de su elección de palabras, luego entrecierro los ojos y respondo con los dientes apretados, —Un criminal tan frío y calculador.

Entrecierra sus ojos hacia mí, claramente no disfrutando de mi sarcasmo. —Bien, lo haré, pero tienes que hacerlo conmigo.

—¿Y por qué haría eso?

—Porque estaré desnuda, — responde, quitándose la camisa y arrojándomela. Cuando la tela cae de mi cara, veo el contorno completo de su pezón a través del sostén rosa que lleva puesto.

Cuando veo mi chupetón, mi erección cobra vida. — Buen punto.

Me paro, y ambos nos abrimos camino hacia el agua hasta nuestro lugar para pescar en la roca. Es un punto de salto perfecto. Mercedes inhala profundamente y se deshace de sus pantalones cortos y sus sandalias, pateándolas detrás de ella, con los brazos cruzados al frente para calentarse mientras está parada frente a mí, ligeramente encorvada en un conjunto de ropa interior rosa que hace juego.

Paso mi mano por detrás de mi espalda, me quito la camisa por encima de la cabeza y la tiro junto a sus pantalones cortos. Me mira descaradamente y mueve sus cejas hacia mi paquete.

—Los jeans también, amigo.

—Amigo, — imito su palabra sacudiendo mi cabeza, me desabrocho los jeans bajándolos por mis piernas y los saco a patadas con los zapatos.

Lleva sus manos a su espalda y desabrocha su sostén, lo lanza con el resto de nuestras cosas. Sin embargo, ya no está encorvada y cubriéndose. Está de pie, orgullosa y preparada, perfectamente a gusto consigo misma mientras se inclina y se quita la ropa interior.

Cuando se endereza, mi mandíbula está floja. La luz de la luna, el sonido del agua y la visión de ella completamente desnuda, con su cabello pelirrojo soplando en la brisa nocturna… es demasiado. Es muy sexy. Demonios, es un sueño hecho realidad.

—Vamos. Hemos llegado hasta aquí, — dice, señalando mis boxers.

Sin pensar, los empujo hacia abajo, mis ojos siguen completamente fijos en ella.

Mira hacia abajo. —¿Te va a doler eso cuando saltes al agua?

Sacudo la cabeza. —No si lo sostengo.

Se ríe, y por Dios, se pone más hermosa en este momento. Y sin mirar atrás, corre y salta de la roca al agua.

No es una inmersión elegante.

No hay saltos decorosos.

Se lanza en un chapuzón como la chica original, magnética y real que es.

Me lanzo tras ella y doy tres fuertes brazadas para llegar a donde está. La tomo en mis brazos, sus pezones erectos rozan mi pecho mientras envuelve sus piernas alrededor de mi cintura.

Dobla sus manos detrás de mi cuello y me besa dulcemente, dándome solo una pequeña muestra de su lengua mientras recorro el agua y nos hago girar en círculos. Se retira con una sonrisa y me suelta los hombros mientras estira la parte superior de su cuerpo hacia atrás para flotar. Sus brazos se extienden. Sus pechos desnudos y hermosos brillan a la luz de la luna. Ella es impresionante.

Mi pene desnudo está duro y empujado hacia arriba entre nosotros, pero no estoy pensando en tener sexo ahora mismo. Todo lo que estoy pensando es en lo rápido que me está gustando esta chica. En lo confuso que son estos sentimientos para mí, porque, aunque ella es tan increíble, asombrosa, sexy y divertida, todavía no sé si estoy listo para más. Mi corazón y mi cabeza están en total desacuerdo entre sí, y no sé cuál de ellos sabe lo que es mejor.

Mi corazón dice, *sí, toma más, toma mucho más. ¡Es perfecta!*

Pero mi cabeza dice, *tan pronto como lo hagas, todo cambiará, y estarás invitando al drama de nuevo en tu vida. Como antes.*

—Mercedes, — digo su nombre, y su cabeza se levanta del agua, todas sus mechas se deslizan perfectamente, sus ojos azules abiertos y curiosos. —¿Sientes como si…?

—¿Sentiste eso? — pregunta, su cara se retuerce de una manera extraña y angustiada.

—¿Sentir qué? — Pregunto, con la esperanza de que tal vez esté teniendo los mismos pensamientos confusos que yo, y podamos hablar de ellos juntos.

Y entonces las compuertas se abren.

Literalmente, empieza a llover sobre nosotros.

—¡Oh Dios mío, esa lluvia está helada! — grita, desenrollando sus piernas de mí y hundiéndose en el agua tan profundo como puede, así que solo su cara está fuera.

—No me digas. — Entrecierro los ojos, mirando al cielo. — Nunca vi lluvia en el pronóstico.

—¿Deberíamos quedarnos en el agua hasta que pase?, — grita, porque el aguacero en el agua del lago es ensordecedor ahora.

Un relámpago nos ilumina a ambos en la oscuridad, y sacudo la cabeza. —Mala idea. Tenemos que salir.

Asiente con la cabeza, y ambos nadamos hasta la orilla y escalamos con cuidado las rocas hasta nuestra ropa mojada.

Lucha con su ropa empapada, y luego grita, —A la mierda, vamos a correr. Nadie saldrá a caminar con esta lluvia.

Asiento con la cabeza y pongo mi mano en la parte baja de su espalda para guiarla a través de los árboles y volver al sendero por el que caminamos. Es un camino fangoso y resbaladizo, pero nos las arreglamos para volver a nuestra tienda sin caernos, gracias a Dios. Eso habría dolido, teniendo el trasero desnudo.

Nos lanzamos dentro de la tienda, y la lluvia sigue siendo ensordecedora mientras golpea el fino nylon. Pero estamos arrodillados tan cerca uno del otro, que podemos oír nuestras respiraciones agitadas, pesadas y cansadas por nuestra subida. La adrenalina corre por nuestros cuerpos por la tormenta que hay afuera.

Es abrumadora en la pequeñez de la tienda. Ocupa todo el aire y el espacio y se canaliza a nuestro alrededor como un resorte, listo para reventar.

Nuestros ojos se encuentran, y justo cuando hay una ráfaga de trueno y un relámpago, chocamos entre nosotros, como dos nubes de tormenta que chocan en el cielo sin estrellas.

Mis brazos se envuelven alrededor de su cintura, y la beso, con mi lengua tan profundamente dentro de ella como puede soportar. Sus manos están sobre mí, en mi cara, mis brazos, mi cabeza, mi espalda. No puede tener suficiente. Es como si tratara de sentir cada centímetro cuadrado de mi cuerpo, y quiero dárselo todo.

Somos un desastre de lluvia, lodo y agua de lago, pero eso no impide que me caiga sobre el colchón y me la lleve conmigo. Sus muslos tiemblan bajo mis manos mientras se extienden por encima de mí. Mi erección pulsando con necesidad sobresale entre nosotros mientras pongo las manos en su trasero y la aprieto contra mí.

—Méteme dentro de ti, nena, — digo, con voz rasgada, casi perdida en la lluvia. —Méteme tan profundo como puedas.

Asiente con la cabeza y mira en la oscuridad la caja de condones regados que dejamos esta tarde. Agarra uno temblorosamente y lo abre para desenrollarlo a lo largo de mi longitud.

Levantándose sobre sus rodillas, me posiciona perfectamente antes de caer y clavarse en un glorioso movimiento.

Mis dedos presionan sus caderas, y usa mis muñecas para equilibrarse mientras se aferra a mí, esperando que su cuerpo se ajuste a la plenitud.

Se echa hacia atrás y cae de golpe otra vez, gritando mi nombre mientras levanta la cabeza hacia el cielo.

Es la vista más hermosa que he visto jamás.

Su cabello mojado y su cuerpo desnudo, su espalda arqueada y su piel sonrojada. Es todo más hermoso que el lago y las montañas. Los árboles y la luna. Ver a Mercedes montándome es más hermoso que casi todo lo que he visto en mi vida.

CAPÍTULO 24

Kate

¿Alguna vez han salido de su casa viéndose como si se hubieran caído de la cama? Bueno, esa soy yo cuando me despierto a la mañana siguiente con el canto de los pájaros y el sol brillando. La carpa está más fría que de costumbre porque no tengo un hombre enorme durmiendo a mi lado. Pero puedo oír a Miles afuera, haciendo ruidos mientras prepara el desayuno, así que obviamente disfrutó la noche llena de sexo que tuvimos.

Ese pensamiento me hace reír, así que rápidamente meto la cabeza bajo la manta y contengo un grito de euforia.

Ayer fue increíble. Anoche lo fue aún más. La forma en que Miles me miró cuando nos encerramos dentro de esta tienda de campaña y lejos de la tormenta de afuera.

Éramos la maldita tormenta.

Éramos truenos y relámpagos, y creamos la más hermosa

tormenta de pasión que jamás haya experimentado con un hombre.

Me refiero a tres orgasmos.

Para rematar un día ya perfecto, nos abrazamos. Nos abrazamos fuerte. Nos quedamos completamente desnudos y dejamos que el delicioso confort piel con piel nos arrullara al mejor sueño de mi vida. Sentí como si estuviera destinada a encajar en su pecho y su gran brazo estaba destinado a envolverme y mantenerme caliente. Fue mágico.

Este viaje de campamento se está desenvolviendo aún mejor de lo que podría haber esperado. De hecho, creo que me encanta acampar.

Quiero decir, claro, Miles todavía no sabe mi verdadero nombre. Y sí, técnicamente, mi ex-novio todavía vive conmigo y va a volver eventualmente, y Miles ha dejado muy claro que tiene problemas con los celos.

Pero más allá de todo eso, sabe lo que es importante. Sabe lo que me apasiona. Sabe cómo me tomo el café y cómo provocarme. ¡Sabe dónde está mi punto G, eso es seguro! Dryston nunca lo encontró, ni siquiera con instrucciones explícitas.

Seguramente, todo el asunto del nombre falso es un detalle menor que no tendrá mucha relevancia cuando se lo diga. Quiero decir, estamos conectando de verdad, así que seguramente, eso es lo más importante. No el nombre con el que me llama.

Me visto rápidamente con un par de jeans y una camiseta, optando por dejar que mi cabello que se secó al aire libre se alborote. Salgo de la tienda y me doy cuenta de que Miles ya ha empacado muchas de nuestras cosas y las ha cargado en la parte trasera de su camioneta.

—Buenos días, — digo alegremente mientras voltea un par de huevos en un sartén portátil.

—Buenos días, — responde con una sonrisa tímida, casi como si no pudiera hacer contacto visual conmigo.

¿Se siente raro por lo de anoche? Dios, si lo está, eso podría ser fatal. Necesito calmar la situación. Necesito ser Mercedes casual otra vez, para que no piense que me estoy enamorando de él o algo así.

Me acerco a donde está trabajando en la mesa de picnic y le agarro el brazo con fuerza. —¡Uf! No es una prótesis. ¡No tuvo que comérselo, amigos! — Le grito a nadie en particular.

Sacude la cabeza y su humor reservado desaparece al instante. —Todavía está intacto. Pero no traje ninguna mezcla para panqueques, así que no leas entre líneas, ¿de acuerdo?

Sonrío y asiento con la cabeza, y luego miro alrededor con un gran estiramiento. —Has estado ocupado esta mañana.

Mira por encima del hombro a su camioneta. —Sí, hoy va a ser un desastre todo enlodado. Así que pensé que debíamos irnos temprano.

Asiento con la cabeza y me meto el labio en la boca, sintiendo un poco de decepción por eso. Pero como tengo que actuar con calma, respondo, —Bueno, me muero de hambre. ¿Cómo puedo ayudar?

Poco después, vamos en la camioneta de Miles en camino de vuelta a la realidad. Mientras el silencio nos envuelve dentro de la cabina, no puedo evitar preguntarme que esperar de nosotros. ¿Lo de anoche cambió lo que somos? Él parece estar actuando igual que siempre. ¿Seguimos siendo solo amigos con beneficios? ¿Regreso a Boulder y empiezo a escribir en Tire Depot de nuevo?

Después de un silencioso e incómodo viaje en auto, Miles finalmente se detiene frente a mi casa. Ambos salimos y nos movemos a la parte trasera de su camioneta donde alcanza y agarra mi bolso.

Lo tomo, y nuestras manos se rozan mientras digo, — Bueno, gracias por ayudarme con la investigación. — Le sonrío a medias, sus ojos azul acero me miran con intensidad.

—Cuando quieras, — responde, su voz profunda y melodiosa.

—¿Estás bien? — Pregunto con curiosidad, protegiendo mis ojos del sol para poder verlo mejor. — Estás muy callado.

Sacude la cabeza y me ofrece una sonrisa a medias. — Solo cansado.

—No deberías haber comprado el colchón. — Le doy un empujón juguetón que no lo mueve ni una pulgada.

Un ruido viniendo detrás de nosotros hace que nuestros ojos se desvíen hacia mi puerta. Mi ansiedad cobra vida cuando veo a Dean parado en mi escalón de la entrada. Ajusta sus lentes mientras nos observa cuidadosamente. Sus brazos están cruzados sobre su pecho. Su cuerpo está apoyado en una viga de soporte.

Miles se aclara la garganta detrás de mí y lo miro mientras murmura, —Parece que tienes compañía. Te veré más tarde, Mercedes.

—Adiós, — respondo, viendo con nostalgia su espalda

mientras se mueve de regreso a su camioneta. Para ser un tipo celoso, no tiene ningún problema en alejarse de mí. Aunque aún no sabe que Dean me dijo que quería algo más que solo amistad hace unos días.

Mi vida se está complicando seriamente.

Con el estruendo de su camioneta, Miles se aleja, y exhalo fuertemente. Girando, me acerco a la puerta de mi casa.

—Hola, Dean, — murmuro, sacando mis llaves y abriendo el cerrojo.

—Hola, Kate. — Dean se ve incómodo mientras se rasca su barba con los dedos.

Me apiado de él y le pregunto: —¿Quieres entrar a tomar un café?

Me sonríe. —¿Es gratis?

Lo miro fijamente. —Para la gente que no es imbécil, sí.

Su mirada baja. —No seré un imbécil, lo juro.

—¿Estás seguro? — Pregunto, haciendo un gesto hacía el camino. —¿Nada que decir sobre la camioneta de Miles? ¿Oíste lo fuerte que se escuchaba ese mofle?

Sus cejas se levantan. —Me sorprende que sepas lo que es un mofle.

Frunzo el ceño ante ese comentario. —Yo también, en realidad. Supongo que parte de mi investigación ha surtido efecto.

La comisura de su boca se inclina hacia arriba en una sonrisa. —Me comportaré, lo juro.

Dean me sigue adentro, mientras dejo mi bolsa en el suelo y me preparo para hacernos un par de cafés. El agotamiento comienza a vencerme también, pero sé que necesito hablar con Dean. He estado evitando sus llamadas y mensajes de texto durante los últimos días, y no quiero que esto arruine completamente nuestra amistad.

Se sienta en una silla alta y me quita el café de las manos. —¿Pasaste la noche en casa de Miles? —pregunta, con sus ojos mirándome al cuello.

Lo miro y parpadeo un par de veces. — ¿De verdad estás preguntándome eso?

Voltea los ojos y señala un punto en su cuello. — Puede que tengas algo…

Mis ojos se abren ante el recuerdo de Miles chupando mi cuello fuertemente. Me muevo para cubrir la marca, y Dean dice rápidamente, —No te estoy juzgando, Kate, solo estoy tratando de tener una pequeña charla. Colabora conmigo aquí, ¿sí?

Inhalo profundamente y me acomodo la camisa para tratar de cubrir la marca. — Estábamos acampando.

—¿Acampando? — La incredulidad en su voz no se me escapa.

—Sí, acampando, — respondo, dejando caer mi mano. —Fue para la investigación de un libro, y fue muy divertido.

Dean sacude la cabeza. —Así que supongo que estás escribiendo algo bastante diferente de tus otras series.

Me encojo de hombros. —Lo estoy intentando.

Se queda mirando su bebida. —La inspiración debe estar fluyendo.

—Tiene sus momentos. — Incluso si incluyen pequeños chupetones.

—¿Y Miles es el tipo que saca eso a relucir en ti? — Dean pregunta mirándome. Busco de cerca una señal de que me está juzgando en su expresión, pero no encuentro nada. Es una pregunta genuina.

—Evidentemente no está perjudicando las cosas. — Me encojo de hombros y apoyo mis codos en el mostrador, inclinándome con mi taza de café entre las palmas de las manos. —No es como nadie con quien haya salido antes. Es una persona con los pies en la tierra. Tan diferente de Dryston.

—Tan diferente de mí, — añade, una mirada de dolor detrás de sus lentes de armazón negro.

Lo miro fijamente. — Dean, mira… nunca tuve la menor idea de que sentías algo por mí. Si lo hubiera sabido, habría hecho tantas cosas diferentes.

—¿Cómo qué? — pregunta, sus cejas se fruncen con confusión.

—No lo sé. Tal vez juntarnos con menos frecuencia. Actuar de forma diferente. — Me paso una mano por el cabello y suspiro. —Te quiero como amigo, pero no nos veo de otra manera, y lo siento si te he hecho creer lo contrario.

—No me estabas dando falsas esperanzas, Kate. Estabas siendo tú misma. Y eso atrae a la gente. — Me mira con ojos abiertos y comprensivos, y añade, —Esa es la misma razón por la que Miles no puede alejarse de ti, aunque te haya dicho que no quiere una relación. Eres como… un imán.

Es muy raro recibir un cumplido de un tipo que acabas de rechazar, pero puedo decir que Dean está tratando de enmendar las cosas, y me siento aliviada. —Bueno, Miles sigue manteniéndome firmemente en el rincón casual, así que aparentemente, no soy un imán lo suficientemente fuerte.

Dean piensa en eso por un segundo mientras toma un sorbo de su café. —Creo que si realmente te gusta Miles, tienes que ser sincera con él. Si lo suyo se convierte en algo más y descubre que le ocultas cosas, no va a acabar bien, Kate.

—Lo sé, — me quejo y paso mis manos por mi cabello. —Es solo que me gusta como soy con él. Me gusta no tener una carga emocional.

—Técnicamente todavía vives con tu ex, Kate. Ese es el peor tipo de carga que puedes tener. Ningún tipo se va a tomar bien esa información, y cuanto más esperes, más difícil será.

—¿Estás seguro de que no puedo seguir fingiendo ser Mercedes? Ella nunca habría salido con el idiota de Dryston.

—No estás fingiendo ser nadie, — corrige Dean, ajustando sus lentes para fijarme con una mirada seria. —Eres Mercedes. Eres Kate. Tienes que dejar de mirarlas como si fueran dos personas diferentes porque ambas son tú. Eres la escritora erótica y la amiga. Eres la autora de best sellers y la vecina. No tienes que mantener los dos lados de ti misma separados. Deja que se fusionen. Tal vez la parte de Kate que estás reteniendo sea exactamente lo que te una a ti y a Miles.

Miro por encima del mostrador a Dean. Mi amigo. Mi verdadero amigo con el que me he sentido tan cómoda en los últimos dos años. Está sentado aquí, dándome consejos sobre cómo ganarme a un tipo por el cual lo estoy rechazando. Sean cuales sean las tendencias de imbécil que pueda tener a veces, sigue siendo una persona muy buena en su totalidad.

—Gracias, Dean. — Sonrío suavemente.

Exhala fuertemente. —¿Esto significa que podemos volver a ser amigos? Eres como una de cuatro personas que me caen bien en Boulder. Perderte sería una gran pérdida en mi vida social.

—Por supuesto, somos amigos. — Sonrío y sacudo la cabeza. —Porque de ninguna manera voy a empezar a limpiar mis propias canaletas del techo.

Se ríe y pasa sus manos por su cabello con frustración. —Espero que puedas resolver esto con Miles. Estoy cansado de ser el que se encarga de hacer el mantenimiento tuyo y de Lynsey. Especialmente porque no soy un maldito obrero. Les he dicho esto a las dos. Si necesitas ayuda con las inversiones, yo soy el indicado. Pero muy pronto, voy a poner un límite sobre hacer favores que me hacen sudar.

—Si, si… como sea, Dean.

Con dobles sonrisas, chocamos nuestras tazas de café y volvemos a ser exactamente lo que siempre estuvimos destinados a ser. Solo amigos. Grandes amigos.

CAPÍTULO 25

Miles

Esta semana estoy muy inquieto en la tienda. Algo está mal entre Mercedes y yo, y no puedo decir exactamente que es. Ha estado entrando y saliendo del centro de confort. Hacemos nuestro coqueteo habitual, en el que entro y como galletas, y ella me pregunta sobre mi día. Es agradable. Es amigable. Pero es limitado. No me ha pedido que la ayude con más investigaciones para el libro, y supongo que me pregunto qué está esperando.

Nuestro viaje de campamento fue increíble. Más que increíble. Pasar veinticuatro horas completas con una persona y no querer matarla significa que has encontrado un verdadero amigo. Y así es como la veo todavía. Una amiga. Entonces, ¿por qué se siente como si todavía me estuviera ocultando una parte de ella?

Me dirijo al mostrador para encontrar a Sam y ver si quiere

ir a tomar algo este fin de semana. Necesito hablar sobre esta mierda, así no arruino los vehículos o pierdo los dedos esta semana a causa de mis pensamientos errantes.

Sam está de pie al final del mostrador donde los agentes de servicio al cliente registran a la gente. Me acerco a él, con el overol puesto, pero no tan sucio como para tener que quitármelo primero.

—Hey, — digo, y me mira desde su computadora.

—Hey, amigo, — dice con una sonrisa que prácticamente se esconde bajo su barba roja.

—¿Qué vas a hacer este fin de semana? — Pregunto mientras se quita el dispositivo Bluetooth de la oreja.

—Nada, — responde encogiéndose de hombros. —¿Una cerveza?

Asiento con la cabeza y parpadeo lentamente.

—¿Tan malo es?, — él adivina.

Inhalo profundamente y tomo el trozo de regaliz rojo que tengo detrás de la oreja. —Estoy... atorado en un bache, y no lo sé. Necesito algo.

—He estado viendo a Mercedes en el centro de confort, — dice, claramente captando dónde está mi mente. —¿Está aquí hoy?

Sacudo la cabeza. —No la he visto todavía.

Frunce el ceño. —¿Están bien?

Me encojo de hombros. —¿Creo que sí? No lo sé. En parte es por eso que necesito un trago.

—No digas más, — responde con una sonrisa simpática.

Una luz se refleja en la puerta principal cuando dos tipos rubios entran en el área de recepción. Parecen de la misma edad que Sam y yo. Tal vez un poco más jóvenes.

También parece que no hacen nada más que ponerse a tomar el sol porque sus bronceados son casi perfectos.

Pero por encima de todo eso, hay algo en su porte mientras caminan que me pone en alerta. Decido quedarme mi lugar en el mostrador.

Sam está ocupado tecleando algo en su computadora, cuando el tipo con una polo rosa pone sus llaves en el mostrador.

—Tengo un neumático pinchado. Necesito que lo arreglen.

Me enfurece su insolencia y deslizo mi mirada hacia el otro tipo que está vestido con una brillante camisa de golf verde neón. Es sumamente cegadora.

Sam le sonríe educadamente al de polo rosa. —Está bien, ¿cómo te llamas y de qué tipo de auto estamos hablando?

—¿Qué importa eso?, — dice el tipo. —Es un neumático. Solo necesito que lo reparen rápidamente porque tengo un juego de golf al que llegar.

El tono condescendiente del tipo me hace moverme de mi posición relajada para estar de pie a toda mi altura. El de camisa verde me mira fijamente.

Sam no se acobarda en lo más mínimo mientras sonríe tras su barba y responde, —Necesitamos saber si está en el sistema. Porque si por alguna razón su neumático no puede ser reparado, podemos prorratearlo con su garantía para conseguirle uno nuevo con un descuento.

—¿Por qué no se podría reparar mi neumático? — el de polo rosa dice irritado.

—Si hay una pinchadura en el costado del neumático,

no se pueden arreglar, por desgracia. — Sam ofrece una mirada disculpándose.

—Qué estafa, — dice el tipo. —¿Qué clase de negocio estás manejando?

Miro los zapatos de este imbécil y sé al instante que el dinero no es el problema aquí. El privilegio lo es.

—Oye amigo, ¿quién es esa chica? — El de camisa verde pregunta, inclinándose sobre el mostrador más cerca de mí como si fuéramos amigos íntimos o algo así.

Miro hacia donde señala a Alexa que trabaja dos computadoras más adelante.

Me encojo de hombros quitándole importancia. —Es una representante del servicio de atención al cliente.

El de camisa verde sonríe. — Perfecto, que ella nos atienda.

Sam se aclara la garganta. —Me temo que no pueden elegir. Y ya los estoy atendiendo yo.

El de polo rosa aparentemente quiere seguir con lo mismo del de la camisa verde. —Creo que podríamos elegir si realmente quisiéramos.

—Y créeme, queremos escoger cada parte de eso. — El de camisa verde mira de reojo a Alexa tan obscenamente que mis dientes rechinan.

Golpeo el mostrador delante de mí con el puño y digo, —¡Oye! Aquí no puedes solicitar una chica como si fuera Internet, idiota. ¿Quieres que te arreglen el maldito neumático o no?

Los ojos del de polo rosa se agrandan. — ¿Quién es tu maldito gerente? Quiero hablar con él.

La voz de Sam nos interrumpe, diciéndonos que nos calmemos, mientras el de camisa verde y yo nos miramos fijamente por encima del mostrador. Él es cinco pulgadas más bajo que yo, pero su supuesto privilegio le hace pensar que es intocable, y no puedo soportar a los imbéciles así. Es exactamente la clase de tipo que Jocelyn estaba buscando y que aparentemente encontró.

—El gerente. Ahora, — dice el de polo rosa otra vez, y Sam me pone la mano en el pecho.

—Vuelve al taller, — dice, dándole la espalda a los dos imbéciles y empujándome hacia atrás unos pasos. Con los dientes apretados, añade, —Dejaré que mi tío se ocupe de estos idiotas.

Entrecierro los ojos una vez más y exhalo fuertemente, giro y salgo del área de recepción y vuelvo al callejón para tomar un poco de aire.

Respiro profundamente el aire templado del verano y muerdo los extremos de mi regaliz. —Ojalá esto fuera un cigarrillo, — murmuro para mí mismo mientras aspiro aire por el agujero.

Frustrado por el hecho de que no tiene ningún efecto, lanzó el estúpido caramelo contra la pared opuesta. Estoy tan metido en mi cabeza que ni siquiera escucho a Mercedes acercarse cuando su voz dice, —Espera, espera, espera, ¿qué te ha hecho ese regaliz?

Desvío mis ojos hacia ella y observo su ropa. Es ese vestido azul de verano con las flores rosas. El que muestra todo su trasero si se gira en él.

—Nada, — respondo con los dientes apretados.

—¿Qué te pasa?, — pregunta, con sus ojos azules mirándome de arriba a abajo. —Parece que estás listo para arrancarle la cabeza a alguien.

Sacudo la cabeza y dejo caer la mirada sobre su vestido. —Bonito vestido.

Me sonríe a medias. —Pensé que te gustaría.

—Siempre y cuando no te des vueltas en él, — digo con firmeza.

Sus cejas se fruncen. —¿Qué te pasa?

—¿Qué te pasa *a ti*? — respondo.

Frunce el ceño con confusión. —¿Perdón?

—¿Qué te pasa últimamente? ¿Ya no te gusto? ¿Alguien más te está ayudando con tu investigación? ¿Tal vez Dean?

—Miles, estás actuando como un loco. En realidad, iba a preguntarte si me mostrarías tu casa esta noche.

—¿Esta noche? — Pregunto, presionando una mano contra el ladrillo y tratando de calmarme de alguna manera.

—Sí, después del trabajo, tal vez. Quiero ver tu casa, específicamente tu garaje. Ya sabes… investigación. Ensuciarnos las manos. — Mueve las cejas sugestivamente.

Asiento con la cabeza, mi mandíbula apretada. —Está bien.

—Bueno, no parezcas tan emocionado, — vacila.

Parpadeo lentamente, sabiendo que no se merece esto. Esos dos imbéciles me hicieron enojar, y su llegada estuvo muy cerca de esa mierda. —Lo siento… estoy de acuerdo con eso.

—¡Bien! — dice mientras le da una sacudida a mi brazo. Con ese simple toque de su mano sobre mí, mi estado de ánimo cambia mientras añade, —Pero tengo que decir que hay algo seriamente excitante al verte de mal humor… espero que eso nos beneficie más tarde.

Me guiña el ojo y se me ocurren cinco lugares diferentes en los que quiero perderme dentro de ella en mi casa. Siento este extraño deseo de reclamarla aún más. La inmovilizo con una mirada seria y le respondo, —Nena… tenerte en mi casa nos da todo tipo de ventajas.

Sus ojos se iluminan con anticipación mientras responde. —No puedo esperar. Ahora, ve a descargar tu ira en algún pobre auto y recógeme aquí cuando termines.

Asiento con la cabeza y veo su falda balancearse en el viento mientras camina hacia la entrada de empleados del centro de confort.

CAPÍTULO 26

Kate

Podría haber adivinado cual era su casa entre miles. Miles, miles…es un juego de palabras. Con mis brazos apretados alrededor de su cintura, Miles se mete en un camino de grava que está alejado de la carretera principal que atraviesa Jamestown. Cuando se ve un rancho campestre, desgastado y sofisticado anidado en unas hermosas colinas, sé que es su casa. Simplemente grita, Miles: masculino, rústico y un poco descuidado.

El exterior está cubierto de tablas de cedro manchadas, y tiene dos garajes debajo de un enorme porche envolvente. Tiene un par de sillas estilo Adirondack colocadas cerca de su puerta principal, y puedo imaginarlo fácilmente tomando una taza de café y mirando el arroyo que atraviesa su propiedad.

Detiene su motocicleta frente al garaje y baja el soporte de apoyo antes de apagar el motor.

—¡Oh Dios mío, Miles! —exclamo, sacudiendo un poco sus hombros para mostrarle mi entusiasmo.

—¿Qué? —pregunta, bajando sus aviadores y mirándome por encima del hombro. Su humor parece un poco mejor que antes, pero tengo el presentimiento de que sé que lo hará cambiar por completo.

—¡Tu casa es impresionante! — exclamo, mirando su cara en el atardecer. Los colores dorados realmente hacen que sus ojos azules resalten.

—Eh. — Se encoge de hombros y se baja de la moto, dando la vuelta para quitarme el casco.

Me peino con los dedos, mis ojos llenos de incredulidad. —¿Estás bromeando? ¡Es preciosa!

Apoya el casco bajo su brazo y mira hacia el arroyo. —No pude encontrar nada en Boulder, al menos nada que pudiera pagar con algo de terreno y de privacidad. Realmente odio tener vecinos.

Me río y miro alrededor para ver que está completamente aislado aquí. Su pequeño santuario privado se sumerge en un tramo del bosque a solo veinte minutos de Boulder. —Bueno, esto es perfecto. Algo así costaría fácilmente dos millones en Boulder.

—Ni lo digas, — responde al instante y se frota la nuca. — Como dije, es un trabajo en progreso, pero es mío.

Sonrío alegremente y giro mi pierna para bajar de la moto. —¡Muéstrame el interior! — Me contengo de saltar como una tonta.

Se ríe suavemente. —Está bien, pero luego nos ensuciaremos en el garaje.

—Muy bien, — lo regaño y dejo que me lleve arriba a través de su puerta principal.

Tiene prisa por llegar al garaje, pero mientras recorro el espacio en su apresurado recorrido, puedo ver que Miles tiene visión. La mayoría de la gente probablemente no habría mirado dos veces esta propiedad, pero él ya la ha convertido en algo realmente único y especial.

Primero señala el lugar donde una gran pared fue derribada el verano pasado que originalmente separaba el comedor de la sala de estar. Como era un muro de carga, puso vigas de soporte de madera nudosa teñidas de un profundo color café oscuro que contrasta con el blanco de dos de las paredes de la sala. El efecto deseado es una sensación de casa de campo rústica, desgastada y sofisticada que irradia carisma y luz natural.

Sus muebles son mínimos. Muy masculinos. Un sofá de cuero y un sillón frente a una pantalla gigante de televisión. Su cocina es su trabajo en progreso actual, pero las nuevas barras de cocina color gris oscuro con un toque azulado fueron instaladas la semana pasada, y ahora, está terminando los gabinetes. Las puertas de las repisas han sido removidas y aparentemente están en su garaje esperando su próxima capa de barniz.

Me muestra su dormitorio, y tiene una cama gigante que grita prácticamente comodidad. Pero cuando me lleva al otro lado de la habitación a su baño principal, se ve claramente a dónde ha ido todo su dinero.

Una enorme regadera de cascada con dos cabezales ocupa toda una pared del baño con una puerta de cristal perfectamente transparente para mostrar su increíble azulejo. Puede que me haya excitado un poco cuando me dijo que hizo el trabajo él mismo. También quitó la pared que separaba el baño de la habitación de invitados para convertir ese espacio en un vestidor.

Honestamente, su ex es una estúpida. Este hombre sería el esposo perfecto.

Rápidamente me muestra un dormitorio para huéspedes adornado con alfombra y paredes de madera. Dice que eso es lo siguiente en su lista, pero es divertido de ver porque muestra cuánto trabajo ya ha puesto en esta casa. Miles claramente no es ningún ocioso.

Mientras bajamos por la escalera interior y abre la puerta de su garaje, sonríe sobre su hombro y me dice que *aquí* es donde ocurre la magia.

¿Conoces el tipo de sexo que es torpe y desordenado y hace que cosas se derriben seguido, y te sientes como si estuvieras pidiendo disculpas por todo, todo el tiempo, pero aun así de alguna manera te las arreglas para tener un orgasmo épico y romper algo?

¿No?

Sí, yo tampoco… hasta esta noche.

Miles no solamente me enseñó su garaje sucio y me hizo una lista de todas sus herramientas que en serio suenan como si fueran para un cuarto de juguetes sexuales. También me dio un rapidito duro y brusco inclinándome sobre su caja de herramientas y dejándome todos los brazos sucios por el líquido de frenos derramado. Tuve que asearme en su lavamanos de trabajo salpicado de pintura, solo para quitarme el olor.

Lo que sea que haya molestado a Miles antes, el recorrido por su casa y el rapidito que me dio parecieron ayudar a calmarlo considerablemente. Y teniendo en cuenta que tuve un tremendo orgasmo, no me quejo ni un poquito.

Antes de subir a bañarnos en esa maravillosa regadera, Miles me lleva a su segundo garaje para mostrarme un proyecto en el que ha estado trabajando.

Jala un par de interruptores de cadena metálica del techo, y los focos encendidos se balancean sobre nuestras cabezas, mostrando una impresionante camioneta clásica.

—Era de mi abuelo, — dice, metiendo las manos en los bolsillos, sus músculos más prominentes por nuestras actividades en el otro garaje. —Es una camioneta Ford del '65. Acabo de terminar la pintura blanca hace un par de meses, y el interior la semana pasada. Todo lo que necesita ahora es un carburador especial que solo funciona en este modelo en particular. Es muy difícil de encontrar y muy caro por lo mismo. La mayor parte de mi dinero se ha destinado a renovaciones de la casa, así que estoy esperando hasta que tenga los fondos para ponerla nuevamente en marcha.

—Así que se ve bonita, pero no funciona, — afirmo, deslizando mis manos sobre la pintura blanca satinada. Es perfecta. El acabado cromado es más brillante que un espejo. Sonrío y añado, —Es como arte.

—Se podría decir que sí, — responde, mirándome curiosamente desde la puerta.

Continúo mi inspección. — Parece que pertenece a una película de Pixar, — murmuro con una sonrisa, mirando el frente e imaginando la parrilla que se abre para hablar.

Esto hace reír a Miles, lo cual es bueno porque he echado de menos el comportamiento feliz y carismático que tenía cuando estábamos acampando. Debí haber adivinado que los autos clásicos eran dignos de una erección para los mecánicos.

—¿Dijiste que era de tu abuelo? — Pregunto, caminando alrededor del frente hacia la puerta del lado del pasajero para ver el interior un poco más de cerca. El asiento de cuero blanco dentro de la cabina es hermoso.

—Sí. — Miles asiente con la cabeza, su postura visiblemente tensa mientras añade, —Falleció hace dos años.

Mis ojos se elevan a los suyos, y la simpatía instantánea se proyecta sobre mí. —Siento mucho oír eso.

Exhala fuertemente y ofrece una sonrisa triste. —Sí, fue un shock para todos nosotros. Tenía setenta y siete años, así que no es que no haya vivido una buena y larga vida. Pero era uno de esos tipos que parecía que viviría para siempre.

—¿Nunca envejeció? ¿Siempre con ese look de abuelo perfecto?

—Así es, — Miles está de acuerdo. —¿Tienes un abuelo así?

Me río suavemente. —Mi abuela que me programa reuniones con su sacerdote. Va a vivir para siempre, estoy segura de ello. Y si muere, definitivamente me perseguirá desde su tumba. — Miles sacude la cabeza, pero evito su compasión. — En cierto modo, me gusta molestar a la dulce viejita. Es como nuestra conexión especial, ¿sabes?

Asiente con la cabeza, se mueve hacia el frente de la camioneta y mira fijamente el capó. —Lo entiendo. Para mi abuelo y para mí, eran los autos. Recuerdo que trabajé en este con él cuando era niño. Me enseñó mucho. Sabía los nombres de las herramientas antes que los nombres de mis primos. Volvía loca a mi madre.

Me río. —Dios, apuesto a que eras un chico lindo. Cabello oscuro, ojos brillantes. Apuesto a que conseguiste lo que quisiste de tu abuelo.

Miles levanta una ceja. — Bueno, siempre me guardaba caramelos en la guantera. — Se acerca a donde estoy y me quita de en medio para poder abrir la puerta del lado del pasajero.

Inclinándose, presiona el botón del compartimento y toma una bolsa de caramelos redondos de color rosa.

—¿Quieres uno? — pregunta con una sonrisa, el olor a menta me golpea justo en la nariz.

Me río y sacudo la cabeza. —No. Si fueron de tu abuelo, deberían quedarse donde están.

Asiente con la cabeza y responde, —Son muy viejos, pero no puedo comerlos ni tirarlos. — Se inclina hacia atrás en la camioneta y los pone de nuevo donde los encontró.

Cuando retrocede para cerrar la puerta, creo que veo un brillo en sus ojos que no estaba antes. Se apoya en la puerta y se pellizca el puente de la nariz. —Creo que el líquido de frenos todavía me pica los ojos.

Extiendo la mano y la froto en su brazo con un movimiento suave y reconfortante, un nudo se forma en mi garganta por el dolor que tanto se esfuerza en ocultar.

—¿Qué pasa? —Pregunto, mi pulgar frotando el interior de su muñeca lentamente, en círculos suaves.

Sacude la cabeza con una sonrisa triste. — Nada.

—Miles, — repito, con una mirada alentadora. —Solo dime.

Exhala y apoya su espalda contra la puerta abierta. — Desearía tenerla funcionando ya. — Mira al techo como si tratara de que las lágrimas que brotan regresaran a su cuerpo. — Fue una especie de promesa que le hice en su lecho de muerte, y me siento mal por no haberla terminado todavía.

—Miles, — digo con una risa triste. —Mira esta cosa. Es preciosa. ¡Es arte! Ya has hecho mucho.

Sacude la cabeza y se ríe. —Aun así, me daría una reprimenda por no haber terminado. Le gustaba fingir ser un viejo gruñón, pero tenía un lado blando que solo mostró a unos pocos.

Esta imagen me hace sonreír. —Esos son los mejores tipos. Significa más cuando eres uno de los afortunados que ve ese lado de ellos.

—Exactamente, — responde Miles, mirándome a mí.

—¿Le agradaba tu ex? — la pregunta sale de mis labios inesperadamente.

Miles parece desconcertado por esta pregunta, pero no le da importancia.

—No, la odiaba bastante. La primera vez que le oí usar la palabra zorra fue en referencia a ella.

Eso me hace reír tanto que tengo que cubrirme la boca. —Creo que me hubiera agradado mucho tu abuelo.

Miles inclina su cabeza hacia mí pensando, evaluándome de arriba a abajo por un momento. —Por alguna razón, creo que a él también le hubieras agradado.

—¿De verdad? — Respondo, cruzando los brazos sobre mi pecho y apoyándome en el auto. —¿Por qué crees que iba a recibir un tratamiento especial?

Se encoge de hombros. —Creo que, porque eres tan real, Mercedes. No das un espectáculo para la gente, y todo lo que dices es exactamente lo que eres. Es una cualidad rara, ser exactamente lo que muestras a la gente.

La culpa me consume con sus palabras. Después las palabras de Dean del otro día se acumulan sobre esto. Necesito decirle mi nombre. Este era el punto de esta noche. Ya ha pasado bastante tiempo. Estoy jugando con fuego, y cuando juegas con fuego, te quemas.

Los impresionantes ojos azules de Miles están llenos de dolor y pasión, tan sinceros que siento que puedo ver toda su alma. Sé que el momento de la verdad ha llegado. Necesito que me conozca completamente. Lo aburrido y lo valiente. —Miles, necesito decirte…

No puedo terminar mi frase porque su boca está sobre la mía. Su enorme cuerpo encorvado, y mi cara acunada en sus manos mientras su lengua se introduce entre mis labios para acariciar mi lengua.

Mis manos se levantan y se aferran al dorso de sus brazos, sosteniéndome con fuerza mientras sus labios me poseen de una manera tan tierna que siento mariposas brotar en los dedos de los pies, en las piernas, en el vientre, en la cabeza. Incluso en mi pecho. Especialmente en mi pecho, justo en el lugar donde late más fuerte mientras me presiona el trasero contra el metal frío detrás de mí.

Inclina la cabeza y profundiza el beso, rindiendo un homenaje considerado a mi labio superior e inferior antes de que su lengua se sumerja en mi boca, masajeando contra la mía, dando y recibiendo artísticamente. Flujo y reflujo. Un suave reclamo.

Siento su brazo moverse y flexionarse bajo mi mano antes de oír la apertura de la puerta de la camioneta. Sin apartar sus labios de los míos, me desliza para que mi trasero golpee el suave banco de la misma. Me besa hasta que estoy tumbada de espaldas, con los muslos apretados a sus lados mientras su peso me presiona, firme y pesado.

Finalmente, me separo, nuestros cuerpos moviéndose incontrolablemente uno contra el otro.

—Miles, ¿estás seguro? — pregunto porque quiero que se dé cuenta de donde estamos ahora. —¿Quieres hacerlo aquí?

—Shhhh, Mercedes, — exclama, dejando caer un suave beso en mis labios antes de abrir sus ojos suplicándole a los míos. —Solo dame este momento. Por favor. Sin investigación. Sin pensar. Yo… te sientes tan bien, y necesito sentirme bien ahora. — Exhala fuertemente y añade, —Necesito esto.

Me trago la agonía de su voz, mi propia culpa me consume por completo mientras se inclina hacia atrás y desabrocha mis pantalones cortos, tirando lentamente de ellos hacia abajo de mis piernas junto con mi ropa interior. Presiona la palma de su mano contra mi sexo y se desliza entre mi entrada. —Siempre estás lista para mí. Siempre. — Lo dice con tal reverencia que casi me siento culpable.

Se vuelve a caer sobre mí, tomando de nuevo mis labios y besándome febrilmente, me sube la camisa bruscamente y me baja las copas del sostén para meter un pezón en su boca. Fuertemente.

Mis manos pasan por su cabello, cepillando los mechones gruesos y cortos mientras subo las caderas contra él, sintiendo el delicioso castigo que le da a mi cuerpo.

Nos rozamos tanto el uno al otro que mi clítoris está ya muy sensible a causa de sus jeans. —Miles, te necesito, — digo en voz baja, sin poder soportar otro momento de esta dolorosa tortura.

Deja salir un profundo gruñido. —No traigo un condón conmigo. — Presiona su frente contra mi pecho, claramente torturado por la idea de tener que subir las escaleras.

No quiero que me deje así, así que respondo rápidamente, —Estoy tomando la píldora. — La cabeza de Miles aparece, sus ojos tan serios sobre los míos. Me pone nerviosa, así que rápidamente añado, —Y confío en ti.

Me mira fijamente, parpadeando varias veces y analizándome durante un largo rato antes de preguntar lentamente, —¿Estás segura?

Asiento con la cabeza porque honestamente, soy la persona en la que no se puede confiar aquí. Miles es perfecto.

Coloco mi mano entre nosotros y empiezo a batallar con sus jeans, un frenesí que me supera con cada minuto que pasa sin que se satisfaga esa necesidad dentro de mí. Lo necesito tanto como él me necesita a mí. El placer se llevará la culpa y la angustia que me consume. Necesito perderme con su peso y su cuerpo y dejar de pensar en todo lo que le oculto y en lo mal que podría terminar todo esto.

Empujo sus jeans sobre su trasero, lo tomo fuerte en mi mano y lo coloco entre mi apertura justo donde lo necesito.

—Miles, — grito en un ruego. — Hazlo.

—Mercedes, — gruñe y se mete dentro de mí. Profundo. Tan profundo.

—Sí…, — grito porque el contacto piel con piel es maravilloso. La plenitud es milagrosa. La presión es sinónimo de vida.

—Mercedes, — gime una y otra vez, alternando entre mi nombre, besos en el cuello y la clavícula. Y no pasa mucho tiempo antes de que sienta las lágrimas brotar detrás de mis ojos cerrados. Lágrimas de mi inminente perdición.

Nunca me va a perdonar.

CAPÍTULO 27

Miles

Frunzo el ceño hacia el teléfono que tengo tomado con fuerza en mi mano, invocando a que timbre. Que suene. Algo. Cualquier cosa. Han pasado días desde que llevé a Mercedes a mi casa y no he sabido nada de ella.

Sé que tener relaciones sin protección es peligroso, pero ¿le preocupa que le haya contagiado algo? Estoy perfectamente limpio. Incluso hablamos más sobre eso después. Nunca lo hago sin condón. Incluso en todos esos años con Joce, siempre utilizamos condones. Estaba tan paranoica sobre quedar embarazada, lo cual es irónico, considerando que fue un embarazo accidental el que tuvo con ese maldito viejo adinerado.

Y sé que me he acostado con otras desde entonces, pero siempre he tenido cuidado. Soy sumamente cuidadoso. No sé qué me pasó esa noche en la camioneta de mi abuelo. Supongo que dos de mis mundos colisionaron. El viejo y el nuevo y se sentía tan bien, tan natural, tan… real. Tenía que tenerla. Ahí. En esa camioneta.

Mi abuelo habría estado tan orgulloso, también. Me habría dado una palmadita en la espalda y probablemente me habría dicho que le pusiera un anillo en el dedo a cualquier chica que se abriera de piernas en una camioneta clásica.

Me río de ese pensamiento y tomo un largo trago de mi cerveza, luego le hago un gesto al cantinero para que me dé otra.

—Amigo, ¿siquiera me has estado escuchando todo este tiempo? — Sam dice, volviéndose hacia mí, su barba pelirroja larga y rasposa, sus ojos estrechos y enojados.

—Sí, te escuche. Tu tío quiere que le compres el Tire Depot. Eso es increíble, hermano.

—Es increíble para los dos, idiota.

—¿Eh? — Respondo, destrozando sin pensar un posavasos del bar de la calle Pearl. —¿Por qué razón sería increíble para mí?

—Si dirijo Tire Depot, te quiero a mi lado. Tal vez como gerente o un maldito encargado del departamento de repuestos. No lo sé, amigo. Mierda, tal vez puedas abrir ese taller para autos clásicos bajo el nombre de Tire Depot. Al fin podrás trabajar en autos clásicos más a menudo. Podemos hacer publicidad y eso. ¿Te imaginas lo bien que se vería la camioneta de tu abuelo en nuestra sala de exhibición? Con esos malditos neumáticos blancos. Demonios, me excito de tan solo pensarlo.

Sacudo la cabeza y le entrego al camarero mi botella vacía cuando me da una nueva. —Supongo que eso no estaría mal.

—Tienes toda la razón, no lo estaría, — Sam contesta y junta nuestras botellas. —Por Dios, tendríamos todo en una sola tienda. Neumáticos, reparación de autos, y restauraciones de autos antiguos. Podríamos hacer publicidad en Denver para eso porque sabes que la gente con autos clásicos conduciría hasta aquí por un buen trabajo. Y eres un maldito rey de los clásicos, hermano. Ya lo sabes.

Asiento la cabeza sin pensar, sabiendo que lo que dice es algo con lo que hemos soñado mucho juntos, pero por alguna razón, no puedo dejar de pensar en Mercedes.

—¡Hermano! — Sam me golpea fuerte en el hombro.

En un instante, estoy de pie, mi rabia se eleva más rápido de lo previsto. Mi mandíbula está tan apretada que creo que oigo crujir mis dientes.

Sam sostiene su mano rindiéndose. —Demonios, tranquilízate. Solo estoy tratando de que salgas de este humor de mierda. Necesitas tener sexo.

—Vete al demonio, — gruño y me siento de nuevo en mi silla alta.

—Es cierto. Estás encaprichado con tu amiga con beneficios, y eso es estúpido.

—No es una amiga con beneficios, — gruño y le doy un empujón en el brazo. —Ten cuidado cómo hablas de ella, maldita sea. No estoy bromeando, ¿está claro?

—Está bien, ya. Pero tienes que tener claras tus prioridades. No dejes que esa chica se meta en tu cabeza y te obligue a perder una grandiosa oportunidad. Te digo que podemos ser socios de negocios en un futuro cercano. Vamos a hacer de Boulder nuestra zorra, y va a ser fantástico.

Asiento solemnemente y dejo que sus palabras se absorban. Está claro que Mercedes ha ocupado todos mis pensamientos esta noche, y eso es exactamente el tipo de mierda que no necesito en mi vida. Si no me va a llamar, no me voy a estresar por ello. Somos casuales. Eso es lo que yo quería.

No *quería* drama.

Con un sentido renovado de propósito, golpeo mi mano en la barra. —Tienes toda la maldita razón, Sam. Esto va a ser increíble.

—¡Por supuesto que tengo razón! — Choca su cerveza con la mía y me mira con confusión mientras me pongo de pie. —¿Qué estamos haciendo?

—Nos vamos.

—¿Nos vamos? ¿A dónde nos vamos?

—Estamos celebrando, hermano. Tenemos un nuevo futuro por delante, y es hora de que salgamos de la rutina. Vayamos a la calle Pearl y veamos en qué tipo de problemas nos podemos meter.

Sam se ríe a carcajadas y me da una palmada en la espalda. —¡Cuenta conmigo!

CAPÍTULO 28

Kate

—¡Oh, veo una mesa que acaba de desocuparse! — Lynsey grita, se va corriendo con su té helado Long Island y prácticamente tirándose sobre una mesa de acero inoxidable antes que la pareja que la ocupa haya agarrado sus chaquetas para irse.

Me avergüenzo ante la escena y miro alrededor para ver cuánta gente está mirando. No muchos. Podría ser peor. Pero aprecio los esfuerzos de Lynsey porque las mesas son difíciles de conseguir en West End Tavern. Es un bar en Boulder con tres niveles al aire libre, y su patio en la azotea siempre está lleno en verano. Tiene una vista impresionante de las montañas, y es uno de esos lugares que siempre es ruidoso, así que te sientes como si fueras parte de algo.

Me dirijo con una mirada avergonzada y digo —Lo siento— a la pareja que se aleja lentamente. Lynsey finalmente se desliza de la mesa a una silla.

—Bien, entonces continua donde te quedaste, — dice mientras tomo asiento frente a ella.

—¿Dónde me quede? — Pregunto, tomando de una copa de vino porque la cerveza no servirá de nada después de la semana que he tenido.

—Bueno, Dryston regresó… — comienza, repitiendo mi historia anterior.

Lanzo una carcajada. —Sí, bueno, eso es más o menos todo lo que sé. Recibí un mensaje suyo hace un par de días mientras estaba en el supermercado que decía en mayúsculas, DÓNDE ESTÁN MIS COSAS. Y puso un punto en lugar de usar signo de interrogación… idiota.

—Claramente ha regresado a la casa entonces, — dice Lynsey, con los ojos marrones llenos de preocupación.

Me encojo de hombros. —Supongo que sí. Dijo que se ha estado quedando con su amigo, Mitchell.

Ella sacude la cabeza, pequeños mechones de su cabello marrón cayendo del nudo desordenado de la parte superior de su cabeza. —Eso es espeluznante.

—Muy espeluznante, — coincido con ella, agarro mi cabello y lo coloco a un lado para enfriar mi cuello. —Dryston no se suponía que regresaría hasta dentro de un mes. Pensé que tenía tiempo para decirle que había llevado todas sus cosas a un almacén.

Traducción: Pensé que tenía tiempo para decirle a Miles la verdad sobre mi compañero de cuarto.

—¿Y qué le dijiste? — Lynsey pregunta, tomando otro trago de su Long Island.

—Le dije dónde estaba la bodega y que podía mandarle todo a donde sea que pretendiera vivir porque ahora que estaba de regreso en la ciudad, iba a cambiar las cerraduras.

Sus ojos se iluminan de emoción. —¡Oh Dios mío, no es cierto!

Asiento con la cabeza. —Sí, es cierto. Que se vaya al demonio. ¿Viene a escondidas a la ciudad sin siquiera anunciarlo, pensando que puede entrar a mi casa como si hubiera estado pagando el alquiler todo el verano? Eso es una mierda, porque ciertamente no me ha estado enviando cheques. Le pagaré el depósito que dividimos de la casa si es necesario. Pero, ¡No me voy a mudar!

—¡Bien por ti! — exclama Lynsey, golpeando la mesa de la emoción. — Finalmente estás tomando una decisión.

—Claro que sí, — respondo con una sonrisa y tomo un trago de mi vino. — Así que háblame de ti. ¿Dónde has estado los últimos días? He pasado por tu casa y nunca estás ahí.

La cara de Lynsey se pone roja como tomate con mi cambio repentino de tema. Sus ojos están prácticamente parpadeando como las luces Edison que se están balanceando sobre ella. —Vas a estar muy orgullosa.

—Dime.

Suspira profundamente. —Bueno, mi tesis iba fatal, así que decidí volver a la cafetería del hospital para ver si podía tener un momento al estilo Tire Depot.

Mi sonrisa es enorme. — ¿Y lo tuviste? — Casi grito.

—Sí, — grita y se cubre la cara como el emoji del mono.

— ¿Por qué te avergüenzas? ¡Eso es asombroso!

Voltea sus ojos. —Bueno, Dios, ahora como ahí todos los días, y siento que la gente de la cafetería cree que estoy allí por alguna razón realmente trágica. Normalmente gritan "siguiente en la fila" cuando es tu turno de pagar, pero cuando me ven, dicen "Pasa, cariño". Es tan extraño y obvio. Creo que la gente está empezando a darse cuenta.

Me burlo, —¿Cómo quién? ¿Las familias de otros pacientes que están ahí temporalmente? Se irán en una semana.

—Bueno… no solo las familias de los pacientes. Hay un doctor un poco mayor que es un idiota. No deja de fruncir el ceño cada vez que me ve. No puedo decir si así es su cara o si piensa que soy un bicho raro.

—Solo ignóralo. Si es médico, estoy segura de que está muy ocupado para preocuparse por ti.

—Sí, probablemente tengas razón. Solo lo noto porque está sumamente guapo. Como tomar a McDreamy y McSteamy y frotar sus penes juntos. Así de sexy es.

Casi se me sale el vino por la nariz. —¡Lynsey! ¡Eso fue escandaloso!

Se encoge de hombros. —Conozco a una chica que escribe los mejores libros eróticos. Deberías leerla alguna vez, para ampliar tus horizontes. — Me guiña el ojo y añade, —Ahora que Dryston se ha ido oficialmente, ¿significa eso que no hay nada que te impida perseguir algo más con Miles?

—Excepto por todo ese pequeño asunto del nombre verdadero, —respondo, frunciendo los labios a un lado porque ya lo extraño como loca. He estado evitando a Miles por miedo a que Dryston pasara por aquí inesperadamente. Pero no voy a poder mantenerme lejos por mucho tiempo. Necesito confesar todo. Sacarlo todo a la luz y esperar que lo entienda.

Ella le da poca importancia a eso como si no fuera nada y se bebe el resto de su bebida. Son casi las once, pero ya puedo decir que esta va a ser una de esas noches en las que tendremos que regresar a casa en taxi.

Lynsey mira a su alrededor con una expresión de conflicto. — ¿No tenemos una camarera por aquí? — Deja salir un pequeño gruñido y se pone de pie. —Voy a ir a hacer pis y por unas copas al bar. ¿Otro vino?

—¡Por favor! —Le grito mientras se aleja.

Y tan pronto como me siento en mi silla para reflexionar sobre que decirle en un mensaje de texto a Miles ahora que la situación con Dryston está más o menos resuelta, el hombre se sienta a mi lado.

—¡Cariño, ya llegué! — Dryston se ríe de manera odiosa y toma mi copa de vino. Se la lleva a los labios, tragando las últimas gotas que quedan y me da una mirada medio perdida. —¿Cómo estás, Katie?

Volteo mis ojos y sacudo la cabeza. Es el único en mi vida que me ha llamado Katie, y no puedo creer que alguna vez me haya gustado. —Estoy bien, Dryston. ¿Y tú, cómo estás?

Lo miro de arriba a abajo por un minuto, notando que está claramente borracho. Su cuerpo se balancea levemente mientras apoya sus brazos en la mesa de metal. Han pasado dos meses desde que se fue a pasar el verano, y no lo he echado de menos ni un solo momento.

Y está claro que sigue tratando de parecer una persona importante de los Hamptons, lo que significa absolutamente nada en Boulder. Miro hacia abajo y veo que trae sus típicos mocasines sin calcetines y sus pantalones caqui de siempre. En la parte superior, tiene una camisa blanca con al menos cinco botones abiertos para revelar su ridículo y perfecto bronceado de verano. Su cabello rubio está peinado con picos desordenados llenos de gel y sus gafas de sol sobre su cabeza, aunque ha estado oscuro durante horas.

Es exactamente lo opuesto a Miles en todos los sentidos.

¿En qué demonios estaba pensando?

Mi única defensa es que fue antes de saber qué tipos como

Miles existían. Y a pesar de que Dryston era un presumido la mayor parte del tiempo, pasamos algunos momentos divertidos juntos. No puedo negar ese hecho. Viajamos por el mundo, fuimos a fiestas alocadas y experimentamos mucho. Creo que estaba conmigo porque mi trabajo era tan flexible que, si quería volar a la playa el fin de semana, podíamos. Era fácil dejarse llevar por la emoción de los viajes e ignorar todo lo que faltaba entre nosotros.

La conexión. La emoción. La pasión.

Nunca tuvimos nada de eso. Conozco a Miles desde hace una fracción de ese tiempo, y lo tenemos de sobra.

—Maldita sea, Katie ¿Te veías así de bien cuando me fui? — me pregunta, sus ojos marrones bajando y observando mi ajustado vestido verde oliva de tirantes, fruncido a los lados, y el cuello lo suficiente bajo como para mostrar un poco de escote, pero sobre todo me encanta por su color. El verde le favorece bien a las pelirrojas, y tenía la esperanza de terminar en casa de Miles esta noche.

—Esto es tan típico.

—¿Qué?, — dice con lujuria.

—Regresas arrastrándote a la ciudad y piensas que puedes obtener lo que quieras. — Sacudo la cabeza con asco.

No parece ni un poco desanimado. —¿Qué? No recuerdo que tus pechos se vieran tan bien. Necesito recordarlo.

—No seas un cerdo, Dryston.

—No seas una perra, Katie.

Le lanzo una mirada fría, mi postura se endurece con su tono agresivo. A través de mis dientes apretados, pregunto, —¿Qué quieres?

Se inclina por la esquina de la mesa y desliza un dedo por mi brazo. —Quiero volver a casa.

—¡No! — Exclamo, quitándome para que no me toque. —Dryston, hemos terminado. Tu mierda está almacenada. No hay absolutamente ninguna razón para que vuelvas a la casa.

—Bueno, es una mierda que lo hayas sacado sin mi permiso. Si algo está dañado, te haré pagar por ello.

—¡Bien! Envíame la factura. No me importa.

Se ríe con orgullo. —Supongo que ahora te estás tirando a alguien nuevo, ¿y por eso me das la espalda?

—No es por eso, — digo, mi mirada irritada. —Quiero que te vayas porque no te soporto, y no me apetece vivir con mi ex, que resultó ser un completo imbécil.

—¿Cómo es que fui un imbécil? — pregunta, con la mandíbula cayendo en indignación.

—¡Tengo muchas, muchas razones! — exclamo, sintiendo las venas de mi cuello sobresaliendo. —Pero lo que realmente gana es que te avergüences de mí ante tu familia. Llevábamos juntos casi dos años, y querías que les mintiera sobre lo que hago para ganarme la vida.

Sacude la cabeza. —Bueno, mi familia es religiosa, y lo que tú haces no es exactamente íntegro, Katie.

Volteo mis ojos, murmurando en voz baja, —Maldito estúpido.

Él gruñe, —Bueno, no puedes echarme de nuestra casa así como así. Nuestro contrato de arrendamiento no termina hasta dentro de siete meses.

—¡Déjame pagarte por tu parte entonces! —Exclamo, con los ojos bien abiertos y acusándolo. —Mi mejor amiga vive en la puerta de al lado. La única razón por la que encontré ese lugar fue por ella. ¡Deja de ser tan egoísta y encuentra otro lugar para vivir! O múdate con tu amigo. Tus cosas están empacadas en el contenedor listas para llevártelas.

Se sienta en su silla y dice, —Ni siquiera tengo un auto que pueda remolcarlo.

Mi cara se frunce con incredulidad ante su comentario tan estúpido. —Lo entregan, Dryston. Y no te preocupes, también pagaré por eso. Dios no lo quiera, que tengas que hacer uso de tu fideicomiso.

Me mira cruelmente. —Puedes ser una verdadera zorra, ¿lo sabes?

—¡Y repugnante, así que es mejor que te escapes antes de que te contagies de mi hedor erótico! — Muevo los dedos hacia él de forma dramática cuando una voz profunda y familiar suena a mi lado.

—¿Cómo diablos la llamaste?

Miro hacia arriba, y mi corazón se derrumba en el suelo cuando veo a Miles Hudson de pie junto a mí.

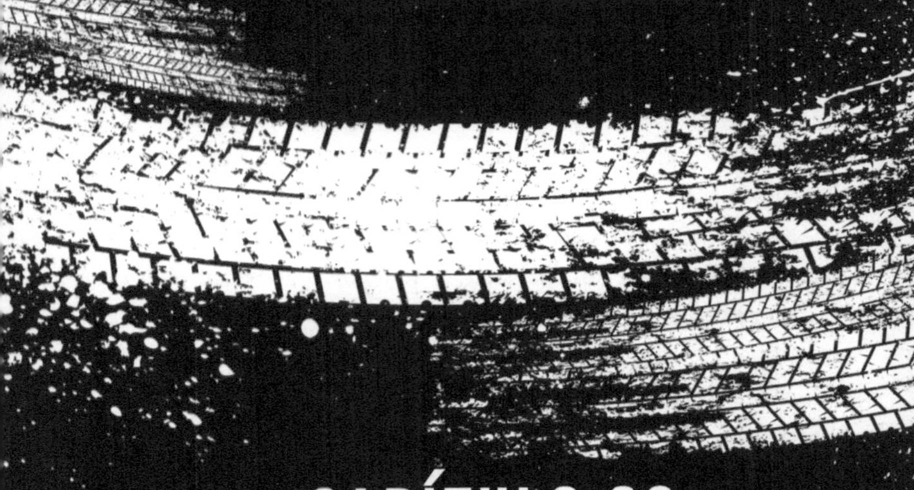

CAPÍTULO 29

Miles

Normalmente, evito los lugares como West End Tavern. Suelen estar llenos de gente que se esfuerza demasiado por pasar un buen rato. Un buen momento no debería ser algo que tengas que esforzarte mucho para tener. Debería ser algo natural.

Pero esta noche, me muero por olvidarme de Mercedes y su falta de comunicación, así que sigo a Sam por las escaleras hasta el techo de West End Tavern. El ambiente y la música están muy animados, y está lleno, pero no tanto como para que me arrepienta de mi decisión de salir a divertirme.

Sam ve a un par de tipos que conocemos de la tienda, así que nos dirigimos al bar. Después de pedir un par de cervezas, miro a mi derecha y veo una morena familiar al final del bar.

Los ojos de la amiga de Mercedes se encuentran con los míos exactamente al mismo tiempo y se abren sorprendidos.

—¿Miles? — Lynsey dice con una sonrisa y me saluda con la mano.

Le regreso el saludo y me quedo en mi lugar en el bar mientras se acerca a mí. El camarero me da una botella cuando llega conmigo.

Se para a mi lado y sonríe emocionada. —¿Qué estás haciendo aquí?

—Estoy aquí con mi amigo, — respondo, señalando detrás de mí a Sam. — ¿Y tú? — Pregunto, luchando contra el impulso que tengo de echar un vistazo en el patio en busca de una pelirroja que echo de menos más de lo que estoy dispuesto a admitir.

Lynsey me da un empujón en el estómago y responde, —¡Estoy aquí con Kate! ¿Qué coincidencia, no?

Le frunzo el ceño. —¿Quién es Kate?

Sus ojos se abren, y su sonrisa se desvanece mientras mira hacia abajo por un momento. Lentamente, sus ojos se elevan a un área sobre mi hombro, así que me giro para ver que la tiene tan asustada.

En ese momento, veo rojo.

Literal y figurativamente hablando.

Mi mano se aprieta alrededor de mi botella de cerveza cuando veo a Mercedes sentada en una mesa con un tipo. Esto me molestaría en circunstancias normales. Pero el hecho de que reconozca a este imbécil de la tienda de neumáticos, el maldito tipo de la camisa de golf verde, significa que no solo estoy molesto. Estoy furioso.

Y no están simplemente sentados uno frente al otro como un par de viejos amigos que se encontraron. Está sentado justo al lado de ella, su asiento pegado a su lado, haciendo que sus piernas se toquen. Y esta inclinado tan malditamente cerca de ella que puede oler el brillo de sus labios.

Sam debió captar mi cambio de humor porque me mira con el ceño fruncido. Asiento con la cabeza a lo que estoy mirando, y sé que también reconoce al instante al imbécil.

Sam me devuelve la mirada. —¿Es…?

Asiento lentamente.

—¿Y ella está hablando con…?

Vuelvo a asentir lentamente.

—¿Qué demonios, hermano?

Tengo la mandíbula apretada y un tic en la mejilla que me hace ver como un loco, impaciente y listo para atacar a todos en el bar.

Cuando la mano del imbécil de la camisa verde se mueve hacia la cara de Mercedes, cruzo el espacio a pasos agigantados.

—Miles, no es lo que piensas, — la voz de Lynsey resuena detrás de mi mientras lucho por atravesar un grupo de gente. Las manos de Lynsey me envuelven el brazo mientras trata de retenerme.

Me doy la vuelta y me acerco a ella para responderle, —A mí me parece que está claro como el cristal.

—Él no es nadie, — afirma, mordisqueando nerviosamente su labio inferior.

—Entonces, ¿por qué me retienes? — Estalló con ira, mirando su mano en mi brazo. Inteligentemente me deja ir, murmuro un agradecimiento y retomo mi camino.

Realmente no tomé la decisión consciente de venir aquí y acercarme a ellos. Fue una respuesta instintiva y precipitada con la que no pude luchar.

La voz del tipo de la camisa verde llega a mis oídos justo

cuando estoy lo suficientemente cerca para escuchar, —*Puedes ser una verdadera zorra, ¿lo sabes?*

Mercedes responde algo rápido y mueve sus dedos en su cara justo antes de que yo agregue, —¿Cómo diablos la llamaste? — Casi gruño, acercándome para pararme del otro lado de Mercedes.

El de la camisa verde me mira con una expresión de enfado pintada en su cara. —¿Disculpa?

—Disculpa, — le respondo y me inclino, extendiendo las manos sobre la mesa.

—Miles, — dice Mercedes, su voz es tensa. Puedo sentir sus ojos sobre mí, pero no puedo quitar mi atención de este idiota.

—¿Cómo diablos la llamaste? — Repito mi pregunta anterior y añado, —No volveré a preguntar.

El tipo de camisa verde, que en realidad está con una camisa blanca esta noche, solo se ríe. —Esta conversación no tiene nada que ver contigo, mono grasiento. ¿Por qué no vas a dar un paseo? Claramente has estado oliendo demasiada gasolina.

—Dryston. — Mercedes lo golpea y la forma en que dice su nombre es familiar. Como si fuera una persona que ella conoce más de lo que me gustaría creer.

—¿Conoces a este imbécil, Mercedes? — Pregunto, deslizando mis ojos hacia ella. Está nerviosa, teniendo dificultad por hacer contacto visual conmigo. Su pecho esta enrojecido con sarpullido como nunca había visto.

El tipo grita una risa fingida y desagradable. —¿Mercedes? — Me mira con las cejas levantadas. —¿Crees que se llama Mercedes?

Mis cejas se fruncen y miro a Mercedes para que lo

confirme. Sacude la cabeza rápidamente y responde de inmediato, —Iba a decírtelo todo.

—¿Decirme qué? — Me enfurezco, mis manos se convierten en puños sobre la mesa. —¿Quién demonios es este tipo?

—¡No es nadie!, — afirma con firmeza a través de dientes apretados, sus ojos escaneando toda mi cara mientras me toca el brazo.

El de camisa verde saca otra risa odiosa y dice, — *Nadie* que vivió contigo durante dos años.

—¿Vivió contigo? — le pregunto, completamente confundido porque este imbécil no me dio ni una vibra gay en Tire Depot. —¿Este es tu compañero de cuarto gay al que echaste?

El de camisa verde se inclina sobre la mesa y murmura, —No me la cogí como si fuera gay, hermano.

Cólera. La rabia no diluida me atraviesa el cuerpo, y me enderezo, con el pecho agitado. Mercedes se levanta para agarrar mi brazo y evitar que camine alrededor de esta mesa y le arranque la garganta a este imbécil.

—Miles, por favor, si me dejas explicarte, — se precipita, su voz es temblorosa e incomprensible.

—Sí... *Katie*, — agrega el de la camisa verde, — explícale cómo fui tu novio durante dos años y prácticamente aún vivo contigo.

—¡No vives conmigo, Dryston!, — grita, con su propia mano haciendo un puño a su lado mientras pisotea contra el piso.

Mi cara se retuerce de confusión mientras giro mis hombros para enfrentarla. —¿Por qué te llama Katie? — Gruño a través de dientes apretados que siento que podrían romperse en cualquier momento. —Tu nombre es Mercedes.

—Su nombre es Kate Smith, idiota. Mercedes es

básicamente el nombre de prostituta que inventó para escribir esas cosas horribles que llama libros.

Estoy harto. Ya no puedo con este imbécil. Ha dicho la última estupidez que puedo manejar.

Me acerco a la mesa y lo pongo de pie por el cuello de su camisa. Doy un paso al costado, y lo levanto tan fuerte hasta la altura de mi cara que tiene que ponerse de punta para alcanzarme la barbilla. —Insúltala otra vez, y te arrepentirás.

El tipo es como un saco de fideos flácidos en mis brazos, sus ojos entrecerrados mientras su labio se retuerce y susurra, —Puedes quedarte con esa zorra vulgar. No es apropiada para mezclarse con la sociedad de todos modos.

Mis ojos se agrandan, y antes de darme cuenta, echo el brazo hacia atrás y envío mi puño volando hacia la nariz ostentosa de este imbécil. Un crujido satisfactorio vibra en mis nudillos, y la sangre salpica toda su cara.

Grita de dolor y se desploma en el suelo, con la mano cubriéndose la nariz. —¡Maldito animal! — grita, su voz se quiebra al final. — ¡Creo que me rompiste la nariz!

—Perfecto, — rechino a través de dientes apretados mientras Sam me rodea con sus brazos y me arrastra hacia atrás. Mis hombros suben y bajan rápidamente mientras aspiro grandes bocanadas de aire, y estiro y flexiono mis dedos de la mano que hizo contacto.

—¡No dirás nada de eso cuando te demande! — El de camisa verde grita desde el suelo sobre sus rodillas.

Pero sus palabras ni siquiera se registran en mi mente cuando deslizo mi mirada a la izquierda y veo a Mercedes parada allí con las manos sobre su boca abierta. Obviamente le han brotado lágrimas en los ojos.

¿Son por este imbécil?

Me mira y deja caer sus manos, su barbilla temblando incontrolablemente, y grita mi nombre. —Miles.

Se mueve para tocarme, pero me aparto de ella y me suelto del agarre de Sam. Le lanzo una mirada seria. —No me hables.

—¡Miles! — exclama con un grito. —Necesito explicarte.

—¿Explicarme esto? — grito, señalando al idiota de su ex llorando sobre una servilleta. —¿Explicarme el por qué golpeé a un tipo por una chica cuyo nombre ni siquiera sé?

Un sollozo burbujea en su garganta, y ya no puedo mirarla. Me giro, abriéndome camino entre la multitud de gente que se ha apretujado a nuestro alrededor. Paso junto a Lynsey cerca del bar, y me mira como un cachorro castigado, pero por suerte no dice nada.

Mientras me dirijo a través de la puerta hacia las escaleras, mi mente comienza a trabajar. Crees que conoces a alguien, maldición. Crees que tal vez te has equivocado todo este tiempo, y que hay gente buena que puede ser honesta y franca contigo. Real.

Pero entonces descubres que estabas equivocado, tan equivocado que tienes los malditos nudillos sangrientos para probarlo.

Me detengo en la escalera y envío mi puño ensangrentado contra la pared de concreto. No hace ningún daño a la pared, pero quita el resentimiento del dolor en mi pecho, y eso es mejor que nada.

—Maldita sea, — gruño, sacudiendo mi mano, mis nudillos crujiendo dolorosamente mientras estiro los dedos.

—Miles, espera, — la voz de Mercedes resuena en la escalera oscura, iluminada solo por un candelabro en la pared.

Estoy tentado a ignorarla y seguir adelante, pero la veo bajando las escaleras a tientas con un par de sandalias de plataforma. Parece que podría caerse en cualquier momento, así que me detengo para que deje de perseguirme.

—¿Qué, Mercedes? — Gruño, mi mano agarrando la barandilla metálica tan fuerte que me duele. —¿O es Katie?

Se detiene a dos escalones de mí, su pecho sube y baja rápidamente. Sus ojos azules están tristes cuando me ve, —Es Kate. Iba a decírtelo.

—¿Cuándo? — Pregunto, mi voz se ha vuelto ronca ahora que mi adrenalina ha disminuido y estoy mirando a la mujer a la que le he desnudado mi alma estas últimas semanas. La miro directamente a los ojos y añado, —¿Después de que me enamorará de ti?

Aspira bruscamente un aliento agudo y tembloroso y responde apresuradamente, —Sigo siendo la misma persona, Miles. Soy tan Mercedes como Kate. Mercedes sigue siendo mi nombre, solo que es el que uso en mis libros.

—¿Es tu seudónimo? — Pregunto, y asiente con la cabeza para confirmarlo. — Entonces, ¿por qué mentir sobre ello?

—¡No lo sé! —responde con un movimiento de sus manos. —Porque con mi ex, me acostumbré a esconder esa parte de mí. Pero contigo, no tuve que hacerlo, nunca. Kate Smith es quien soy cuando no le cuento a la gente lo que hago. Una de nuestras primeras noches juntos, le contaste a tu hermana sobre mí. Eso es algo que nunca antes había experimentado, Miles.

Sacudo la cabeza con incredulidad. —Si soy tan abierto y comprensivo, ¿por qué ocultar tu verdadero nombre? Tuviste tantas oportunidades de decírmelo. ¿Sabes lo idiota que me siento por llamarte Mercedes todo este tiempo? Cada vez que nos acostamos. ¡Me siento como un maldito chiste para ti!

—¡No eres un chiste, yo lo soy! — Baja un escalón para

estar a la altura de mis ojos y extiende sus manos para agarrarme la cara. —Me gustaste mucho. Todo este tiempo me has gustado más que como un amigo con beneficios. Yo soy el chiste porque pensé que podía ser una Mercedes increíble y casual sin ataduras, pero esa fue la mayor mentira de todas. Soy la aburrida Kate Smith, y me estoy enamorando perdidamente de ti, Miles.

Sus palabras me hacen quitar bruscamente mi cara de sus manos y retroceder unos pasos. No me importa si se está enamorando de mí. Quiero decir, mira lo que ha pasado esta noche. Ella es peor que Jocelyn. Me va a arruinar con su drama, y después de pasar por toda esa mierda por segunda vez, no quedará nada de mí.

Me doy la vuelta y aparto la mirada de su emotivo y torturado rostro. —Te dije que no quiero drama, Kate. Mi ex me hizo eso una y otra vez, y ya estoy harto de esa mierda. — Miro hacia atrás y señalo a la puerta en lo alto de las escaleras. — Nunca he golpeado a otro tipo en mi vida, y acabo de romperle la nariz a ese imbécil.

—¡Lo siento! — exclama, agarrando la barandilla y apretando tan fuerte que su brazo comienza a temblar. —Pero no soy perfecta. Voy a tener drama en mi vida. ¡Y no puedes darme una política de cero tolerancia para el drama por tu maldita carga emocional!

Sacudo la cabeza, negándome a escuchar más. Mi mente está llena de estupideces esta noche, y no puedo soportar un segundo más. —Hasta aquí llegó, Kate, Mercedes, quienquiera que seas. Puedes quedarte con tu drama y tus mentiras. Sigue viviendo tu vida con tu nombre de autora, tu nombre real, con tu novio o ex-novio. Gay, no gay. Lo que sea.

—Miles, por favor…

—No, se acabó. — Señalo el área del espacio entre nosotros como si representara todo lo que ha pasado desde el momento en que se tropezó conmigo en el callejón de Tire Depot. Mi tono es profundo y definitivo cuando añado, —Este… es oficialmente el final de nuestra historia.

Y luego me doy la vuelta y bajo las escaleras lejos de la chica que creía conocer pero que, de hecho, estaba escribiendo ficción todo el maldito tiempo.

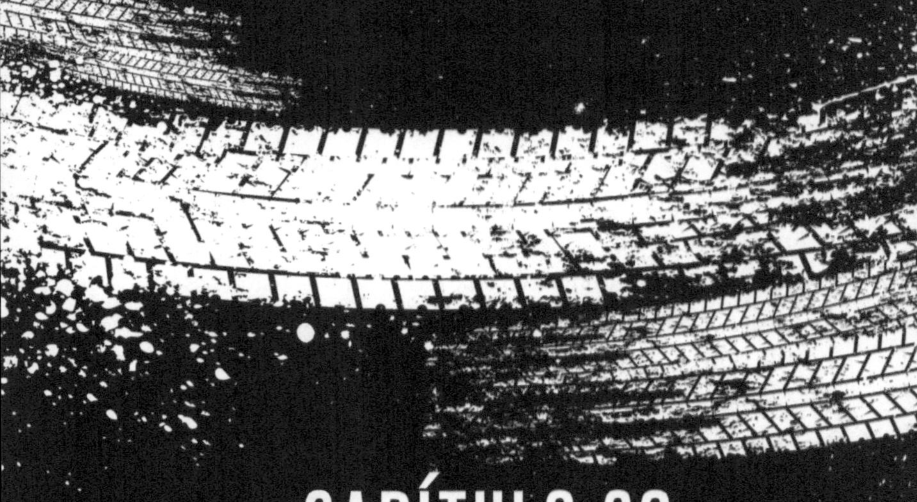

CAPÍTULO 30

¿Recuerdas ese punto en una novela de romance donde la chica le abre su corazón al chico, y él le dice que la ha amado desde el primer momento en que la vio?

Esa no fue mi historia con Miles.

De hecho, mi historia con Miles pasó de ser una historia de amor épica a una ficción trágica para mujeres. Porque, ¿cómo le llamarías a una historia de amor sin final feliz?

Patética, así es.

Hay dos momentos difíciles en mi historia con Miles Hudson. Y si pensaba que el momento difícil número uno, cuando me rechazó fuera del Walrus Saloon, fue doloroso, no es nada comparado con el momento difícil número dos.

Tomo nota de nunca volver a escribir una escena de pelea fuera de un bar para un libro.

Miro fijamente el cursor parpadeando en mi manuscrito

y quiero que mis dedos empiecen a escribir. Me muevo incómoda en la silla de playa del patio trasero de la casa de Lynsey, tratando de encontrar un lugar ideal que ayude a que las cosas empiecen a encajar en su lugar.

Es inútil.

He intentado en cada lugar de la casa de Lynsey para encontrar mi magia para escribir de nuevo, y nada está fluyendo. Nada. Y el hecho de que puedo ver la estúpida cara de Dryston arriba en la ventana del dormitorio en el que una vez tuve mi magia me hace morirme de rabia.

Terminé dándole a Dryston la casa para que dejara de amenazar con acciones legales contra Miles por darle un puñetazo en la nariz. Fue una decisión fácil, porque Miles nunca habría golpeado a Dryston si no fuera por mí. Pero ahora he pasado las últimas dos semanas luchando por encontrar mi vibra mientras vivo con Lynsey. En lo que respecta a compañeros de cuarto, ella es genial. Pero no me inspira como lo hizo Miles. Ni siquiera un poco.

Demonios, incluso fui con Lynsey a la cafetería del hospital un día para tratar de encontrar una nueva vibra. Cuando eso no funcionó, intenté pasar el rato en el café cerca de la oficina de Dean.

Nada funcionó.

Porque ya había encontrado el lugar en el que me sentía bien.

Tire Depot.

Pero quemé ese puente. Miles no ha devuelto ninguna de mis llamadas o mensajes de texto, y eso es todo.

En mi mente, estoy teniendo un momento *Rita Hayworth*. Era una impresionante y vieja actriz de Hollywood que decía que los hombres se iban a la cama con

Gilda, el hermoso icono, y se despertaban a la realidad, una versión mucho menos glamurosa del sueño.

Mercedes Lee Loveletter es Gilda. Kate Smith es la realidad.

No fui lo suficientemente valiente para averiguar si Miles aceptaría algo menos que Gilda, y ahora he arruinado mis posibilidades de saberlo con seguridad.

Cierro de golpe mi computadora y dejo salir un poderoso gruñido justo cuando Lynsey y Dean salen al patio trasero con bebidas en la mano.

Dean me sonríe mientras me da una margarita. —Bebe, te ayudará.

Tomo el vaso de su mano y veo a Lynsey caminar hacia su bar tiki para colocar una enorme jarra llena de margaritas. Me mira emocionada y dice, —¡Es tiempo de tener una lluvia de ideas!

—De planear, — Dean corrige con un guiño y toma la silla de playa a mi lado.

Lynsey se sienta en el otro, así que ahora estoy entre mis amigos con bebidas en la mano, mejorando mi estado de ánimo de hace solo unos minutos.

—Tienen razón, — respondo y tomo un sorbo. —Tal vez la idea de un nuevo libro es justo lo que necesito para recuperar mi magia. ¡Quizás algo sobre un piloto o una serie con hermanos británicos jugadores de soccer! Saben que me encanta el acento británico.

—Kate, — Dean me interrumpe.

—Lo siento, — me avergüenzo. —Sería fútbol si fueran británicos.

Él voltea los ojos. —No estamos planeando una nueva

serie de libros. Estamos planeando cómo puedes recuperar a Miles.

Me desanimo instantáneamente y tomo un sorbo. — Ese barco ha zarpado, amigos míos. Miles lo dejó perfectamente claro.

—Ya, para, — me regaña Lynsey. —Estaba enojado. A los chicos no les gusta que los hagan quedar en ridículo, y lo hiciste sentir como un idiota. Lo superará.

—No me devuelve ninguna de mis llamadas, — corrijo. —Han pasado dos semanas.

—Eso es porque aún no has hecho tu gran gesto, — dice ella, quitándose las gafas de sol de su cabeza y colocándolas sobre sus ojos mientras se recuesta en su silla.

—Disculpa, ¿qué?

—¡Kate! — exclama Lynsey, golpeando el brazo de su silla en señal de frustración. Agita sus manos para hacer un gesto mientras continúa, —Escribes esta mierda, ahora necesitas vivirla. Necesitas hacer un gran gesto que muestre a tu héroe que te importa de una manera muy personal, que deje claro que aunque sabes que la has cagado de verdad, todavía lo conoces. Lo conoces y te preocupas por él, y la grandeza de este gesto lo demostrará.

—Vaya, esa fue toda una explicación, — bromeo y tomo otro trago.

—Tiene razón, Kate, — interviene Dean, volteo y miro la seriedad en sus ojos. —Sabes que se preocupa por ti, así que solo hablar con él no va a ser suficiente. Tienes que hacerlo a lo grande.

Muerdo un trozo de hielo por un momento mientras reflexiono sobre esto. —En erótica, los grandes gestos suelen ser como un cambio de poder. Como, está bien, te dejaré que me pongas un plug anal de cola de caballo por esta vez.

Lynsey y Dean estallan en risas, y les devuelvo un ceño fruncido, diciendo, —Hablo en serio.

Voltean los ojos y Dean dice, —Piensa en algo más romántico, menos animal de granja.

Permanezco en silencio durante unos minutos mientras pienso en todo lo que me gusta de Miles. Luego pienso en todo lo que ama, y mis ojos se encienden cuando recuerdo la noche que compartimos en la camioneta de su abuelo.

—Su abuelo tenía una camioneta vieja que se muere por arreglar. Pero está gastando todo su dinero en renovaciones de su casa, así que lo está retrasando por ahora. Dijo que el carburador necesitaba ser reemplazado.

Los ojos de Dean brillan ante esta revelación. —Acabas de obtener siete meses libres de alquiler.

—¿Crees que es una buena idea? — Pregunto, mordisqueando nerviosamente la uña de mi pulgar. —¿Puedes comprar un carburador para un auto? ¿No tendría que… no sé… repararlo o algo así?

—¡Para eso está Google! — Lynsey chilla y se estira para agarrar mi computadora.

—Espera, ¿esto puede herir su orgullo de hombre?— Digo deteniéndole en medio de su búsqueda en Google. — Si compro una pieza cara para la camioneta de su abuelo, ¿va a decir: ¿Vete al demonio, zorra, yo puedo pagar por mis cosas? — Lynsey y yo miramos a Dean para obtener una respuesta.

—No, si se lo das desnuda. — Simplemente se encoge de hombros.

Mi primera reacción es reírme, pero cuando Dean no se une, mi risa se detiene. —Espera, ¿es en serio?

Levanta las cejas y me da una mirada. —Ni siquiera me gustan los autos, pero si vinieras a mí desnuda con un carburador en la mano, probablemente estaría de acuerdo con eso.

Miro a Lynsey, que también se encoge de hombros.

—Resolveremos esa parte más tarde, — digo con una risa. —¡Encontremos a ese creador de orgasmos!

CAPÍTULO 31

Miles

—Hermano, ¿cuál es tu problema? — la voz de mi hermana, Megan, se escucha a través de la línea telefónica, despertándome de un sueño profundo.

Me froto las manos sobre mi cara y compruebo la hora en mi teléfono. —Cielos, ¿por qué estás despierta? Son las 6:30 de la mañana. Mi alarma aún no ha sonado.

—Creía que trabajabas para ganarte la vida, — responde.

—No salgo de mi casa hasta las 7:15. Tenía todavía treinta minutos antes de tener que levantarme, mocosa.

Ella suspira profundamente. —Mamá está preocupada por ti.

Estiro mis brazos y bajo los pies del lado de la cama para ir al baño. —¿Por qué? — Pregunto, sacándome de mis boxers.

—Porque no le has enviado un correo electrónico en dos semanas. ¿Estás orinando?

—No, — le miento.

—Mentiroso.

—No estoy orinando. Es solo el arroyo junto a mi casa. Corre muy rápido y fuerte por la mañana.

—Eres repugnante. Ten la decencia de silenciar la línea telefónica la próxima vez.

—Pero entonces no serías capaz de oírme mear. — Una sonrisa perezosa se extiende por mi cara mientras me pongo el teléfono en el hombro para lavarme las manos. —¿Qué pasa con mamá?

—Pasas de enviarle un correo electrónico todos los domingos por la noche sin falta, a silencio absoluto hacia todos nosotros durante dos semanas. Ya hablamos de esto, Miles. Un email a la semana significa que puedes evitar las llamadas de dos horas con ella donde amenaza con quedarse contigo durante una semana. ¿Por qué estás holgazaneando?

Exhalo fuertemente y me dirijo por el pasillo hacia mi cocina. Mi cafetera automática ha terminado de preparar el café, y me sirvo una taza. —He estado ocupado.

—Mentiroso, — dice enfadada, mientras abro mi puerta y salgo al porche. El cielo es una mezcla de azul y dorado al amanecer, iluminando las copas de los árboles frente a mi casa.

—No he tenido ganas de hablar, Meg.

Ella se queja fuertemente. —No me digas que volviste con Jocelyn. Te lo digo, Miles, nuestra familia no podrá soportar esto otra vez. Creí que estaba casada y que tenía un hijo de todos modos.

—No es Joce, — le digo exasperado mientras volteo mis ojos y tomo un sorbo. —Es esa… autora, — lo admito solo porque conozco a mi hermana, y sé que no se rendirá hasta que confiese.

—¿Por la que me llamaste desde el bar?

Me aclaro la garganta y respondo con los dientes apretados. —Sí.

—¡Diablos! ¡No sabía que la estabas viendo!

—Yo no… quiero decir, lo estaba. Pero ya se terminó.

—¿Por qué?

—Porque me mintió sobre unas cosas, y no voy a traer ese tipo de situaciones de nuevo a mi vida. Ya he pasado por eso, y no lo pienso repetir.

El pequeño gruñido de Megan en la otra línea me sorprende. —No pienses que todas las chicas que no son perfectas son como Jocelyn, ¿de acuerdo? No conozco a esta autora, pero sí te conozco a ti, y parecías tan feliz esa noche que me llamaste para hablar de ella, Miles. Más feliz de lo que te había escuchado en… una eternidad. Diría que desde Joce, pero honestamente, nunca fuiste feliz con esa chica. Ni un solo día en tu vida. Sé que no he conocido a esta autora, pero llamé a mamá al día siguiente para contarle todo porque sonabas tan diferente como el día y la noche. Estábamos emocionadas.

—¿En serio? — Digo asombrado. Sabía que mi familia tenía problemas con Jocelyn, pero rara vez me lo decían. Siempre apoyaron ciegamente mis decisiones. —Ustedes nunca dijeron nada.

—Miles, Joce era la peor, y te hizo miserable. Estuviste malhumorado durante años por esa chica. Dios, cada vez que ustedes rompían, todos rezábamos para que fuera la última vez.

—¿Por qué no me dijiste algo sobre eso? — exclamo, envolviendo mi mano alrededor de la barandilla de mi porche y apretándola con frustración.

—¡Porque nunca supimos cuándo podrías volver con ella! Y si admitíamos lo que realmente sentíamos, y te quedabas con ella, podría haber arruinado nuestra relación contigo. De hecho, usamos al abuelo para decirte que era una gran zorra porque sabíamos que no podías odiarlo.

—Por Dios, — exclamo con un movimiento de cabeza. — El abuelo estaba involucrado en…¿eso?

—Oh sí, — responde con una risita. —Recuerdo que le dijo a mamá una vez: *si son demasiado débiles para decirle a Miles que deje a esa chica, entonces lo haré yo.* Mamá se sintió súper ofendida, pero era el abuelo… ya sabes.

Me río a carcajadas de eso. —Dios, me lo imagino diciendo eso.

—No hace falta decir que me alegro de que tu silencio no sea por ella. Entonces, ¿qué pasa con la chica autora? ¿Cómo se llama?

Sacudo la cabeza y respondo, —Kate. — Se siente raro decirlo en voz alta cuando ha sido Mercedes en mi mente por tanto tiempo, pero honestamente, le queda mucho mejor que Mercedes Lee Loveletter.

—¿Sobre qué te mintió?

—Un par de cosas diferentes, — respondo, sin querer entrar en detalles porque me hace sentir patético.

—¿Y qué pasó cuando te enteraste?

Mis cejas se levantan. —Le di un puñetazo a un tipo.

Me encuentro con silencio en el otro extremo.

—¿Megan? — Pregunto. — ¡Megan! — Digo un poco más alto.

—Lo siento, estaba procesando lo que dijiste. ¿Así que realmente golpeaste a un tipo?

Asiento con la cabeza. —Sí. No estoy orgulloso.

—Dios, estoy… impresionada. Papá siempre dijo que la única mujer que te haría ser violento con otra persona era yo.

Eres del tipo "perro que ladra no muerde". Tu ladrido suele dar bastante miedo porque eres básicamente un gigante. Así que el hecho de que hayas golpeado a un tipo por esta chica me hace pensar que realmente te debe importar.

Este es un concepto que he estado considerando durante las últimas dos semanas. —Creo que me estaba empezando a importar, — lo admito. —Pero ya se acabó. Me mintió, y no voy a pasar por la misma mierda que pase con Joce otra vez.

—Hay una gran diferencia aquí que creo que no estás considerando, Miles.

—¿Cuál es?

—Joce te hizo miserable, y esta chica te hace feliz, ¿cierto o falso?

Me trago un nudo en la garganta. —Cierto.

—¿Así que vas a dejar que una mala noche desacredite varios momentos de felicidad?

—No sé si es tan simple, Meg.

—Es tan complicado como tú lo haces, hermano. Creo que estás exagerando porque te han herido antes. Y eso es comprensible. Pero no tires a la basura algo bueno por culpa de tu pasado. Ya te ha quitado bastante.

Me paso una mano por la cabeza y suspiro fuertemente. —¿Cómo te volviste tan sabia?

—Soy sabia a pesar de mis años. — Se ríe, y oigo un crujido en el fondo. —Estoy llegando a mi clase de kickboxing. Me tengo que ir. ¡Llámame cuando dejes de ser un idiota y hagas las paces con esa chica!

Cuelga sin decir una palabra más, y no puedo evitar sonreír. Y parte de mi sonrisa es porque por primera vez en dos semanas, creo que tal vez me equivoqué. No sobre el hecho de estar molesto con Kate por mentirme sobre una mierda bastante importante, sino sobre el hecho de que nunca le dejé explicar su versión de las cosas. Nunca me peleé con ella. La dejé como elegí dejar el drama de mi vida después de que Joce me lastimara tanto.

Pero el hecho de que nunca había golpeado a otro hombre hasta esa noche con Kate significa algo.

Significa que Kate Smith es una mujer por la que vale la pena luchar.

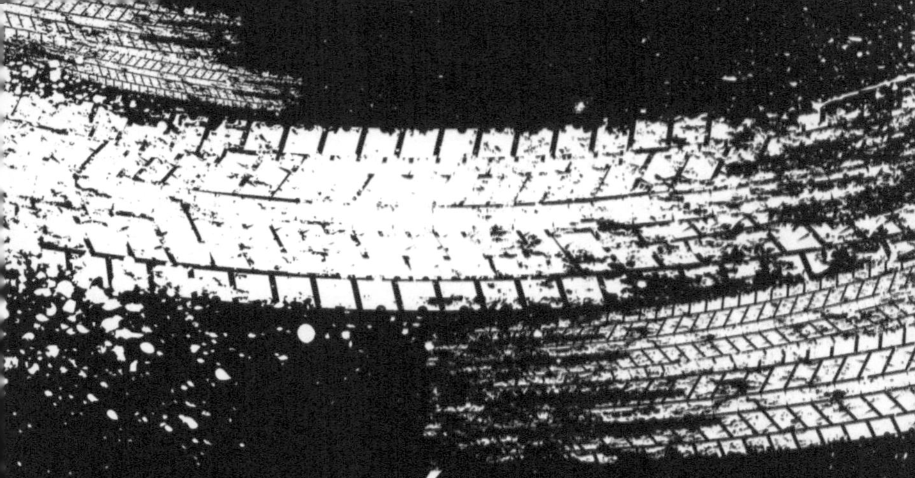

CAPÍTULO 32

Kate

—Estoy sudorosa. Estoy cansada. Y apesto en lugares en los que no debería apestar. — Me quejo y le lanzo una mirada a Dean, que está sentado en el asiento del pasajero con un aspecto avergonzado.

—¿Qué? — exclama con las manos en alto. — No sabía que tendríamos un maldito problema con el auto. Tu auto no tiene ni un año.

—¡Ya lo sé! — Me quejo, golpeando mi mano en el volante y gruñendo de frustración. —¡Estúpido auto de anciana! — Exclamo y acerco mi cabeza a la ventana para sentir una brisa. —El maldito aire acondicionado ya ni siquiera está funcionando. Este auto y yo estamos oficialmente en una pelea.

—Creo que todos debemos mantener la calma, — dice Lynsey desde el asiento trasero, inclinándose hacia adelante para que su cabeza se interponga entre la de Dean y la mía.

—Porque, por muy horrible que haya sido este viaje, después de todo lo que ha pasado entre nosotros tres en los últimos dos años, creo que esto fue realmente terapéutico.

Cierro los ojos y sacudo la cabeza, lamentando amargamente el momento en que acepté un viaje por carretera a Rocky Mountains para recoger este carburador de cuatro mil dólares de un pueblerino que aparentemente no sabía cómo *enviar las cosas por correo para que no se pierdan.*

¡De verdad! ¿Cómo es que hay gente que no usa el correo para nada? Aunque, admitámoslo, cuando llegamos a la casa de montaña del susodicho, me di cuenta de que probablemente estaba más familiarizado con el Pony Express. Y no podía estar segura de que su esposa no fuera su prima. Pero esa soy yo juzgando. Sin embargo, no es de extrañar que no me dejara enviarle el dinero por PayPal. Tuve que conseguir un cheque certificado de un banco real.

Luego, en nuestro camino de regreso, bajando la montaña, se me pinchó un neumático. Dean, Lynsey y yo estábamos determinados a cambiarlo juntos, pensando que tres cabezas podrían descifrar cómo poner un neumático de repuesto mejor que una.

En un momento, le estoy gritando a Dean para que me pasara la llave de cruz, y al minuto siguiente, me preguntó si estaba comportándome como una maldita porque me dijo que sentía algo por mí. Entonces Lynsey intervino, herida y consternada porque ninguno de los dos le contó nuestra conversación en el café, y fue todo un lío. Además de todo eso, ¡mi auto no quería volver a arrancar! Fue un completo desastre.

Los tres peleando uno con otro a un lado de la carretera parecía un mal episodio de Sister Wives: Edición Colorado.

Probablemente debería hacer más amigos.

—Dios, espero que esta cosa sea legítima, — dice Dean, girando el carburador en sus manos.

—Déjalo. Me estás poniendo nerviosa, — digo bruscamente, mirándolo con cautela.

Estamos a solo cinco millas del Tire Depot, y cierran en diez minutos, así que mis nervios están fritos. —Solo quiero dejar esta cosa y olvidarme de este viaje.

—¡No! — exclama Lynsey. —Sigue con el plan. ¡Este es tu gran gesto! Tu pase para salir de la cárcel.

—No quiero un pase para salir de la cárcel, — le digo casi llorando. —Cuanto más tiempo pasamos en esa calurosa autopista tratando de averiguar qué le pasaba a mi auto, más ridículo se volvió este plan en mi cabeza. No quiero comprar el afecto de Miles. Quiero que me quiera por mí. Con defectos y todo.

—¿Y qué vas a hacer? — Dean pregunta, y siento sus ojos preocupados en los míos.

—Voy a dejar este costoso pedazo de metal en el mostrador y luego me iré. No se lo voy a dar desnuda o sosteniendo la cosa sobre mi cabeza como John Cusack en la película Say Anything. Lo dejaré en el mostrador y luego nos iremos. Fin de la historia.

La voz de Lynsey se eleva desde atrás. —Eso suena como el peor final para un libro que he escuchado.

—¡Esto no es un libro! — Grito. —Esta es mi vida, y no es de extrañar que este plan se haya convertido en un desastre. Tiene desesperación escrita por todas partes. Solo quiero ir a casa, comer pizza y llorar un poco, ¿está bien?

El auto está en completo silencio cuando entramos en Boulder hasta que la voz de Dean se eleva. —Oye

Kate, sé que estás un poco enfadada y hambrienta ahora mismo, pero no creo que debas seguir conduciendo con ese neumático de repuesto. Solo se fabrican para conducir durante unas millas, ya sabes.

Me doy la vuelta y lo fulmino con la mirada. Se encoge un poco en su asiento. —Bien, lo dejaré en el Tire Depot durante la noche. Uno de ustedes debe llamar un taxi porque ya casi llegamos.

—¡Tienen un vehículo de cortesía que nos llevará a casa! — Lynsey dice amablemente desde el asiento trasero.

—Bien, — murmuro mientras entramos al estacionamiento del Tire Depot. Miro a través de la parte frontal de cristal del edificio y veo a Sam solo en el mostrador. — Chicos, vayan a llamar al conductor de cortesía. Saldré en un minuto, ¿está bien?

Ambos asienten con la cabeza y salen con sus cuerpos sudorosos de mi vehículo, con la cola entre las piernas. Les debo abundantes cantidades de alcohol después de este viaje de mierda.

Cuando entro, los ojos de Sam se agrandan ante mi apariencia. No me he mirado en un espejo aún, pero apuesto a que luzco un poco como a Ronald McDonald después de una borrachera.

Levanto las manos y digo, —No preguntes, — mientras coloco el carburador y las llaves de mi auto en el escritorio frente a él.

—Esto no puede ser de tu Cadillac, — exclama Sam, una mirada desconcertada en sus cejas mientras gira el trozo de metal en sus manos.

—No lo es, — respondo rotundamente. —Es el carburador que Miles necesita para que la camioneta de su abuelo funcione ¿Puedes dárselo, pero sin decirle que es de mi parte, por favor?

—¿Estás bromeando? — Sam pregunta, su cara incrédula. — Mer…Kate, esta cosa cuesta un montón de dinero. ¿Dónde lo encontraste?

—Es una larga historia. Solo cuídalo mucho y asegúrate de que le llegue a Miles, ¿de acuerdo? Oh, y mi Cadillac necesita un neumático nuevo y un servicio. Ha empezado a dar problemas. Te llamaré mañana con los detalles.

Ignorando su expresión de perplejidad, me doy la vuelta para irme, pero antes de que me aleje más de un par de pasos, me dice, —Oye, ¿Kate?

Giro y apoyo mis manos sudorosas en mis caderas. —¿Sí?

—¿Por qué no quieres darle el carburador tú misma? — Se rasca la barba nerviosamente.

Me encojo de hombros. —Porque no quiero que regrese conmigo por eso. — Me doy la vuelta para irme de nuevo, pero me detiene una vez más.

—Hey, Kate.

—¿Sí? — Pregunto, volviéndome hacia él otra vez.

—Sabes que Miles le pagó a mi tío por cada semana que estuviste aquí usando el centro de confort, ¿verdad? — La expresión avergonzada de Sam dice más de lo que sus palabras podrían decir ahora mismo.

—¿Él… qué? — Le pregunto, mi cara llena de confusión.

—Mi tío es el dueño de Tire Depot, y Miles hizo un trato con él de trabajar más a cambio de que mirara para otro lado mientras tú trabajabas en el centro de confort.

Mis ojos se agrandan. —Pensé que estaba volando bajo el radar.

Sam se ríe. —Todos te vieron entrar y salir de la entrada de empleados, Kate. Sabes que no eres invisible, ¿verdad?

Me desilusiono.

Sam se encoge de hombros. —Al principio, mi tío solo estaba molestando a Miles. Lo tenía apilando neumáticos arriba en el almacén después de que llegara un gran cargamento. Dijo que quería ver hasta dónde llegaría por una chica guapa.

Me quedo boquiabierta.

Sam se frota la nuca tímidamente. —Pero ahora creo que mi tío se está aprovechando de él porque todavía tiene a Miles haciendo mierda, incluso esta noche.

—¿Miles sigue aquí? — Pregunto, mi voz subiendo de tono, mi vientre haciendo esa cosa de fuegos artificiales otra vez que suena como a diarrea, pero se siente como una deliciosa anticipación.

Sam asiente con la cabeza. —Está arriba.

—¿Arriba? — pregunto, frunciendo mis cejas.

Sam camina hacia mí, gira hacia la izquierda a la puerta que da al garaje. Señala a las escaleras industriales.

—Está arriba apilando neumáticos. Deberías darle esto tú misma. — Me entrega el carburador, y las comisuras de su boca se inclinan en una sonrisa. — Él sabe que no eres como Jocelyn, Kate. Ve y saca al chico de su miseria.

Tomo el carburador de Sam, mi estómago literalmente en mi garganta cuándo lo hago. Mis nervios son intensos por lo que estoy a punto de hacer, pero Miles no lo habría hecho si no se preocupara por mí. Esto debe significar más que algo casual para él.

Me dirijo al tranquilo taller, pero antes de dirigirme a las escaleras, le digo a Sam, —Hay un par de amigos sudorosos esperándome en el auto de cortesía. ¿Les podrías decir que se vayan sin mí?

Sam frunce el ceño hacia el estacionamiento, pero me da el visto bueno. Me vuelvo a las escaleras y respiro profundamente.

Soy un desastre, estoy repugnante, y he tenido un día horrible. Solo hay una persona que puede mejorarlo. Es hora de mi gesto digno de un libro.

Miles

Estuve todo el día enfocado en mi trabajo en el Tire Depot porque todo en lo que podía pensar era en terminar aquí e ir directamente a la casa de Mercedes cuando terminara. O Kate, debería decir. Necesito hablar con ella. Necesito asegurarme de que lo que teníamos era real. También necesito decirle que ya no quiero tener solo algo casual. La quiero a ella. Solo a ella.

Ya me cansé de este intento a medias de compensar lo que me perdí durante mis veintes. Solo la quiero a ella. Tiene razón, no puedo comparar su drama con el de Jocelyn. He estado luchando contra mis sentimientos hacia Kate por todas las razones equivocadas, y ya me harté de esta mierda.

Pongo un neumático en una columna de ocho que van a ir a un circuito cerrado mañana por la mañana cuando oigo una voz detrás de mí. —Me pregunto si puedes ayudarme con un poco más de investigación para mis libros. Tiene que ver con un final feliz.

Me doy la vuelta y veo a Kate parada junto a las escaleras a unos veinte pies de mí. Cabello rojo envuelto en un nudo sobre su cabeza. Mechones ondulados que escaparon, alrededor de su cara. Lleva una camiseta con un nudo a un lado, que muestra un poco de piel justo encima de sus shorts estilo Daisy Dukes. Se ve sucia, sudorosa y exhausta.

Se ve perfecta.

Con una suave sonrisa, agarro la parte inferior de mi camiseta blanca sin mangas cubierta de caucho de neumático y me quito el sudor de la frente. —¿Qué estás haciendo aquí? — Pregunto, lamiéndome los labios e intentando evitar que mi presión sanguínea se salga de control.

Mueve algo metálico en su mano que no puedo ver desde tan lejos mientras dice, —¿Le pagaste al tío de Sam para que me permitiera escribir dentro del centro de confort?

Mi cara se llena de asombro, mis cejas se fruncen cuando me doy cuenta de que debe haber hablado con Sam. —No con dinero sino con trabajo, así que sí, supongo que sí. — Miro alrededor del mar de neumáticos que me rodea en respuesta.

Asiente la cabeza y muerde su labio inferior mientras se acerca a mí. —¿Sabes lo que es esto?

Frunzo el ceño ante el trozo de metal en sus manos. —Eso parece un carburador.

—¿Sabes para qué tipo de vehículo es? — pregunta, sus ojos azules mirando fijamente los míos.

Sacudo la cabeza y me encojo de hombros. —No puedo saberlo desde aquí.

Se detiene y lo coloca en un carrito junto al portapapeles

de los pedidos de los neumáticos que reviso mientras los acomodo. —Es para un Ford F100 de 1965.

Me quedo boquiabierto.

—Es el que tienes en casa, ¿verdad?, — me pregunta, parpadeando sus ojos abiertos hacia mí.

Asiento con la cabeza.

Ella sonríe.

—¿Dónde lo conseguiste? —pregunto con mi voz ronca, a causa de la conmoción e incredulidad.

—Es una larga y loca historia. — Veo el movimiento de su garganta al tragar lentamente. —Pero…Espero que tenga un gran final.

Mi expresión de asombro se transforma en admiración. —¿Qué tipo de final? — Pregunto, limpiándome las manos en mis jeans mientras se detiene a diez pies de distancia delante de mí ahora. Puedo ver el azul brillante de sus ojos y el ligero brillo del sudor en todo su cuerpo.

Es deslumbrante.

Exhala fuertemente a través de su nariz, un rubor se arrastra por sus mejillas mientras responde, —Del tipo en que me dejas disculparme por mentirte. — Me da una mirada seria y dice, —Soy Kate Smith de Longmont, Colorado, cuyo ex técnicamente todavía vivía con ella hasta hace dos semanas cuando ella se mudó con su mejor amiga, Lynsey. No soy una autora valiente de romances eróticos a la que le gusta la aventura y lo casual y que usa a un mecánico para "investigación para su libro". Soy una chica que se ha enamorado de un chico que trabaja en Tire Depot y le gustaría mucho ir a casa con él y darse un maldito baño.

Ella exhala fuertemente, claramente sin aliento por su larga confesión.

Yo también estoy sin aliento.

Porque de repente, con una mirada intensa, me transporto a aquella noche en la que había una tormenta en el cielo y me estrellé contra ella como si fuera el trueno de su rayo. Todo lo que nos rodeaba desapareció.

Ahora en un mar de neumáticos, todo lo que veo es a ella.

En un instante, estoy caminando hacia Kate, y ella está caminando hacia mí. Nos conectamos, y en un solo respiro, está en mis brazos, ambos cubiertos de sudor y suciedad, mi brazo izquierdo rodeando su cintura, mi mano derecha extendida en su espalda, sosteniéndola cerca de mí mientras sus piernas se envuelven y se tensan alrededor de mis caderas.

Se siente bien y ligera en mis brazos. Cálida y suave. El calor de una mujer hecha para mí. Al principio, presiono mi frente contra la suya y respiro su aroma. Entre todos los olores de la tienda, nada supera el aroma de esta chica. Presiono mis labios contra su frente húmeda, luego contra su sien, luego contra la curva del lóbulo de su oreja. Recorro mis labios a lo largo de su mandíbula y pruebo la comisura de su boca con la mía.

Deja salir un suave gemido, que separa sus labios para mí, y lo tomo como una invitación al festín mientras conecto nuestros labios directamente. Mi lengua exigente se mete dentro para encontrarse con la suya, nuestros cuerpos bailando uno contra otro con deseo. Con disculpas. Con dos semanas de ansiedad, estrés y confusión.

Pasa sus dedos por mi cabello corto, murmurando su apreciación en mi boca y apretándome contra su centro tan fuertemente, que pulso dentro de mis jeans con necesidad.

Me echo hacia atrás para mirarla. —¿Hablabas en serio sobre el baño?

Su boca se inclina con una risa sofocada. —Dios, sí.

—Bien, porque estoy hecho un asco, y todo lo que quiero hacer es enterrarme dentro de ti ahora mismo.

Se ríe y suelta sus piernas alrededor de mi cintura, deslizándose hasta el suelo. Agarro su mano con la mía, jalándola detrás de mí mientras me acerco al carburador que colocó en el carrito.

—No puedo creer que hayas hecho esto, — afirmo incrédulo, recogiendo la parte poco común en mi mano. —Esto tuvo que haber costado una fortuna.

Levanta sus hombros. —Necesitaba que supieras que todo lo que experimentamos juntos no era ficción. Las cosas importantes son valiosas para mí. Y mucho.

Mis ojos se suavizan con la emoción al ver la sinceridad en su rostro. Nunca debí haber dudado de ella. Nunca debí ponerla en la misma categoría que cualquier otra persona. Kate Smith está en su propia liga.

Le pongo el dedo debajo de la barbilla y rozo sus labios con los míos. No es una reconquista sexy como la que quiero en cuanto lleguemos a mi casa. Es un tierno agradecimiento.

—Eres increíble, — murmuro contra sus labios.

Ella sonríe suavemente. —Tú también lo eres.

Deslizo mi mano en la suya mientras bajamos las escaleras hacia mi estación, donde tomo mi casco y las llaves de mi moto.

—¿Dónde está tu auto? — Pregunto, mientras salimos al callejón trasero donde está estacionada mi moto.

—Se queda aquí esta noche. Necesita un servicio, y tengo una llanta ponchada.

Mis ojos la observan con una mirada curiosa.

Me ignora. —Te lo contaré más tarde. Ahora, realmente quiero subirme a la parte trasera de tu motocicleta.

Con una sonrisa, le paso mi casco y la ayudo a subir a

bordo. Con un ruido estruendoso, mi moto enciende, y salgo del estacionamiento, de Boulder, y me dirijo a ese pequeño lugar que llamo hogar.

Nuestros labios no se separan en todo el camino a lo largo de los escalones de mi garaje, a través de mi sala de estar, mi cocina, al final del pasillo y en mi dormitorio. Rompemos brevemente nuestro beso para deshacernos de nuestras camisetas. Continuamos el beso mientras mis manos se mueven hacia atrás, a la espalda de Kate y le quitan el sostén. En un rápido movimiento, sus pechos están desnudos, y la estoy aplastando contra mi pecho. Levanto sus pies del suelo para poder reconectar nuestros labios y sentir su piel desnuda contra la mía.

Ella batalla con el botón de mis pantalones, así que paro un momento para ayudarla a quitarse los pantalones cortos y la ropa interior. Girando para poner en marcha los cabezales de la regadera, la beso durante un minuto más, y luego me alejo para guiarla a la ducha conmigo. Colocándola bajo su propio rociador y yo bajo el mío, la miro fijamente mientras el agua caliente se desliza sobre su cara y por su cuerpo.

Inclina su cabeza hacia atrás, su cabello rojo deslizándose hacia atrás. Deja caer su barbilla, sus ojos azules son brillantes y parpadean rápidamente contra el agua mientras me descubre mirándola.

Me meto en su rociador y paso mis manos a lo largo de su clavícula y hombros. —Te he echado de menos, Kate. — Mis manos se deslizan más abajo pasando por encima de sus pechos desnudos, tomándolos para sentir su firmeza. —Es raro llamarte Kate.

Su respiración se acelera mientras le aprieto sus pezones rosados entre mis dedos índice y pulgar. —Puedes llamarme Mercedes si quieres, — dice con un suave gemido.

Agito mi cabeza lentamente, deslizando mis manos por sus costillas, sobre su bajo vientre y explorando la abertura de su sexo. — Me gusta Kate. Te queda bien.

Se muerde el labio cuando aumento la presión y luego dice, —¿No crees que es aburrido?

Sacudo la cabeza y espero a que abra los ojos para mirarme antes de responder, —No, creo que es sexy. Y sexo en la ducha con Kate es justo lo que quiero.

Grita sorprendida cuando la llevo contra mí y la presiono contra la pared de azulejos. Sus piernas me rodean mientras me coloco entre sus muslos.

Encuentro donde tengo que estar, y con un fuerte impulso, me entierro en ella, duro y desnudo, mi cabeza presionando sobre su hombro mientras se ajusta a mí.

Ella grita, su voz resonando en las paredes. —¡Oh Dios, Miles!

Mis dedos se clavan en su trasero mientras salgo y me meto de nuevo. —Kate.

—¡Miles! —grita otra vez.

Empujo profundamente en su interior y gruño, —Kate— una vez más. Es una conquista. Una propiedad de su nombre en mi boca. Y se siente bien. —Kate, — digo de nuevo con voz ronca, lamiendo desde su cuello hasta su oreja. —Kate, esto no es casual.

—¿No?, — pregunta gritando contra otro empujón fuerte.

—No, — confirmo con un gruñido. — Esto no es ficción, y no quiero seguir siendo casual. Quiero que seas mía.

—¡Muy bien! — grita, sus manos apretando alrededor de mi cuello mientras cierra los ojos y trata de encontrar la liberación contra la tensión que hay entre sus piernas.

Me echo hacia atrás para mirarla. —Nena, abre los ojos y mírame.

Rueda la cabeza contra la pared y finalmente levanta los párpados, pero no parece feliz por ello.

—Sí, Miles, — dice, acariciando mis mejillas con sus manos como si tratara de apaciguarme.

—Hablo en serio. Quiero ser tu hombre. Y quiero que seas mi mujer.

La sonrisa en su cara es impresionante, y la risa que atraviesa su cuerpo le hace cosas realmente increíbles a mi erección. —¿Quieres ser mi novio?

—Sí, — respondo con un ceño fruncido a su elección de palabra. —Pero nada de esa mierda de book boyfriend. Soy tan real como se puede, y dejare a todos tus sementales ficticios en vergüenza, ¿entiendes?

Se muerde el labio y pasa la punta de los dedos por mi cara. —Ya lo has hecho.

—Bien, — respondo, apretando mis caderas contra ella. —¿Entonces estamos de acuerdo?

—Totalmente, — gime en voz alta, haciendo ruidos raros e incontrolables en su garganta.

Pero se vuelve más y más silenciosa mientras golpeo contra ella una y otra vez hasta que ambos estamos flotando en algún lugar, el vapor de la regadera caliente aferrándose al techo para finalmente caer como lluvia.

Juntos, como uno solo.

CAPÍTULO 34

Kate

Limpia y con el cabello húmedo, Miles me pone de lado en su gran cama varonil que huele tan deliciosa como él, y jala mi espalda desnuda contra su frente desnudo. Besa la parte superior de mi hombro, su boca cálida y persistente mientras se presiona contra mí, sin dejar ningún espacio entre nosotros.

—¿Ya nos vamos a dormir? — Pregunto, mi voz suave en su acogedora habitación mientras el tenue brillo del atardecer afuera, se vuelve más y más oscuro.

—Esto es solo el intermedio, — responde, su voz profunda vibrando contra mi espalda. —No estamos ni siquiera cerca de terminar de reconciliarnos.

Me llevo la manta a la boca para reprimir mi risa excitada.

—¿Es eso lo que pasó en tu regadera? ¿Sexo de reconciliación?

Gime su confirmación y empuja sus caderas hacia mi

trasero. —Si tienes que preguntar, entonces no hice un buen trabajo.

Me doy la vuelta para acostarme sobre mi espalda y poder mirarlo. —Hiciste un excelente trabajo. Pero supongo que lo habría llamado más bien una bienvenida a casa.

Sus ojos están cerrados, pero sus cejas se fruncen con delicadeza. —¿Te vas a mudar conmigo?

Mis mejillas se sonrojan. —No… Dios, eso no es lo que quise decir. Solo… quise decir que como, habíamos estado separados por un tiempo y ahora nos hemos reunido y…

—Nena, — dice, cortando mi vómito verbal. — Shhh. Te estás poniendo tensa, y después del mejor sexo de mi vida, no quiero que me des una mala vibra.

Me río y me pongo la manta en la boca antes de murmurar. — ¿El mejor sexo de tu vida?

Abre un ojo y me mira, quitando su mano de mi vientre y removiendo la manta de mi cara. Me acomoda hacia atrás un mechón de cabello suelto y confirma su declaración con un sexy, —Por supuesto que sí. Ahora háblame de tu casa en la ciudad. ¿Por qué vives con Lynsey?

Me quejo fuertemente. —Ahora me estás quitando mi vibra.

Me paraliza con una mirada.

Exhalo antes de decir. —Dryston estaba amenazando con demandarte por romperle la nariz. Le ofrecí la casa a cambio de que prometiera no hacerlo.

Todo el cuerpo de Miles se tensa, su mano agarrando mi hombro mientras me inmoviliza con una mirada seria. —¿Dejaste tu casa por mí?

Me encojo de hombros. —Fue mi culpa que te sintieras

engañado en primer lugar. Debí haber sido honesta contigo desde el principio.

—Oh, ¿te refieres a no haberme mentido sobre que tu exnovio aún vivía contigo y que no era, de hecho, gay, sino un súper imbécil?

Mis hombros tiemblan con una risa triste. Gimo e intento ocultar mi cara, pero Miles no me deja. —Lo siento tanto. Eso fue una completa idiotez de mi parte. Es que realmente me gustabas mucho y estaba tan asustada de que te fueras a largar esa noche. No parabas de hablar de ser celoso.

Sus labios forman una fina línea, una mirada de decepción nublando sus rasgos. —No debería haberte asustado con todo eso. Te presioné demasiado al hablar de mi pasado. Soy un tipo protector, Kate, pero espero que sepas que confío en ti.

Le doy una pequeña sonrisa y respiro profundamente. — Bien, porque tengo otra confesión.

—Dios, ¿qué? — Miles pregunta, pasando una mano por su cabello.

—Dean me dijo que le gustaba más que como una amiga.

—¿Qué? — Miles dice molesto, apoyándose sobre su codo para poder verme más plenamente. —¿Hablas en serio? ¡Maldita sea, lo sabía!

Me siento, agarrando la sábana contra mis pechos con una mano y extendiendo la otra por su brazo. —Lo hablamos, y sabe que no siento lo mismo por él. Solo somos amigos. Ahora lo sabe.

—Dios, ¿hay otros tipos en fila de los que deba estar al tanto? ¡Puede que tenga que empezar a usar guantes de boxeo! — Miles declara impulsivamente.

—No, solo Dean, — respondo con un incómodo encogimiento de hombros. —Y no le vas a dar un puñetazo porque sigue siendo mi amigo. Y solo me lo dijo porque no tenía ni idea de que estaba completamente enamorada de ti.

Los brillantes ojos azules de Miles parpadean para conectarse con los míos. Su cuerpo está aún más tenso que antes. —¿Qué acabas de decir?

Mi corazón está en mi garganta, pero sé que no hay vuelta atrás ahora. —Estoy enamorada de ti, Miles. Por completo.

Su boca se abre mientras exhala todo el aire de sus pulmones. —Ahora necesito cogerte otra vez, — murmura y se mueve encima de mí, entre mis piernas, su erección endurecida empujando en mi entrada mientras apoya sus codos a ambos lados de mí y me mira directamente a los ojos. —¿Cómo es que te pones cada vez mejor?

Junto mis labios y toco su cara con mis manos. — Finalmente estoy siendo yo.

El borde de su boca se inclina con una pequeña sonrisa, y luego desaparece cuando responde simplemente, —También te amo, Kate.

Y sin dudarlo ni un momento, jalo su cara a la mía y lo beso. Lo beso como si mi felicidad dependiera de ello. Porque en este punto, depende por completo. Miles Hudson es el sol, el aire, la luna y las estrellas. Es sumamente maravilloso, y me ama.

¿Cuánto más digno de un libro puede ser esto?

CAPÍTULO 35

Kate

3 meses después

Escucho el ronroneo familiar del Ford del 65 entrando en el garaje bajo mis pies justo cuando saco del horno la pizza casera que llevo un buen rato haciendo. Sé que no es necesariamente una comida romántica, pero es lo que inició nuestra relación. Lo soborne con sobras de pizza a cambio de que no me delatara por colarme en Tire Depot para escribir. Terminó siendo el hombre de mis sueños, y el tipo de hombre con el que tengo que celebrar los aniversarios de tres meses.

No puedo evitarlo.

Incluso tengo tiras de regaliz de postre porque, como toda buena novela, cerrar ciclos siempre hacen una escena extra especial. Y como acabo de terminar mi comedia romántica del mecánico, estoy lista para celebrar el Fin de mi novela con el hombre que amo.

Pero por diversión, llamamos a esta noche *"investigación de citas"*, y Miles me lo agradeció casi al instante.

Los últimos meses han pasado en un abrir y cerrar de ojos teniendo una maravillosa relación sin complicaciones que consiste en tomar cafés matutinos en su porche, cenas tranquilas fuera, y sexo prácticamente en cualquier lugar donde podamos hacerlo. Oh, y palabras. ¡Tantas palabras! Constantemente estoy tomando notas con Miles envuelto a mi alrededor por la noche. Ya no se sorprende cuando se despierta con el sonido de su despertador y me encuentra con nada más que su ropa, tecleando en mi computadora y viendo el amanecer en su porche.

La casa de Miles Hudson hace que Tire Depot parezca una pequeña zorra.

¡Es una broma! Me retracto. Todavía me escabullo ahí para trabajar al menos tres días a la semana. ¡Esas bebidas y galletas de cortesía no se van a consumir solas! Y el tío de Sam finalmente se presentó y me dijo que podía venir tan a menudo como quisiera.

La vida es buena. Y estar comprometida con Miles es genial. Pero esta noche será divertido recordar lo extraño que fue el comienzo de nuestra relación.

Me sorprende oír el timbre de la puerta principal de Miles. Supongo que se está tomando muy en serio esta "investigación". Con una sonrisa, me apresuro en mis sandalias de plataforma para abrir la puerta y casi me caigo muerta cuando veo a mi hombre parado frente a mí usando una maldita camisa con una rosa en la mano.

Una sola rosa roja.

Pero estoy mirando más allá de eso ahora porque

claramente hizo mucho más que bañarse en la tienda. Su cabello oscuro parece que tiene algo de gel, y sus jeans oscuros están desgastados en el lugar correcto. Los lugares en que los jeans de un hombre se desgastan cuando trabaja duro en ellos. Y Dios mío, incluso tiene puestos zapatos de vestir.

Se ve lo suficientemente bien como para comer.

—Por Dios, — dice Miles, mirando mi corto vestido rojo. Fue una compra impulsiva y demasiado atrevido para usarlo en público. Pero me he comprometido con mi investigación esta noche.

Miles parece que lo aprecia demasiado cuando entra y deja caer la rosa en la mesa lateral. Con un largo paso, cierra la puerta de una patada con el talón y toma mi cara en sus manos.

Encorvado sobre mí, susurra contra mis labios, —Lo primero que tengo que decir sobre lo que estoy pensando ahora mismo para tu investigación es que cuando una chica con la que has estado teniendo sexo durante meses todavía te da una erección por tan solo llevar un pequeño y lindo vestido, hace que sea muy difícil para un chico decente ser un caballero.

Con un suave tirón de mi cabello, inclina mi cabeza hacia atrás y presiona su boca contra la mía. Mis manos toman su camisa por los lados mientras abro los labios, y le doy la bienvenida a su lengua caliente y húmeda dentro de mí. El acaricia su lengua contra la mía, y siento un deseo en mi vientre que es tan intenso que gimo en su boca.

Gruñe en respuesta, sonando como un animal salvaje mientras nos lleva de vuelta hacia la pared. Me golpea contra ella, una mano me suelta la mejilla y toma mi pierna llevándola a su cadera, mi vestido sube hasta mi cintura. Bajando su cuerpo, presiona su frente hacia mi centro, y grito cuando se frota contra mí, mostrándome lo duro que ya está.

¡En serio! ¿Cómo se puso tan duro tan rápido?

—¡Por Dios! — exclamo cuando separa nuestros labios para pasar su barba por mi cuello, su lengua hace un delicioso camino de piel de gallina durante todo el trayecto. Se acerca a mis pechos y se mete en mi escote para chupar fuerte.

—¡Oh! — Grito y lo empujo suavemente.

Se echa hacia atrás con una sonrisa orgullosa. —Eso va a dejar una marca.

—Idiota, — digo en voz baja, alejándolo de mí. Mi hombre tiene afecto por dejarme marcas, y aunque finjo odiarlo, en realidad me encanta.

Su pecho vibra con su risa mientras me abraza. — No puedo evitarlo. Me gusta marcarte.

Volteo mis ojos. — ¿Qué fue lo que dijiste cuando entraste? Los tipos decentes son caballerosos o algo así.

Levanta las cejas. —¿Quién dijo que yo era decente?

Miro mi escote y tiro mi vestido hacia atrás para ver la marca roja que ya se ve. —Claramente tú no lo eres.

La mirada hambrienta en sus ojos no es para nada una disculpa, y no puedo evitar amarlo un poco más por ello. Con las piernas tambaleantes, me retiro de sus abrazos y tomo mi flor de la mesa, la que arrojó sin importancia.

—Me trajiste una flor. — Sonrío y me la acerco a la nariz mientras camino de vuelta a la cocina.

Su sonrisa es tímida mientras se frota la nuca. —Pensé que la flor formaba parte de una cita. Digno de un Book Boyfriend, como dices. — Se encoge de hombros como si no fuera gran cosa.

Sacudo la cabeza. —Deja de actuar como si no te gustaran estas cosas ahora. Te encanta la investigación para los libros.

Se ríe suavemente y se apoya en el mostrador junto a la

estufa mientras busco un cortador de pizza. —En realidad, solo me encanta verte trabajar.

—¿Sí? — Respondo, abandonando mi tarea y tomando un par de cervezas de la nevera. Le entrego una que destapa, devolviéndomela y así que le doy la otra.

Choca su botella con la mia, toma un trago y señala la puerta de su casa. —Y el hecho de que puedas sentarte en *mi* porche y crear tus historias es suficiente para darme una erección.

—El líquido de frenos te da una erección, — respondo con un dramático giro de ojos.

Me mira con una mirada de advertencia y deja su cerveza, extendiendo su mano y tirando de mí hacia él. Nos da vuelta para que sus brazos me encierren contra el mostrador y se presiona contra mí con esa manera tan deliciosa que tiene.

Me mira a los ojos con tanta sinceridad cuando dice, — No estoy bromeando. Me gusta que escribas aquí, Kate.

—Bueno, la vibra aquí es buena. Incluso mejor que en Tire Depot.

Se sorprende al escuchar eso y sonríe. —¿Y si quisiera que pases tus días y tus noches aquí?

—Bueno, prácticamente ya tienes todas mis noches ocupadas, — afirmo con una risa. La casa de Lynsey no es propicia para el sexo ruidoso, así que inevitablemente terminamos en la casa de Miles la mayoría de las veces.

—Quiero decir permanentemente. — Su sonrisa se desvanece, sus ojos se ponen serios.

Le frunzo el ceño. —¿Cómo mudarme contigo?

—A menos que prefieras dormir al lado de tu ex-novio.

—Espera, ¿es la única razón por la que me pides que me

mude contigo? ¿Porque estás tratando de mantenerme lejos de mi ex?

—No, — responde casualmente, poniendo sus manos sobre mis caderas y tirándome hacia él. —Te pido que te mudes conmigo porque te quiero en mi cama todas las noches, Kate. No solo cuando te funciona. Quiero que compartamos el auto hasta Tire Depot donde puedes escribir todo el día, y yo puedo entrar y darte un beso a escondidas cuando quiera. Y cuando salga del trabajo, te subirás a la parte trasera de mi motocicleta y te apretarás a mi alrededor mientras volvemos a casa juntos. Honestamente, no puedo pensar en una mejor manera de pasar un rato de mi tiempo contigo.

—¿Cómo pasarías tu otro tiempo?

—Enterrado dentro de tu dulce sexo.

Inhalo fuertemente ante su sucia promesa. Suena perfecto. Suena como si acabara de describir el paraíso, y estoy de pie en las puertas del cielo esperando la entrada.

Pero trato de escucharme casual cuando respondo, — Creo que me podría gustar la idea de mudarme contigo. — Me muerdo el labio inferior y subo mis manos por su pecho, acariciando sus pectorales con aprecio. —Eres ciertamente mi mejor inspiración para escribir hasta la fecha.

—Será mejor que no me uses para tus historias ficticias, nena, — dice, dejando caer un tierno beso en mis labios. Uno que está lleno de calidez, respeto y adoración. No es un chupetón, un beso de conquista. No es un beso lujurioso ni loco por el sexo. No tiene nada que ver con la investigación para los libros.

Es uno que puedo ver que me da todos los días por el resto de nuestras vidas.

—Nunca, Miles, — murmuro en sus labios y paso mis

manos por su cabello. —Aunque vivir contigo definitivamente me ayudará a terminar mi libro más rápido de lo previsto.

Se hecha para atrás con una sonrisa y pregunta, —¿Alguna vez me dirás de qué trata este libro?

Me encojo de hombros. —Es nuestra historia de amor. No es gran cosa.

Se ríe contra mi cuerpo. —Interesante, ¿y cómo termina?

Le sonrío alegremente. —Con un final feliz, por supuesto.

FIN

Para más libros de Amy Daws en español,
visita mi sitio web:
amydawsauthor.com/spanish

AGRADECIMIENTOS

¡Siento que los agradecimientos por este libro son de gran importancia porque mucha gente sabe que esta historia se basó muy vagamente en mis experiencias de la vida real y quiero dejar algunas cosas claras mientras te tengo aquí!

En primer lugar, sí, me colé en la sala de espera de una tienda de neumáticos. Sí, metí los autos de innumerables personas, y sí, mi amiga autora realmente hizo que me entregaran una pizza allí, e incluso recibí una factura falsa en el correo de mis amigos. Todo fue mortificante.

Pero básicamente, la historia de amor que ocurrió entre Miles y Kate es cien por ciento ficción. Soy una mujer felizmente casada y mi marido y yo tenemos una hija que es todo nuestro mundo. Nunca coqueteé con un empleado de una tienda de neumáticos. O con cualquier mecánico que me viera entrar sigilosamente. Francamente, los chicos de mi tienda de neumáticos local me recuerdan a un montón de tíos muy dulces.

Además, mi familia me apoya mucho para escribir. Mi mamá lee y ama cada uno de mis libros y mi papá recibe copias para sus compañeras de trabajo con cada publicación. ¡Incluso mi abuela es increíble! Disfruta del romance Amish y es el epítome de una esposa de granja, pero esa maravillosa mujer compra dos copias de cada uno de los libros que escribo: una para su estante en casa y otra para su biblioteca local con una población de 800 personas. Mi familia es increíble y nunca me he sentido avergonzada como Kate en esta historia. De hecho, el orgullo de mi familia por lo duro que trabajo es inconmensurable. Son los mejores.

Me divertí mucho escribiendo sobre este inusual comienzo de una historia de amor. Estoy muy agradecida a todos los que he conocido a través de este proceso poco ortodoxo. Los chicos de la tienda de neumáticos me han acogido especialmente y estoy tan emocionada que me han dado luz verde para escribir allí cuando quiera. La ciudad en la que vivo es más grande que Boulder y es increíble ver el encanto de un pueblo pequeño y adorable en una ciudad más grande.

Pero en última instancia, quiero agradecer a todos los que me siguieron en redes sociales y se rieron conmigo de mis payasadas en la tienda de neumáticos. Esta historia nunca se hubiera imaginado si no fueran todos tan divertidos y comprometidos conmigo en redes sociales. Y me divertí mucho escribiendo este libro.

Soy una firme creyente en el hecho de que tus mejores conexiones con la gente ocurren cuando eres real. Y la verdad es que hay mucho por lo que estar triste en estos días. Hay cosas horribles que suceden en el mundo todo el tiempo.

Pero a veces, todo lo que se necesita es un libro divertido y una taza de café de cortesía para hacer un día oscuro un poco más brillante.

ACERCA DEL AUTOR

Amy Daws es una de las 100 autoras más vendidas en Amazon por su serie de los hermanos Harris y es conocida por sus playboys británicos jugadores de fútbol. Las series de Los hermanos Harris y de amantes de Londres alimentan su pasión por todo Londres. Cuando Amy no está escribiendo, está viendo Gilmore Girls o cantando karaoke en la sala de estar con su hija mientras que papá sonríe desde la distancia.

Para más información sobre el trabajo de Amy, visita: www.amydawsauthor.com o consulta los siguientes enlaces.

www.facebook.com/amydawsauthor

www.twitter.com/amydawsauthor

www.instagram.com/amydawsauthor

www.ingramcontent.com/pod-product-compliance
Lightning Source LLC
Chambersburg PA
CBHW032053050726
47590CB00001B/254